茅盾研究
八十年書系

錢振綱・鍾桂松◎主編

丁爾綱◎著

27

茅盾的藝術世界

（上）

花木蘭文化出版社

國家圖書館出版品預行編目資料

茅盾的藝術世界（上）／丁爾綱 著 — 初版 — 新北市：花木
蘭文化出版社，2014〔民 103〕
序 4+ 目 2+198 面；19×26 公分
（茅盾研究八十年書系；第 27 冊）
ISBN：978-986-322-717-5（精裝）
1. 沈德鴻 2. 中國小說 3. 文學評論
820.908   103010322

中國茅盾研究會《茅盾研究八十年書系》編委會

主　　編：錢振綱 鍾桂松

副主編：許建輝 王中忱 李　玲

特邀顧問：

邵伯周 孫中田 莊鍾慶 丁爾綱 萬樹玉 李　岫

王嘉良 李廣德 翟德耀 李庶長 高利克 唐金海

ISBN-978-986-322-717-5

9 789863 227175

茅盾研究八十年書系
第二七冊
ISBN：978-986-322-717-5

茅盾的藝術世界（上）

本書據青島出版社 1993 年 12 月版重印

作　　者　丁爾綱
主　　編　錢振綱　鍾桂松
總 編 輯　杜潔祥
副總編輯　楊嘉樂
編　　輯　許郁翎
出　　版　花木蘭文化出版社
社　　長　高小娟
聯絡地址　235 新北市中和區中安街七二號十三樓
　　　　　電話：02-2923-1455／傳眞：02-2923-1452
網　　址　http://www.huamulan.tw 信箱 hml 810518@gmail.com
印　　刷　普羅文化出版廣告事業
初　　版　2014 年 7 月
定　　價　60 冊（精裝）新台幣 120,000 元

茅盾的藝術世界（上）

丁爾綱　著

作者簡介

丁爾綱，1933 年出生山東省龍口市。是享受國務院特殊津貼的中國現當代文學史家。曾任中國現代文學研究會、當代文學研究會、少數民族文學研究會、魯迅研究會、丁玲研究會理事、常務理事或副會長。茅盾研究會發起人之一，常務理事、副秘書長、顧問。出版論著：《丁爾綱新時期文論選集》（上、下）、《新時期文學思潮論》、《魯迅小說講話》、《山東當代作家論》（主編、主要作者）。茅盾研究論著有傳記系列：《茅盾評傳》、《茅盾翰墨人生八十秋》、《茅盾 孔德沚》、《茅盾人格》（合作）；作品研究系列：《茅盾作品淺論》、《茅盾散文欣賞》、《茅盾的藝術世界》。參與編輯 40 卷本的《茅盾全集》，任《茅盾全集》編輯室副主任，負責校勘、注釋第 11 卷、第 27 卷，是《全集》審定稿小組成員之一。主編、參考高校教材：《中國現代文學史》（上、下）、《中國當代文學史》（上、中、下）、《少數民族文學作品選講》、《中國現代文學作品選講》（上、下）、《中國當代文學作品選講》（上、下）。在國內外發表學術論文數百篇。

提　　要

　　《茅盾的藝術世界》是丁爾綱茅盾研究道路上從具體作品細讀向創作宏觀研究，面向茅盾整體研究過渡之轉型期的標誌性著作。搭建的原書專著框架，應社會需要把重點章節寫成論文形式先行發表。第三編「主題人物論」、第四編「典型提煉論」、第五編「結構藝術論」，填補了當時茅盾研究領域的空白。第六編「茅盾研究論」則是對當時國內外否定「五四」傳統 否定魯迅、否定茅盾的社會思潮的回答與反駁。開作者另一部論著《茅盾評傳》中茅盾研究史略縱線之先河。初步顯示出作者思辨型學術個性的芻型。

在内蒙古草原，战兄过一种草，名句飞来蓬：无根，靠

经绕利了绿色的生命，维系系着萎黄的生存。在长白山，战兄

过一种松：宛如病梅，却如枝蟠延挺拔。在西藏，有一种

匍地松；几乎无干，枝叶丛之蓬之，以抱着褐黄的山脉。

三十余载的理论生涯一下子被照亮了！战更加明白了

什么是最佳的生态选择。

——丁祖绀

我的茅盾研究觀——代序

　　我接觸茅盾作品是 40 年代在故鄉膠東半島上小學和中學時期。由於當時中國的道路和中華民族的命運以及中國人民之命運的問題，是整個人民思考的中心；也由於抗日戰爭、解放戰爭時期在膠東地區，中國共產黨領導山東人民正為此浴血奮戰；我個人也以少年而早熟的心靈感受著戰爭與土地改革運動血與火激蕩的時代氛圍。我父親抗戰初以生命與鮮血殉了中國人民爭生存、尋求主宰民族命運的壯麗事業。這殘酷的生活過早地把我推到政治漩渦中去。因此，對茅盾推出的宏觀反映革命時代，深刻展示中國人民命運前景的作品，我能有一定的理解，也產生強烈共鳴。全國解放以後，我有機會上了「五四」運動搖籃北京大學讀中文系。所以二年級開始就選中茅盾作為學習研究中國現代文學的突破口。1956 年 6 月在《處女地》上發表的我的處女作《試論茅盾的〈農村三部曲〉》，一開始就形成了我的個人經歷所決定的把政治和文學相互觀照的研究視角。我這大半生研究茅盾的這個特點的歷史成因，還是第一次公開說出。但這決非我個人身世經歷單一因素所致，最主要的還是研究對象：茅盾及其創作與文學活動本身的內蘊使然。

　　我很欽佩文學前輩張光年在紀念茅盾誕辰九十周年大會上的講話所選的標題：《文學家與革命家的完美結合》。這再精闢不過地概括出了茅公一生的基本特點。在過去，人們固然承認茅公是政治色彩很濃的作家，但一直到茅公臨終前開始發表他的長篇回憶錄《我走過的道路》，完整地披露了茅盾建黨前夕加入共產主義小組，是中共第一批黨員，從事了長期的革命活動，再加上他逝世後中共中央作出決定，追認他為中國共產黨黨員，黨齡從建黨之日算起，人們才開始承認茅盾是建黨元勳之一，他毫無愧色地可以列入老一輩

無產階級革命家的行列。其實他入黨時間比周恩來、鄧小平還早。我黨許多早期活動家，如林伯渠、張太雷、張國燾等，都曾在他 20 年代主持中共上海兼區委員會及其下的國民運動委員會時期當過他的部下。連如今仍健在的德高望重的陳雲同志，在商務印書館工作期間也曾是茅公主持「商務罷工」運動和任商務印書館臨時黨團負責人時的下屬的黨員。而茅盾早期從事的黨的活動、國共合作活動與馬克思主義譯介宣傳活動、領導和參與中國婦女運動與工人運動、「五卅」運動與北伐前夕的新聞宣傳活動、抗戰時期和解放戰爭時期的政治活動、建國後任文化部長的領導工作以及從事世界和平運動等等，都說明他是革命家和文學家的完美結合。離開此，無法理解茅盾作品鮮明的政治傾向與時代精神。而且，茅盾在中國文化史上做出了多方面的貢獻。這一切不是文學研究框架所能包容的。我多次呼籲建立「茅盾學」研究學科，原因之一在此。

茅盾在中國現代文學史（1919～1949）和中國當代文學史（1949～）上，是唯一的一位能統貫全局、堪稱「執牛耳」的大文學家。魯迅過早地謝世。而茅盾在中國文學發展的這兩個重要歷史時期，以其理論批評、文學創作與文學活動的卓越建樹，毫無愧色地居駕馭全局地位。他對文學發展史特別是文藝運動史、文藝思潮史說來，是「牽一髮而動全身」的大家。他學貫中西，又把文學研究與借鑒的觸角伸向上下貫串三千多年的中國古代文學史。他的神話與先秦文學研究視野，又帶有索本求源的特徵。他是中國現當代文學思潮史上現實文藝主潮的代表人物和領袖。他從倡導「為人生的藝術」始，到倡導與堅持「為無產階級的藝術」終，是一代宗師與泰斗。但他的創作又歷來以「開放性」為特徵。他廣收博採，剔糟取精；理論批評也視野開闊，廣泛介紹，舉凡人類文藝思潮史上的各種思潮流派，均在他的觀照與評介視野之中。他的小說創作，在革命現實主義潮流中，是開心理體驗型與社會剖析型、以及二者結合型的小說創作之先河的前驅者與奠基人之一。中國文學由「五四」的開放時期，到以 1942 年延安文藝整風、1950 年批判《武訓傳》、1960 年批判文藝上修正主義思潮為標界的三次大轉折，再到「文革」後新時期的規模幾乎超過「五四」的新的開放時期，茅盾有這一曲折進程的完整經歷。他在政治界、文學界的地位和他精通外語的優越條件等等，使他雖處「封閉期」而獨能保持開放性的個人文學視野。這使他在不同歷史時期，在創作特別是理論上能有許多超人的建樹。這也使他能在長達六十五年的文

藝思潮史上起「執牛耳」的作用。

茅盾的文學道路可宏觀地概括為「三部曲」：即理論批評家——作家、理論批評家——理論批評家。儘管 1925 年～1927 年他以散文作家身份和其理論批評家交叉，建國後亦然；而且 1929 年～1949 年他是以理論批評家與作家雙重身份現身文壇；但總地說，上述「三部曲」大體上可以作為標示茅公文學歷史道路的總體公式。而這，多方面地體現了他的文學建樹。他以自己的文學史研究、理論研究和文學批評方面的多元的成果，形成了自己的理論體系。又在此不斷豐富發展的理論體系指導下從事創作。並把自己的豐富實踐經驗及廣泛借鑒別人的創作實踐經驗，作精闢的理論昇華，以充實與發展自己的理論體系。這就使他一身兩任，不論作為理論批評家和文學史家，還是作為作家，他都是被稱為「大家」而當之無愧的。一部四十卷的《茅盾全集》就是鐵證。在古今中外廣闊而漫長的文學史上，舉出這樣全面的文學家的名字是困難的；也只有如車爾尼雪夫斯基、魯迅這樣的名字，能列入這莊嚴的名單中去。

基於上述的宏觀理解，我的茅盾研究大體上把握以下幾點：一、始終注意其文學創作與時代、與革命、與國家、民族以及人民命運的結合；二、始終從生活積累、思想積累與形象思維過程的角度考察其藝術構思與創作；三、比較注意其創作與其理論批評的相互印證的比較研究；四、近年來開始從茅盾與文藝思潮之關係的視角作雙向考察：茅盾對文藝思潮的影響及其現實意義，文藝思潮對茅盾的影響及其制約作用；五、注意用教學和寫賞析文章的方式在群眾中普及茅盾。

但是限於水平，囿於時代思潮條件，成果還是粗淺的。因此我給書定題時，就採用《茅盾作品淺論》、《茅盾散文欣賞》等命名；非故作謙，蓋為求實。即便本文與本書，雖冒冒然略抒己見，也難免粗淺之嫌。之所以斗膽饒舌，也旨在求教。願海內外同行學者與廣大讀者不吝賜教，不勝翹首盼望之至！

丁爾綱

1993 年 10 月

目

次

第一編　生活道路論

絢爛曲折的政治道路

（一）

　　中國現代文學史的公認的奠基人是魯迅、茅盾與郭沫若。

　　魯迅已獲得了公平的評價：五四「文化新軍的最偉大和最英勇的旗手。魯迅是中國文化革命的主將，他不但是偉大的文學家，而且是偉大的思想家和偉大的革命家。」「魯迅的方向，就是中華民族新文化的方向。」〔註1〕這是魯迅逝世後第四個年頭的蓋棺論定的結論。郭沫若也有這樣的幸運。1978年他逝世後悼詞中說他是「為共產主義事業奮鬥終生的堅貞不渝的革命家。」是「繼魯迅之後，在中國共產黨領導下，在毛澤東思想指引下，我國文化戰線上又一面光輝的旗幟。」〔註2〕

　　表面看來，茅盾比魯迅和郭沫若還要幸運。在他生前即五十歲壽辰的1945年〔註3〕重慶文藝界為他慶壽時，黨中央領導同志就第一次作出了對他的崇高評價。當時離毛澤東同志寫作《新民主主義論》的時間只有五年零五個月，其時中共第七次代表大會正在延安舉行。那時「左」傾思潮雖已時起時伏，但還不像解放後，特別是文化大革命那麼嚴重。人們評價歷史人物尚能保持實事求是的冷靜、客觀的態度。這種歷史的冷靜與客觀，十分珍貴地反映在王若飛同志題為《中國文化界的光榮，中國知識分子的光榮——祝茅盾先生

〔註1〕毛澤東：《新民主主義論》。
〔註2〕鄧小平：《在郭沫若同志追悼會上致的悼詞》。
〔註3〕茅盾生於公曆1896年7月4日。重慶文藝界是按虛歲計算，把1945年5月25日作為茅盾的誕辰。

五十壽日》的講話，和由廖沫沙同志起草，由周恩來、王若飛等中央領導同志修改審定的重慶《新華日報》題為《中國文藝工作者的路程》的社論裏。王若飛的講話對茅盾所作的評價是：「中國文化界的一位巨人，中國民族與中國人民最優秀的知識分子，在中國文壇上努力了將近二十五年的開拓者和領導者。」「他所走的方向」是「為中國民族解放與中國人民大眾解放服務的方向，是一切中國優秀的知識分子應走的方向。」經周恩來同志修改審定的重慶《新華日報》社論的評價是：「為民族，為人民，為中國最大多數人民的自由解放」辛勤工作了二十五年的新文化運動中「一位彌久彌堅，永遠年青，永遠前進的主將」，是一面「光輝的旗子。」

　　把這些評價總括分析，可以得出一個結論：都是從中國現代革命史、中國現代文化史和中國現代文學史著眼作宏觀歷史評價，並認為三位歷史巨人都是「旗子」，都是「主將」，都代表了無產階級和中國共產黨領導的中國新文化的總方向。而茅盾不同於魯迅與郭沫若的是：僅以其半生貢獻在活著時就獲得了略遜於魯迅，但可與郭沫若的蓋棺論定評價相比肩的評價。自 1945 年到茅盾逝世的 1981 年止，茅盾又為中國人民和中國文化事業奮戰了三十六年，就時間論，比他自 1916 年入商務印書館到 1945 年的二十九年歷程多七年之久；就貢獻論，後三十六年較之前二十九年，其革命史、文化史、文學史成就也不遜色。隨著中國歷史三十六年的驚天動地的流逝，茅盾高歌奮進，戰功累累。這是有目共睹的事實。但所得的蓋棺論定的評價卻大大低於上述 1945 年的評價。這顯然是不公平的。

　　這就難怪在茅盾生前多次攻訐過他的周揚同志也感到太不公平。他在茅盾逝世兩周年舉行的全國茅盾首屆學術討論會上的講話中說：「茅盾同志是新文學運動的創始人之一，是現實主義流派的重要開拓者，是新中國文化事業的領導人之一。在文學事業上，他的貢獻是眾所周知的，他的成就是不朽的。對於這些成就，至今還沒有作出全面的評價。」周揚同志接著作了自我批評：「我和他長期在一起工作過，但是我深深感覺到，對他的認識還是不夠的。不但對魯迅的認識不夠，對茅盾的認識也是不夠的。儘管天天在一起，有一段……毗鄰而居，但是我也不能很深地認識他。……一直到他去世的時候，也不能說我完全認識了他。所以認識一個人，特別是認識一個偉大的作家，也並不那麼容易，這需要時間。」〔註4〕

〔註 4〕《茅盾研究叢刊》1983 年第 1 輯。

　　這些話令人感動！在當前，最難得的可貴品質之一就是自我批評精神！作爲文藝界的前輩，周揚同志近年來的文學反思，常常帶著自我解剖和自我批評的性質。這博得廣泛的尊敬。他這段話很難得地提出了一個哲理性的問題：「認識一個人，特別是認識一個偉大的作家，也並不那麼容易」；此外他還提出一個意味深長的解決問題的條件：「這需要時間」。這眞是一針見血的確論。我們應該無條件地確認周揚的這些觀點與方法，時不我待地努力完成這件帶歷史使命性的任務。

　　從 20 年代到茅盾逝世，茅盾研究的範圍儘管不斷擴大，但其經歷卻曲折複雜。雖然我們取得了許多成績，特別是解放後取得了明顯的成績，但和茅盾的成就、他所涉及的思想政治文化藝術許多領域的恢宏建樹相比，我們的視角還過於狹窄，我們的研究格局也過於狹小！他在許多方面所作的貢獻，有些甚至是啓蒙性、先驅性的貢獻，或者被同代人遺忘了，或者被忽視了，或者竟被有意地迴避了，甚至故意地掩蓋了！而我們這一代研究者只是茅盾後期活動的見證人，比我們年青的一代研究者則和我們仰視茅盾解放前的建樹同樣，只能憑有限的書面材料，和訪問記憶力已明顯衰退，事實又明顯地經過主客觀條件過濾了的被訪問者所作的局限性很大的口述和追憶。加之，恕我直言，年青一代研究者中很有些人對文藝與政治的關係持有偏見，這和「左」傾思潮導致的我們以及我們的前輩中某些人的偏見，是同一種片面性的兩個「極端」，很難說這些因素的存在，有利於茅盾的研究和認識、評價茅盾工作的開展。加之我們該做的事也太多了。所以，至今茅盾研究許多領域尚待開拓〔註5〕，重新評價茅盾離不開這開拓性工作的成果。因此，僅就這個意義上說，也是「需要時間」的。

　　其實我們無法迴避這些問題：茅盾究竟是不是中國現代史上偉大的思想家，算不算中共黨史上偉大的老一輩無產階級革命家和中國共產黨的創始人之一，和魯迅、郭沫若一樣，可稱之爲中國現代文化史與中國現代文學史上並列無愧的「三面紅旗」？回答這些問題的基礎和關鍵，我認爲在於對茅盾如何作政治評價。而打開這一局面的契機之一，是面對茅盾在建黨前後的思想與活動，如何實事求是地承認歷史，如何認眞估計他在歷史轉折關頭政治道路的那段曲折。如何按照歷史特定條件加以辨析。我們還必須改變過去那種比較零散、比較狹窄的觀察視角，而從宏觀性、綜合性、系統性、全局性

_____

〔註 5〕關於這些，我在《茅盾研究的突破問題芻議》一文中曾略有陳述，可參看。

加以把握，把茅盾研究工作放在更廣闊的革命歷史與文化源流的開闊場景中作整體性和多學科性的研究，並且放到中外文化交流、古今文化承傳的歷史長河中作廣泛探究。只有這樣，才能認清：茅盾確實是「文學家與革命家的完美結合。」

（二）

茅盾生活在由風雲變幻的中國資產階級舊民主主義革命向無產階級領導的新民主主義革命及社會主義革命、社會主義建設歷史新階段發展的好幾個歷史時期，經歷了三種性質不同的歷史階段。這種歷史的幸運，使他既能與立志改革中國社會、全力叱吒時代風雲的同輩政治家李大釗、陳獨秀、瞿秋白、毛澤東、周恩來等一起從事政治啓蒙運動與創建及發展中國共產黨；又使他能與終生致力於以文藝服務於人民解放、服務於社會改革的同輩文學家魯迅、郭沫若、葉聖陶等一起，爲中國「五四」新文化與新文學破土奠基，澆花育苗。他和這些站在不同戰線，同居時代前沿的偉大歷史人物一起，既應時代而生，成爲時勢所造的英雄；又依歷史客觀規律而動，充分發揮改造社會、創造歷史的能動作用；和人民一起走開拓古往今來多少仁人志士、「風流人物」心嚮往之的理想的時勢。這種歷史的幸運和他個人獨特的文學機緣、文學素質，又使他能爲歷史捉筆，譜寫時代的華章，以作社會歷史發展的見證。

茅盾儘管初入社會就偶登文壇，但他更大的志向在於政治，在於改造社會，爲人民謀求解放之途。所以他的文學活動歷來同所從事的政治革命相統一，他的創作歷來以大規模反映時代趨勢、歷史動向與社會發展爲基本追求，並且成爲其文學素質、創作個性的基本特徵，道理也就在這裡。而且其原始動因與其說是文藝的，勿寧說是政治的和社會的。他一開始就把自己的命運、自己的文藝事業和國家的安危、民族的存亡、人民的生死命運緊緊連結在一起。

1920 年以前，他還不曾接受馬克思列寧主義的洗禮，他的社會政治觀，還是革命民主主義的。他和魯迅一樣，一開始就把改造中國社會的歷史重任和希望，寄託在青年一代的身上。

早在 1917 年下半年，他自己還僅二十一歲，他就寫了一篇論述青年學生社會歷史職責的政治論文：《學生與社會》〔註6〕。這篇文章與 1917 年改版後

〔註 6〕刊於 1917 年 12 月號《學生雜誌》上。

的《新青年》上所刊的文章，胡適的《文學改良芻議》、陳獨秀的《文學革命論》差不多同時發表，互相配合，對兩千多年的封建主義的政治思想、治學道路，作了徹底否定。稱之爲「奴隸道德」的「注解」。因此提出：「是故學生在社會中也必求自主。」他認爲青年學生的歷史作用「爲一國社會之種子，國勢之強弱，故以社會之良窳爲準，而社會之良窳，又以其種子之善否爲判。現社會良，而種子惡，國勢必衰。反之，現社會雖不良，而種子善，國勢必振。」於是他向包括自己在內的青年呼籲；要求他們具有這樣的壯志雄圖：「有擔當宇宙之志，……尤須有自主心，以造成高尙之人格，切用之學問，有奮鬥力以戰退惡運，以建設新業。」

一個月後，他在所寫的另一篇社會政治論文《一九一八年之學生》〔註7〕中，提出了三大主張：「革新思想」；「創造文明」；「奮鬥主義」。在「五四」運動之前，這種青年革命行動綱領式的主張及其倡導，無異是發聲振憤的啓蒙教育！

他繼魯迅之後向封建制度發起進攻所選的突破口之一，也是倡導婦女解放運動。他在注目青年運動之同時，把被壓在封建社會最低層的婦女的解放問題放在十分突出的地位。他先從理論宣傳入手，翻譯和論著並重，一兩年間，作出了卓越建樹。

僅在 1920 年 1 月到 1920 年 9 月不到一年的時間，他的翻譯文章就包括下列各篇：

《現在婦女要求的是什麼？》（Mirgaret Liewelyn Davies 著）（《婦女雜誌》第 6 卷第 1 號，1920 年 1 月 5 日）；

《歷史上的婦人》（Lester F. Ward 著）（《婦女雜誌》第 6 卷第 1 號，1920 年 1 月）；

《強迫的婚姻》（A. Strindberg 著）（《婦女雜誌》第 6 卷第 1 號，1920 年 1 月 5 日）；

《將來的育兒問題》（Margaret Mcmillan 著）（《婦女雜誌》第 6 卷第 2 號，1920 年 2 月 5 日）；

《歐洲婦女的結合》（恩淑南著）（《婦女雜誌》第 6 卷第 2 號，1920 年 2 月 5 日）；

《愛情與結婚》（愛倫凱著）（《婦女雜誌》第 6 卷第 3 號，1920 年 3 月 5

〔註 7〕刊於《學生雜誌》第 5 卷第 1 期，1918 年 1 月。

日）；

《女子的覺悟》（海爾夫人著）（《婦女雜誌》第 6 卷第 4 號，1920 年 4 月 5 日）；

《兩性間的道德關係》（據 Patrick Geddes 及 Authur Thomson 兩教授合著之《兩性論》第九章譯）（《婦女雜誌》第 6 卷第 7 號，1920 年 7 月 5 日）；

《婦女運動的造成》（據《What Woman Want》第十六章譯）（《婦女雜誌》第 6 卷第 9 號，1920 年 9 月 5 日）。

而從 1919 年 11 月到 1920 年 8 月這九個多月的時間內，他關於婦女問題的論著就有：

《解放的婦女與婦女的解放》（《婦女雜誌》第 5 卷第 11 號，1919 年 11 月 15 日）；

《讀〈少年中國〉婦女號》（《婦女雜誌》第 6 卷第 1 號，1920 年 1 月 5 日）；

《婦女問題的建設方面》（《婦女雜誌》第 6 卷第 1 號，1920 年 1 月 5 日）；

《男女社交公開問題管見》（《婦女雜誌》第 6 卷第 2 號，1920 年 1 月 5 日）；

《世界兩大系的婦人運動和中國的婦人運動》（《東方雜誌》第 17 卷第 3 號，1920 年 2 月 10 日）；

《評女子參政運動》（《解放與改造》第 2 卷第 4 號，1920 年 2 月 15 日）；

《我們該怎樣預備了去談婦女解放問題》（《婦女雜誌》第 6 卷第 3 號，1920 年 3 月 5 日）；

《〈愛情與結婚〉譯者識》（《婦女雜誌》第 6 卷第 3 號，1920 年 3 月 5 日）；

《〈女子的覺悟〉前記》（《婦女雜誌》第 6 卷第 4 號，1920 年 4 月 5 日）；

《家庭服務與經濟獨立》（《時事新報・學燈》，1920 年 5 月 3 日）；

《怎樣方能使婦女運動有實力》（《婦女雜誌》第 6 卷第 6 號，1920 年 6 月 5 日）；

《〈兩性間的道德關係〉前記》（《婦女雜誌》第 6 卷第 6 號，1920 年 6 月
　5 日）；

《婦女運動的意義和要求》（《婦女雜誌》第 6 卷第 8 號，1920 年 8 月 5
　日）。

　　在這些論著中，年青的沈雁冰是從革命民主主義立場和反封建、爭民
主、要自由、求解放的出發點從事婦女運動的啓蒙教育與宣傳活動的。他把
占人類和中國人口大約二分之一的婦女當作與男性絕對平等的「人」來看待
的，他認爲解放被壓迫人民首先要解放更受壓迫的婦女。他宣稱：「我願我們
青年人對於妻的觀察是如此：不是我的妻，也不是我父母的媳婦，——是一
個『人』！也就是年長者的妹妹，年幼者的姊姊！」〔註8〕他認爲：「婦女解
放這要求」「是根據人類平等的思想來的」，「奴隸要解放，所以那些奴隸（是
就中國最舊的男尊女卑觀念說的）的婦女也應得解放。」〔註9〕因此在《他的
僕》後記中，他提出了「丈夫供給妻子，妻子辦丈夫的雜務到底算不算主僕
關係」的重大問題。這一語點破了封建主義與資本主義不平等的家庭關係的
實質。在《歷史上的婦人》譯後記中，他尖銳批判了尼采的「婦人仍不過是
個貓是隻鳥，頂好是個母牛」的謬論。在《暮》譯後記中，他深刻地指出：
「同在生活壓迫底下的男女，女人較男人更苦，女人背上有兩重石頭：——
生活困苦和兩性的不平等。」這和毛澤東同志總結的「四權統治」相一致，
但此文寫於 1920 年 1 月，早於《湖南農民運動考察報告》（寫於 1927 年）七
年左右。

　　他對資本主義社會的所謂「男女平等」與「男女社交公開」持批判態度。
認爲那是「徒有虛名，黑暗重重！」認爲「男女社交」問題「在西洋各國已
經感著『過』的痛苦，正和我們中國感著『不及』的痛苦一般。」因此他認
爲：「我們現在欲改造社會，要不復蹈人家的覆轍！」他「始終主張對於男女
問題，不應該直援西洋的例，亦步亦趨。」〔註10〕他堅決主張走中國徹底解
放婦女也同時徹底解放人類的正路：「我是希望有一天我們大家以地球爲一
家，以人類爲一家族，我是相信遲早定要做到這一步。」〔註11〕

〔註 8〕《「一個問題」的商榷》，《時事新報》1919 年 10 月 30 日。
〔註 9〕《解放的婦女與婦女的解放》，《婦女雜誌》第 5 卷第 11 號，1919 年 11 月 15
　　　日。
〔註10〕《結婚的早晨》譯者前言，《婦女雜誌》第 6 卷第 5 號，1920 年 2 月 5 日。
〔註11〕《讀〈少年中國〉婦女號》，《婦女雜誌》第 6 卷第 1 號，1920 年 1 月 5 日。

這種對資本主義社會問題的深刻分析的態度已經突破了革命民主主義世界觀的局限，包孕著社會主義與共產主義思想的胚芽，反映了年青的沈雁冰堅定的人民立場。這從他的另一個思想側面中也同樣反映出來，這就是他對五四時期民主與科學的統一的認識以及對現代科學在社會發展中的作用的認識。

作爲「五四」反封建運動的建設性口號，科學精神與民主精神是帶綱領性質的。當時有識之士對它的倡導，同樣帶有啓蒙主義的性質。馬克思主義把科學作爲社會生產力，是其基本理論中的核心問題之一。然而不僅在當時，就是在新中國成立以後，在科學的社會性質上依然存在不小的分歧。直到結束了十年動亂，我們才重新確認「科學是生產力」這個馬克思主義的根本原理。一旦有了這個認識，在「四化」建設中便顯示出不可估量的威力，而且發展爲「第一生產力」的新估價。因此，回顧六十五年前年青的沈雁冰把科學當成生產力而孜孜不倦地致力倡導，無論如何也不該像幾十年來所做的那樣，低估以至抹煞了他的歷史功績。

他在「五四」前夕登上歷史舞台，視野之開闊遠非文學框架所能限制。因爲他繼承了晚清時代那些憂國憂民的前輩志士的革命精神，其立足點是拯救中華民族，振興炎黃子孫的鼎盛時代與一切勞績。因此他一方面鼓吹徹底改變封建制度賴以立足的生產關係，另一方面要解放被其束縛的生產力使之得到長足發展。因此提高中華民族的物質文明與精神文明的水平，相應地開拓青年們的這種視野以便健康成長，在其中翱翔馳騁，這些都在他的觀照之中。在他看來，用文學潛移默化地冶才育人，和用科學改善中華民族現有的素質，是同等重要、並行不悖的兩翼。因此早在踏入商務印書館之初，他的改革和提高中華民族尤其是青年一代的科學水平與科學素質的立志，與其說與用文藝改造社會的立志同時並舉，勿寧說後者是晚於前者的。

他以《中學生》爲陣地，以介紹科學家的治學道路和介紹普及性科學知識與尖端性新興學科、項目爲手段，總的宗旨都在造就一代具有革命意識、科學頭腦、與科學水平的新青年以取代老一代並結束老一代那種落後愚昧的精神狀態。因爲只有人改變了舊貌，生產關係才會呈現新質，包括科學在內的生產力才能得到順利發展的生存空間，中國才能振興昌盛，趕上時代並與侵華的列強匹敵。

他把發展科學生產力的希望寄託在青年和勞動者身上。從 1917 年底到

1918 年下旬，他的兩組論著《學生與社會》、《一九一八年之學生》和《履人傳》〔註12〕、《縫工傳》〔註13〕，就是在這種指導思想支配下相繼問世的。他希望在青年和勞動者中尋求改變中華民族基本素質之路。這才有條件達到前面所說的那種境界，把代表祖國未來的青年學生看作決定「國勢之強弱」、「社會之良窳」的種子，最終目的則是追求社會之「良」與國勢之「振」。他把青年放到這麼重要的位置，正是著眼於發展，寄希望於未來。這就是茅盾當時的恢宏視野與立志開拓前景的宏視格局。

　　最難得的是他當時即把期待的目光放在勞動者身上。希望從他們中湧現出一代振興中華、成就大事業的大勇者。他在《履人傳》序中熱情而頗具氣魄地寫道：

夫芝蘭無根，醴泉無源；王侯將相無種。丈夫貴能自立，閱閱豈能限人哉！閒常泛覽外史，取少賤爲履人之名人，撮其事迹，薈萃一篇《履人傳》，亦見人在自樹，自暴自棄者，天厭之。窮巷牛衣之子，其亦聞風自興。而勉爲書中人乎？吾願其效卡萊之好學，百折不回；學喬治之束身，不爲眾涅；效蕭物爾之見義忘生；約翰〔註14〕之貧而好善，……

這裡所舉，不僅限於履人出身的科學家，但內含之。而且其精華在於「人在自樹」的精神，好一個「人在自樹」！這不就和《縫工傳》序中所說的「勵志高抗」異曲同工嗎？他在《縫工傳》序中開宗明義地說：

夫中流失舟，一壺千金。一壺至賤也，適當於用，則一壺爲重，而千金爲輕。叔世風教掃地，禮義廢弛；滔滔頹流，不知所底。苟有人焉，勵志高抗，一言一行，可以風薄俗，懲邪忒，而救陷溺之人心；則是人也，雖非生於高貴之家，……蓋亦中流一壺之意也。……

這裡也超出了科學範圍而含有五四的民主精神，以「勵志高抗」，「可以風薄俗，懲邪忒，而救陷溺之人心」爲旨，這就把要求青年「人貴自樹」，和他從事的立志「樹人」的事業結合起來、統一起來了。這種改變社會民族素質、改變知識結構與代表科學、體現科學生產力的知識分子的階級結構的宏觀主

〔註12〕載於《學生雜誌》第 5 卷第 4、6 號，1918 年 4 月 5 日至 6 月 5 日。
〔註13〕載於《學生雜誌》第 5 卷第 9、10 號，1918 年 9 月 1 日至 10 月 1 日。
〔註14〕這四人皆爲書中所介紹的履人而成才並有卓越建樹的。詳見該文。此序寫於
　　　　1918 年 1 月，用文言而無標點，引文中標點係引者所加。

張，在當時無異於空谷足音，實在是開時代之先河的！把它譽為五四運動之先聲，不為過分罷？

如果說上述觀點是從人著眼以改變生產力結構狀況的，那麼 1919 年到 1920 年前後他那一大批科學評介文章，則是從物著眼兼及育人而以改變生產力狀況為目的所撰寫的。這些文章分為兩類。一類是普及科學知識的。早在 1916 年，他剛到商務印書館不久，就被派去協助孫毓修編譯科普讀物，後來孫僅掛名，實際工作全是茅盾所作。其成果首先是編譯了卡本脫的通俗讀物《衣》、《食》、《住》（原作次第和名稱是：《人如何得食》、《人如何得衣》、《人如何得住》；現有次第係孫毓修據中國人習慣提法所排）和沈雁冰自著的《三百年後孵化之卵》﹝註 15﹞。另一類則是介紹當時新興的現代化的，甚至是尖端科學成就的文章。如：

《探「極」的潛艇》（《學生雜誌》第 6 卷第 12 號，1919 年 12 月 5 日）；

《第一次飛渡大西洋的 R34 號》（《學生雜誌》第 6 卷第 12 號，1919 年 12 月 5 日）；

《沉船？寶藏？探寶潛艇？》（《學生雜誌》第 7 卷第 1 號，1920 年 1 月 5 日）；

《家庭與科學》（《婦女雜誌》第 6 卷第 1 號，1920 年 2 月 5 日）；

《生物界的奇譚》（《婦女雜誌》第 6 卷第 2 號，1920 年 2 月 5 日）；

《譚天——新發見的星》（《學生雜誌》第 7 卷第 2 號，1920 年 2 月 5 日）；

《關於味覺的新發現》（《學生雜誌》第 7 卷第 3 號，1920 年 3 月 5 日）；

《人工降雨》（《學生雜誌》第 7 卷第 4 號，1920 年 4 月 5 日）；

《天河與人類的關係》（《學生雜誌》第 7 卷第 7 號，1920 年 7 月 5 日）；

《航空救命傘》（《學生雜誌》第 7 卷第 8 號，1920 年 8 月 5 日）；

《火山——地球上的火山——月球上的火山和實驗室裡的火山》（《學生雜誌》第 7 卷第 10 號，1920 年 10 月 5 日，這是譯作）。

從今天的水平看來，這些著譯當然沒有多大的學術價值，但在當時不僅有普及科學的認識意義，不少文章確有開拓視野的學術價值，而且對作者自己以至讀者形成辯證唯物主義和歷史唯物主義的世界觀，不啻是個前進的階

﹝註15﹞前三種由商務印書館出版了單行本，後者作為單篇文章刊於《學生雜誌》第 4 卷第 1、2、4 號，1917 年 1 月、2 月、4 月。

梯。有趣的是，當年魯迅也從事過相同的工作，他的《說鉑》、《中國地質略論》〔註16〕早於茅盾十多年，但出發點則完全一致。這些文章留下了文化界思想先驅從事啟蒙運動的清晰的足跡。

茅盾介紹資本主義發達國家的先進科學，並非說他沒看出其生產力與生產關係之間的矛盾；反之，他倒是相當敏感地指出了資本主義生產關係束縛生產力發展的事實。在《探「極」的潛艇》前言中，他以「潛艇發明史中一個開路先鋒」西門拉克被譏為「痴子」，被銀行經理嘲笑為「發狂的發明家」，而西門拉克終於戰勝重重阻力，用自己的行動證明了這「狂」想，使之成了事實的典型事例，充分說明生產力的進一步發展，正受著束縛，因此也有必要衝破資本主義生產關係的束縛。

在這裡我們可以時時看到，茅盾在許多方面的廣闊視野，使他的思想量變為他的思想質變創造了良好的條件；我們可以從上述這些角度看到一個可喜的現象，就像看到了母雞孵卵，在那溫馨的蛋殼裡，社會主義的無產階級的思想因子，好像卵殼裡初具雛型的雞雛，時時都有衝破革命民主主義的「蛋殼」，脫穎而出的趨勢！

（三）

終於，在 1920 年前後，這隻雞雛脫穎而出，蹣跚走路了！年青的沈雁冰借助精通英文的優勢，先於許多人，在十月革命前後閱讀並翻譯了大量馬克思主義論著，並使自己思想上具備了無產階級世界觀的新質。他隨即參加了中國共產黨的前身——上海共產黨小組。並於 1921 年中國共產黨誕生時成為它的創建者之一。此後成為中共中央聯絡員和大區基層黨的領導人之一。從這個意義上講，認為沈雁冰是黨的創始人之一和老一輩無產階級革命家，完全名實相符，沒有什麼不可以的。因為列寧指出：「在分析任何一個社會問題時，馬克思主義理論的絕對要求，就是要把問題提到一定的歷史範圍之內」〔註17〕；他又說：「最可靠，最必需，最重要的，就是不要忘記基本的歷史聯繫，要看某種現象在歷史上怎樣產生，在發展中經過了哪些主要階段，並根據它的這種發展去考察現在是怎樣的」〔註18〕。這是我們觀察研究問題並作歷史評價的最可靠的馬列主義的方法論。我考察茅盾並得出上述結論，就是

〔註16〕均寫於 1903 年。
〔註17〕《列寧選集》第 2 卷，第 512 頁。
〔註18〕《列寧全集》第 29 卷，第 403 頁。

把他放在特定歷史條件下從其實際歷史作用出發的。

毛澤東同志有個形象化的說法：十月革命一聲炮響，給中國送來了馬克思列寧主義。茅盾也是在馬克思列寧主義傳播到全世界時通過自己的渠道（他精通英文）接受並傳播馬列主義的。他的宣傳介紹馬列主義的活動，成爲中國共產黨成立前的理論準備工作的一部分。

當時陳獨秀和張東蓀共同商議發起成立上海共產黨小組（即馬克思主義研究小組）時〔註 19〕，茅盾應約在張東蓀主編的《解放與改造》雜誌的「讀書錄」專欄上發表了他寫的第一編評介文章《羅塞爾〈到自由的幾條擬徑〉》〔註 20〕。下分幾個小題目：無政府主義、社會主義、工團主義。茅盾後來在《我走過的道路》中回憶道：

> 羅塞爾主張基爾特社會主義，反對社會主義，也反對無政府主義和工團主義。那時已是一九一九年尾，我已開始接觸馬克思主義，我覺得看看這些書也好，知道社會主義還有些什麼學派。那個時候是一個學術思想非常活躍的時代。受新思潮影響的知識分子如飢似渴地吞咽外國傳來的各種新東西，紛紛介紹各國的各種主義、思想和學說。大家的想法是：中國的封建主義是徹底要打倒了，替代的東西只有到外國找，「向西方國家尋找眞理。」所以，當時「拿來主義」十分盛行。拿來的東西基本上分兩大類，一類是民主主義的，一類是社會主義的。馬克思主義作爲社會主義的一個學派被介紹進來，但十分吸引人，因爲那時已經知道，俄國革命是在馬克思主義的指導下取得勝利的。

——該書上卷 133 頁

在中國共產黨成立之前，茅盾翻譯和編譯的馬克思主義論著甚豐。大體可以分爲以下四類：

第一類，馬克思主義經典著作的翻譯：如《國家與革命》第一章（列寧著，1921 年 4 月 7 日《共產黨》第三號）。〔註 21〕

第二類，各國共產黨的綱領、文件：如《共產主義是什麼意思——美國共產黨中央執行委員會宣布》（1920 年 12 月 7 日《共產黨》第二號），《美國

〔註 19〕張東蓀很快就打了退堂鼓。這和他後來政治傾向的向右轉是一致的。
〔註 20〕《解放與改造》第 1 卷第 7 號，1919 年 7 月。
〔註 21〕《共產黨》是上海共產黨小組辦的建黨之前第一個地下刊物。

共產黨黨綱》（1920 年 12 月 7 日《共產黨》第二號），《共產黨國際聯盟對美國 IWW〔註 22〕的懇請》（1920 年 12 月 7 日《共產黨》第二號），《美國共產黨宣言》（1920 年 12 月 15 日《改造》三卷四號）等。

第三類，闡述共產黨、馬克思列寧主義基本理論和蘇俄政治文化概況的文章：如《巴苦寧和無強權主義》（根據羅塞爾的《到自由的幾條擬徑》部分章節改寫而成，1920 年 1 月《東方雜誌》十七卷一至二號），《俄國人民及蘇維埃政府》（jerome Davis 著，1920 年 10 月《東方雜誌》十七卷三號），《IWW 的研究》（編譯，1920 年 4 月《解放與改造》二卷七到九號），《共產黨的出發點》（霍格松著，1921 年 4 月 7 日《共產黨》第三號），《勞農俄國的教育——勞農俄國教育總長呂納卻思基〔註 23〕一席談》（1921 年 5 月 7 日《共產黨》四號）。

第四類，著名人士對蘇聯的反映：如《遊俄之感想》（羅素著，1920 年 10 月 1 日《新青年》八卷二期），《羅素論蘇維埃俄羅斯》（哈德曼著，1920 年 11 月 1 日《新青年》八卷三期）等。

通過這些翻譯和編譯的論著，既奠定了茅盾自己逐步形成的無產階級世界觀的理論基礎，也為建黨前夕的理論準備作出不可抹煞的貢獻。而且，正因為此前有了這些基礎，他才可能在建黨前夕寫出第一篇帶綱領性的顯示其無產階級世界觀雛型和馬克思列寧主義思想水平的文章：《自治運動與社會革命》。〔註 24〕

當時正值北洋軍閥政府統治，全國各地則是軍閥割據。於是不僅在統治人民問題上官僚軍閥與地方軍閥之間既一致壓榨又相互爭權奪利，就是軍閥政府和地方紳紳之間也保持著統治人民時是一致的，分贓不均時又要發生狗咬狗的矛盾。「省自治」運動和聯省自治運動就是在這種背景下由紳紳們提出來的。他們為了取得後盾，就打出民主旗號迷惑群眾，茅盾的《自治運動與社會革命》一文就是針對這一活動為拆穿騙局，正面宣傳馬克思主義社會革命論而寫的。文章的基本精神共有五點：第一，他指出所謂「省自治」運動的實質，就是以「民主政治」為名的「紳紳運動」。紳紳階級與軍閥政府比較起來，「簡直就是前山老虎和後山老虎」，同樣都要吃人的。所以紳紳發動的

〔註 22〕世界工業勞動者同盟的簡稱。
〔註 23〕現通譯為盧那察爾斯基。
〔註 24〕初刊於 1921 年 4 月 7 日《共產黨》第 3 號，署名 P‧生。

「自治」運動如果其目的得逞,「眞正的平民得不到一些好處,反加多一重壓制,加多一層掠奪罷了!」第二,紳縉運動所謂的「德謨克拉西政治」〔註25〕目的只是「狐媚外國的資本家」,他們所謂趕走軍閥,「決沒有」「成功的可能」,「因爲他們的目的本不想把軍閥趕去,他們的目的只想軍閥分一些賊贓與他們,他們就可萬事俱休。」所以他們「還不及西洋的市民,是扶不起的癩狗,教訓不好的壞小子,簡直和軍閥是一模一樣的。」第三,也是最重要的,他認爲「我們當前的事體該怎麼辦,是很明白了,這就是無產階級的革命!立刻舉行無產階級的革命。」第四,「無產階級的革命便是要把一切生產工具都歸生產勞工所有,一切權力都歸勞工們執掌。直到滅盡一分一毫的掠奪制度,資本主義決不能復活爲止。」第五,茅盾表示了實行這一革命理想的充分的信心。因爲「這個制度現在俄國已經確定了」,因此在中國也一定能確定這樣的制度。他堅信「最終的勝利一定在勞工者,而且這勝利即在最近的將來,只要我們現在充分預備著!」

今天看來,茅盾這篇文章顯然存在著兩個弱點:第一,他對中國的國情與俄國不同把握不夠,因此當時沒有看出發展民族資本主義,使社會主義革命分兩步走的必要性。第二,他把中國革命看得比較輕易,看不到其艱巨性決定了其長期性的特點。但是話說回來,中國革命分兩步走的思想之理論化,是一直到 1940 年毛澤東同志的《新民主主義論》發表後才系統化的。此前,特別是建黨前夕,還沒有一個人提出過中國革命分新民主主義和社會主義兩步走,而新民主主義革命又是無產階級和共產黨領導的資產階級民主主義性質的革命。對中國革命的長期性問題,當時也是普遍缺乏足夠認識的。考慮到當時歷史認識水準的實際情況,我們就不必苛責茅盾。反之,對他在此文中所提出的帶有明顯的綱領性質和方向路線性質的觀點,無論從理論和實際哪個方面,都應該給予充分的高度的評價;並把它當作中國共產黨誕生歷史上光輝的一筆。

如果從文藝界當時的思想政治認識水平來看,其前驅性、啓蒙性就更明顯。魯迅當時對實行無產階級專政爲目的的革命,以至「對十月革命還有些冷淡,並且懷疑。」因爲他當時還未系統接觸到馬列主義,又「因爲資本主義各國的反宣傳」〔註26〕而多少受些影響。郭沫若不久倒是表態支持無產階

〔註25〕即「民主政治」。德漢克拉西是英語「民主」一詞的音譯。
〔註26〕《答國際文學社問》,新版《魯迅全集》第 6 卷,第 18 頁。

級，但他的認識還處於「ABC」知識尚不健全的階段。他在茅盾發表了《自治運動與社會革命》（1921 年 4 月 7 日）的一個月零二十天之後所寫的《女神‧序詩》中是這樣理解無產階級和共產主義的：

> 我是個無產階級者：
>
> 因爲除了赤條條的我外，
> 什麼私有財產也沒有。
> 《女神》是我自己產生出來的，
> 或許可以說是我的私有，
> 但是，我願意成個共產主義者，
> 所以我把她公開了。

——《郭沫若全集》第一卷，第 3 頁

當時除了李大釗、毛澤東〔註27〕等少數早期共產主義者的著作外，像《自治運動與社會革命》這種綱領性的系統理論極爲鮮見，在建黨前，無異於空谷足音，拔萃超群！

　　總結以上革命民主主義思想和建黨前夕接受並宣傳馬克思主義這兩個側面，我們可以看出茅盾早期思想的兩個特點：第一，明顯地留下了由革命民主主義向共產主義思想發展的蟬蛻痕迹。當時他的思想中，馬克思主義是有的，革命民主主義也是有的；前者逐步取代後者，呈現出占有主導地位的趨勢。這是當時早期共產主義知識分子共有的特點，明顯地留下了中國人向西方尋求眞理，在篩選過程中堅定了馬克思主義信仰的時代烙印和歷史足迹。第二，一切圍繞著救國救民的愛國主義的立場，一切圍繞著徹底改造舊的社會制度，徹底清洗舊的思想體系的革命精神。二者歸一，不僅體現出茅盾個人世界觀由革命民主主義過渡到馬克思主義的明顯趨勢，而且也反映出一切眞正站在人民立場上的知識分子和革命者思想嬗變的必然歸宿。因此，王若飛同志在一九四五年談茅盾「所走的方向」爲「中國民族解放與中國人民大眾解放服務的方向，是一切中國優秀知識分子應走的方向。」這個論斷是不容否定的。小而言之，起碼在中國，這是時代先驅者和首先覺悟的知識分子

〔註27〕據 1921 年 1 月新民學會討論記錄中載的發言：「毛潤之：我們意見與何君大體相同（何君即何叔衡，他發言主張激烈的共產主義方法）……激烈的共產主義，即所謂勞農主義，用階級專政的方法，是可以預計效果的。故宜採用。」這和他寫的《湘江評論》創刊宣言（1919 年 7 月 14 日）「主張『無血革命』」「不主張起大擾亂」的思想頗不相同。

探路前行的歷史必由之路；大而言之，人類血戰前行的歷史中，時代前驅者和首先覺悟者或早或遲都要踏著這個足迹高歌奮進，戰鬥不息！我們不應抹煞茅盾的探路前進所顯示的規律和他建立的這一歷史功績。

（四）

　　茅盾不僅僅是在理論宣傳上卓有建樹的理論家，而且是走向工農、走向街頭、最早投身到中國共產黨懷抱的老一輩無產階級革命家之一。

　　實際上是中國共產黨的籌建機構——上海共產黨小組，1920 年 7 月在上海組成。〔註28〕三個月之後即同年 10 月，茅盾就經李漢俊介紹加入了這個小組。與此同時，他立即提起筆，作刀槍，在上海共產黨小組的機關刊物《共產黨》上連連發表著譯多篇，在《新青年》、《解放與改造》上也同時著文譯文，為中國共產黨的建立作理論準備。在這前後加入這個組織的張東蓀、戴季陶等很快就落荒而逃，後來投靠到蔣介石門下成了反動政客；而茅盾堅定地幹下去，終於 1921 年 7 月 1 日隨著中國共產黨的成立，成為第一批共產黨員，是五十多個首批黨員之一，成為中國現代文學史上第一個黨員作家和理論批評家。而且建黨後不久，他的弟弟沈澤民也加入了。其中也包括他的夫人孔德沚和弟媳張琴秋。因此有時共產黨的支部會議就在他家裡開。包括其弟沈澤民入黨的那次支部會在內。他的兒子、女兒後來也相繼入黨。女兒死在陝甘寧邊區一次為爭取上前線而作流產手術的醫療事故中。女婿犧牲在抗美援朝前線。弟弟和弟媳也死在革命洪流或「十年動亂」中。他的一家是個革命的家庭，烈士的家庭！

　　1921 年黨剛剛建立就辦了培養革命婦女幹部的平民女校，這是建黨後辦的第一個學校。茅盾就去任教，在此和丁玲建立了師生關係。建黨次年，他利用「唱獨角戲」編輯《小說月報》的機會，一方面公開用當時文藝界能夠接受的方式推動五四以來的新文學運動；一方面擔任中共中央的直屬聯絡員。並「編入中央工作人員的一個支部」。他回憶說：「外地給中央的信件都寄給我，外封面寫我的名字，另有內封則寫『鍾英』（中央之諧音），我則每日匯總送到中央，外地有人來上海找中央，也先來找我，對過暗號

〔註28〕關於上海共產黨小組建立的時間說法不一，如茅盾在《我走過的道路》中說是 7 月，黑龍江人民出版社出版的《中國現代史大事記》中說是五月；知識出版社的《中國近現代史大事記》和人民出版社的《中共黨史大事年表》中均說是 8 月，這兒暫從茅盾自己回憶錄中的說法。

後，我問明來人住什麼旅館，就叫他回去靜候，我則把來人姓名住址報告中央。」〔註29〕

上海大學是黨中央辦的第二所培養幹部的學校，規模要大得多，分若干系。茅盾應黨組織的派遣去任教，在中文系教歐洲文學史和小說作法，在英文系教歐洲文學史。在這裡他和總務長（管理全校行政事務）鄧中夏、教務長兼社會學系主任瞿秋白等老一輩無產階級革命家相繼共事達一年左右。

1923 年黨中央召開上海黨員全體會議，成立了上海地方兼區（兼管江蘇、浙江兩省的發展黨員、成立小組及工人運動等事務）執行委員會。茅盾在會上當選為五人組成的執委會委員兼國民運動委員。這期間他為發展黨員在江浙地方多處多次奔走。（1983 年我為籌備全國第二屆茅盾研究學術討論會事去江浙。在蘇州高中校史小組那兒發現了茅盾當年來蘇州發展黨員的線索，在杭州發現了他去寧波及杭嘉湖地區發展黨員、從事地下黨活動的線索。）這次會上還成立了上海地方兼區下屬的國民運動委員會以負責統一戰線工作。茅盾又當選為委員長。委員為林伯渠、張太雷、張國燾、楊賢江、董亦湘。也就是說，當年大名鼎鼎的工人運動領袖張太雷，建黨初期就從事黨的工作，始終在中央擔負著重要職務，一直到解放後才逝世的著名的老一輩無產階級革命家林伯渠，以及黨史上產生重大影響（當然主要是反面的）的張國燾，當時都曾是茅盾的部下。就在兼區執委會第六次會上，他結識了以中央委員身分出席會議的毛澤東同志。在同年九月執委會改組時茅盾又以委員身分兼秘書和會計。他還在國民運動委員會中和向警予同志一起分管婦女運動。1924 年執委會改選後，茅盾仍當選為委員並兼秘書、會計。

1925 年「五卅」運動中，茅盾隨上海大學學生隊伍於當天走上南京路參加示威遊行。外國巡捕在老閘捕房開槍打死遊行者時，他和夫人孔德沚（當時已入黨）、瞿秋白的夫人楊之華一起正在南京路的先施公司門前。當晚黨中央和上海兼區負責人開會議決次日下午繼續遊行示威。茅盾和夫人又一次和群眾隊伍一起走上南京路。這兩次的經歷實況，他真實地反映在不久即發表的長篇散文《五月三十日下午》、《暴風雨》、《街角的一幕》〔註30〕等名篇裡。6 月 4 日，他作為上海大學教員代表參與發起了上海教職員救國同志

〔註29〕《我走過的道路》上冊，第 180～181 頁。
〔註30〕分別刊於《文學週報》第 177、180、182 期，1925 年 6 月 14 日、7 月 5 日和
　　　　7 月 19 日。

會。6 日他和楊賢江等發表談話，闡明教員聯合會支持反帝愛國運動的宗旨。他和沈聯璧一起起草了該會宣言〔註31〕。並參加了該會組成的講演團，他的講題為《「五卅」事件的外交背景》。此外，茅盾又參加了 6 月 3 日上海學術團體對外聯合會主編的由商務印書館辦的《公理日報》，與黨中央辦的由瞿秋白主編的《熱血日報》相配合，不僅發表了揭露帝國主義製造「五卅」慘案罪行，提出收回租界、嚴懲凶手、英政府向中國政府道歉等要求的上海學術團體對外聯合宣言等文章，而且也揭露了上海各報不敢報導「五卅」真象的內幕，批判了《申報》、《新聞報》、《時報》等的媚外言論。茅盾參與主持此報直至停刊。

「五卅」運動高潮剛過，商務印書館大罷工掀起。茅盾是當時商務印書館黨的負責人之一，並參加了領導罷工的「臨時黨團」和不久成立的罷工中央執行委員會，擔任撰稿、發布消息的總負責人。他還參加了與資方的談判，直到取得勝利時，還起草了復工條件。這一系列活動說明：茅盾不折不扣地成為群眾革命運動和黨的領導人，堅定地站在鬥爭最前線。

就在這樣的環境和思想狀況下，茅盾寫了倡導無產階級革命文藝的長篇論文《論無產階級藝術》〔註32〕，這是他的世界觀和文藝觀均轉變為無產階級性質的標誌。這篇論文早於 1928 年革命文學論爭與創造社、太陽社對無產階級文學的倡導達三年之久。〔註33〕但在 1928 年，這兩個團體不僅貪天功為己功，自稱此口號為他們所最先提出，而且相互也在爭奪最早提出此口號的「發明權」；反之，他們又一致批判包括魯迅、茅盾、葉聖陶以及創造社元老之一的郁達夫為資產階級文人。應該指出，對茅盾的歷史評價之不公平，就是從此及此前對他的《蝕》的批評開始的。應該承認，這次論爭開中國現代文學史上「左」傾文藝思潮之先河，成為隨意批判人，隨意扣政治帽子的惡劣先例。由於當事人有的還健在，人為的阻力尚大，所以至今對這段公案還未能作客觀的清算。

茅盾後來回憶說：在寫這篇文章時，他「引用了許多蘇聯的材料，討論的也是當時蘇聯文學中存在的問題，這是因為在 1925 年中國還不存在無產階

〔註31〕刊於上海《民國時報》，6 月 15 日。

〔註32〕刊於《文學週報》第 172、173、175、196 期，1925 年 5 月 10 日、17 日、31 日和 10 月 24 日。此文是在他在藝術師範學院所作的同題演講講稿基礎上寫成的。

〔註33〕關於這一長篇論文的內容與意義，本書下面將專門論述。

級的藝術」。〔註34〕但是他「已經意識到無產階級藝術的基本原理將會指引中國的文藝創作走上嶄新的道路」，因此他「大膽地作了一番理論探討。半個多世紀過去了，這篇文章的內容，在今天已是文藝工作者普遍的常識，但在當時卻成了曠野的呼聲。」「而且其中提到的一些問題，在今天也未圓滿地解決。」〔註35〕這一評價是相當客觀的。

　　1925年「五卅」運動後，國民黨右派乘孫中山逝世（當年3月12日）之機宣布開除以個人身分加入國民黨的共產黨員。第二批名單中就有茅盾。為了反擊他們，黨中央指定他和惲代英籌組兩黨合作的國民黨上海特別市黨部執委會，他當選為宣傳部長，並於年底當選為國民黨第二次全國代表大會代表。當即於次年元旦乘船赴廣州。會後他被黨中央留在廣州任國民黨中宣部秘書。毛澤東同志是代理部長，這是茅盾初次與毛澤東同志共事，並住在毛澤東家中。實際部務工作多是茅盾在主持，並且在毛澤東同志外出搞農民運動時代理過部長工作。從第五期起他接編國民黨政治委員會機關報《政治週報》。並在「反攻」專欄發表了與國民黨右派的《醒獅周報》作戰、激烈抨擊反動的國家主義的三篇文章：《國家主義者的『左排』與『右排』》、《國家主義——帝國主義最新式的工具》、《國家主義與假革命不革命》。〔註36〕此外還寫了一篇《蘇聯十月革命紀念日》的長篇論文，起草了不少宣傳大綱。充分利用孫悟空鑽到鐵扇公主肚子裡的機會公開鼓吹無產階級革命和歌頌其偉大領袖列寧。他宣稱「十月革命的重要的世界意義，一是被壓迫的無產階級推翻了他們的統治者壓迫者，奪過政權來，建設了無產階級的國家，做世界無產階級革命的榜樣；二是被壓迫的弱小民族，解放出來，享各民族應有的自由平等，做世界資本主義國家統治被壓迫民族的民族革命的榜樣。」他重申了孫中山的「遺教——民族革命的實現必須外聯合世界的革命無產階級，內扶植工農階級的勢力，始有克濟。」這些文章在宣傳戰線上是對國民黨右派的沉重打擊；對工農革命則是有力的動員和支持。在中共黨史上應該寫上

〔註34〕他引用的主要是蘇聯波格丹諾夫的《無產階級藝術的批評》。學界有人認為是翻譯，有人認為是編譯，但也有人著文對比了茅盾與波氏許多觀點並不相同或者相反。對此我另有專文作詳細的論述。
〔註35〕《我走過的道路》上冊，第291～292頁。
〔註36〕這三篇文章分別刊於1926年3月7日出版的《政治週報》第5期上，後者收進廣州國民政府內總政治部印行的小冊子《革命史上的幾個重要紀念日》中。

一筆！

　　中山艦事件標誌著蔣介石反共面目的公開暴露。此後茅盾奉黨中央調令回上海國民黨宣傳部上海交通局代理主任。並用此公開身份編輯「國民運動叢書」，乘機宣傳馬克思主義，與推動工農革命運動。如五輯叢書選題（經毛澤東同志審定）中就有《馬克思的歷史方法》、《馬克思論東方民族革命》、《社會主義與宗教》、《俄羅斯社會革命小史》、《蘇維埃制度》、《蘇聯的教育》、《紅軍》、《世界之農民運動》、《巴黎公社》、《五一勞動節》、《婦女與社會主義》、《婦女解放運動小史》、《帝國主義侵略中國小史》等〔註37〕。國民黨宣傳部的上海交通局的辦事人員全是共產黨員。所謂「交通」，實是通訊宣傳工作。茅盾後由代主任被委任爲正式職務。並兼國民黨（左派）上海市黨部主任委員。

　　1926年北伐軍攻克武漢前先克浙江，黨中央決定請沈鈞儒組織浙江省政府，並派茅盾爲省府秘書長。後因武漢缺幹部，黨中央改派他到武漢任中央軍事政治學校武漢分校政治教官（約兩個多月）兼任漢口《民國日報》總主筆。這是名爲國民黨湖北省黨部機關報實爲共產黨喉舌的革命報紙。社長董必武，總經理是毛澤東同志的弟弟毛澤民。這張報紙是直接由中共中央宣傳部領導的第一張大型日報。每天出十版，六版新聞，四版廣告。其中緊要新聞占一版，其最重要的一個組成部分是「國民黨味道最濃的」社論。其它五版均圍繞群眾運動，「集中反映了共產黨的主張和政策」〔註38〕。茅盾利用撰寫社論的機會，把「國民黨味道」作了很大改觀，使之充分反映「共產黨的主張和政策」。這一時期他寫的文章亦有同一特色。

　　他集中精力支持工農革命運動，反擊頑固勢力。在眞實報導階級鬥爭激烈狀況的文章《光明與黑暗的鬥爭》之同時，還寫了題爲《鞏固後方》和《整理革命勢力》的社論。他針對「帝國主義者與反革命的蔣介石勾結」的新局勢，總結蔣在廣東發動反革命政變時「廣東民眾」「在一夜之間就被反革命的新軍閥摧毀」的歷史新教訓，提出了三大主張：第一，「政府要武裝革命的民眾，以增厚後方防軍的力量」，以保證以武漢爲後方進行「第二期北伐。」第二，「必須對於潛伏的反動勢力舉行大規模的掃除。」第三，「應以敏捷的手腕鏟除鄉村的封建餘孽，土豪劣紳，反動團防等類的反動武裝勢

〔註37〕參看《我走過的道路》上冊，第312～313頁。
〔註38〕《我走過的道路》上冊，第322～323頁。

－22－

力。」他認爲「三者是缺一不成的。」〔註39〕他還指出：「工商業者與農工群衆的民主政權是國民革命目前的鵠的。」他特別針對「痞子運動」的謬論加以反駁，堅決支持湖南農民運動，肯定農民運動「在鄉村中掃除封建勢力，建立起革命的秩序」、「懲治土豪劣紳」的功績，認爲這是「暴風雨時代必然的現象」，「非此則不能鏟除鄉村的封建勢力。」同時他又有遠見地指出：「暴風雨時期之後，需要一番整理」，「換言之，即鄉村的革命勢力應該納入政治的方式，建立鄉村自治機關，確定鄉村的民主政權。」「然後能切切實實爲一般農民謀利益。」「然後能保障鄉村封建勢力之不致死灰復燃。」並且提出帶有很高政策水平的政見，對「有土不豪，雖紳而不劣者，只要不是反對革命的，則不但受政府的保護，並且也有參加鄉村政權的資格。這是民主政權的精神，也就是整理革命勢力的精神。」〔註40〕這種既有革命立場，又有策略觀點的政見，既反右又防「左」的主張，不僅符合當時革命的長遠利益，對建立廣泛統一戰線是十分正確的；就是從哲學的辯證法角度來考察茅盾的世界觀與政治立場，也足資證明其是完全站在黨和無產階級一邊的。這實際上是對陳獨秀右傾機會主義的抨擊，也是對當時已明顯冒頭的「左」傾機會主義苗頭的抵制。陳獨秀曾干涉茅盾的辦報立場，茅盾在董必武同志的支持下，一方面反駁了陳獨秀，一方面照舊堅持正確的路線和立場。這是非常難能可貴的。

　　與此同時，茅盾寫了一系列正面揭露蔣介石及其發動的「四‧一二」反革命政變，以及抨擊養虎遺患的陳獨秀右傾立場的文章。如《革命者的仁慈》、《袁世凱與蔣介石》、《蔣逆敗象暴露了》、《討蔣與團結革命勢力》等，他一針見血地指出：革命者太仁慈了，致使反革命派更加猖狂。他支持群衆提出的口號：「以赤色的恐怖鎮壓白色的恐怖。」〔註41〕他對比了蔣介石和袁世凱兩個賣國賊的六條共同點，指出「蔣介石的爲人和作惡手段」完全是「具體而微的袁世凱第二」。他指出：「歷史既經復演，歷史上的命運也必然要復演。」〔註42〕「他的覆亡」命運也是歷史的必然。他認爲蔣逆的暴露也是好事，因爲這「一切割去」了革命和革命軍的累贅。〔註43〕

〔註39〕漢口《民國日報》社論《鞏固後方》，1927 年 5 月 11 日。
〔註40〕漢口《民國日報》社論《整理革命勢力》，1927 年 5 月 26 日。
〔註41〕漢口《民國日報》，1927 年 5 月 4 日。
〔註42〕漢口《民國日報》，1927 年 5 月 9 日。
〔註43〕漢口《民國日報》，1927 年 5 月 10 日。

我們一向只知郭沫若有《請看今日之蔣介石》，充分肯定了此文及其作者郭沫若的歷史功績。我們卻一向沒有重視並且承認茅盾這一系列更爲完整、更具政策水平和戰鬥性很強的文章的意義。這顯然是不公平的。

此外，茅盾還配合時局寫了許多社論。如配合夏斗寅發動的事變寫了《夏斗寅失敗的結果》。針對馬日事變寫了以下四篇社論：《歡迎中央委員暨軍事領袖凱旋與湖南代表團之請願》、《撲滅本省各屬的白色恐怖》、《長沙事件》、《肅清各縣的土豪劣紳》等等。

茅盾的這一系列文章具有三個突出的特點：第一，非常及時地對時勢作出指導性的論斷，具有敏銳的馬列主義水平和應變性。第二，不是就事論事，而是對事變作前因後果的分析，及時總結歷史經驗以揭示革命的發展規律。第三，既反右，又防「左」，特別是在「左」傾出現苗頭時就敲響警鐘！如果當時能充分重視茅盾的意見，也許歷史曲折的程度要小一些。可惜不僅當時沒有充分重視茅盾的意見，就是 1928 年之後，當他在《動搖》中寫了工農運動前進中出現的「左」的過火行爲時，儘管他還指出了客觀原因，即其與胡國光等土豪劣紳鑽進來採用「逆反」手法把運動推到極端以達到破壞之目的有關，還是被「左」得可憐的同志所誤解。他們大張撻伐，令人難以接受且難以容忍。遂加劇了後來日甚一日的左傾盲動。

茅盾在汪精衛撕破僞裝，武漢局勢逆轉而無可挽救之時不得不轉入地下，並應黨的安排由武漢去九江。他在短篇小說《牯嶺之秋》中只作了表面的反映，小說中只露出些微端倪，在當時也無法寫清。直到晚年在《我走過的道路》中，才把這次江西之行的眞正目的與經歷披露清楚。

汪逆背叛後，他奉黨中央之命於 7 月 20 日攜巨額支票赴九江並交給黨組織。到九江接頭時才發現接待者是董必武。董老告訴他：「你的目的地是南昌。」也就是說他是奉調去參加南昌起義。但去南昌的火車因蔣軍攔截不通了，只能效頭一天惲代英、郭沫若等翻廬山、走小路的辦法。但是歷史的偶然性往往誤人。如果他折道去了南昌，就成了「八一」南昌起義領導者之一。但茅盾遲了一步去不成南昌，只好按董老的囑咐折回上海。地下生活難以堅持，爲逃避蔣介石的通緝只好去了日本。處在日本特務的監視下。他過著半地下狀態的生活，因而和黨組織失去了聯繫。

（五）

去東京後的前半，具體說來即自大革命失敗後到 1929 年這一段，茅盾處於思想發展的曲折階段。他後來總結這段生活時說：

> 那時，我對於大革命失敗後的形勢感到迷茫，我需要時間思考、觀察和分析。自從離開家庭進入社會以來，我逐漸養成了這樣一種習慣，遇事好尋根究底，好獨立思考，不願意隨聲附和。……但是這個習慣在我的身上也有副作用，這就是當形勢突變時，我往往停下來思考，而不像有些人那樣緊緊跟上。一九二七年大革命的失敗，使我痛心，也使我悲觀，它迫使我停下來思索：革命究竟往何處去？共產主義的理論我深信不疑，蘇聯的榜樣也無可非議，但是中國革命的道路該怎樣走？在以前我自以爲已經清楚了，然而，一九二七年的夏季，我發現自己並沒有弄清楚！……當時乘革命高潮而起的弄潮兒，雖知低潮是暫時的，但對中國革命的正確道路，仍在摸索之中。我以爲我這看法，是有普遍性的。
>
> ——《我走過的路》中冊，第 1～2 頁

當時茅盾總結這個特點時曾用了所「感得的是幻滅」，但「不是動搖」的提法。他的解釋是：「幻滅以後，也許消極，也許更積極，然而動搖是沒有的。」〔註44〕這些話並沒有完全把問題說透徹，因此體現在《蝕》和《從牯嶺到東京》中，不僅沒有澄清問題，反而引起更多的責難。至今學術界仍未作出足夠的進一步的具體解釋。其實對照當時的其他文章，這個問題是可以分析清楚的。

茅盾「幻滅」了什麼？他「幻滅」的是中國革命「速勝論」的估計。早在 1920 年寫《自治運動與社會革命》時，他就提出在蘇聯已經實行了的無產階級專政。在中國這個社會制度的實現「即在最近的將來，只要我們現在準備著。」1927 年 5 月 10 日即「四‧一二」反革命政變發生的二十多天之後，他在《蔣逆敗象畢露了》一文中分析了蔣的反動營壘各種勢力之後，所得的結論還是：「凡此種種，都證明蔣的勢力已至末日。」他認爲面對蔣的「最後掙扎」，我們可以「再努力一點，早些把他完完全全送進墳墓去呀！」〔註45〕這就是說，茅盾對中國革命的長期性，對清除敵人的雄厚的社會基礎的艱巨

〔註44〕《從牯嶺到東京》。
〔註45〕漢口《民國日報》社論，1927 年 5 月 10 日。

性，都估計不足。一旦殘酷的現實呈現於面前而碰碎了自己的「速勝」論，他就迷茫而且幻滅了！

同時，茅盾對黨內和工農運動內部右傾的路線，和「左」傾的苗頭都有清醒認識。但是，如何克服這左右搖擺傾向而使革命走正路，走直路，他自己還拿不出辦法，指不出方向。所以他在《動搖》中既批判了方羅蘭的右傾和黨內以史俊爲代表的左傾，又批判了鑽進我們隊伍的土豪劣紳煽動的左傾，以及工農運動和黨內也確實存在的左傾趨勢，但卻不能用正面形象展示出真正不左不右的正確路線。當時評論界左的傾向占主導地位，接受不了茅盾批判左傾的描寫和他那相應的反「左」的思想。於是把茅盾本來正確的「反左」思想和相應的藝術描寫當作右傾動搖來批判了。這顯然是不對的。

還有，《幻滅》特別是《追求》中對小資產階級兩重性的描寫，又特別是對小資產階級面臨著革命高潮中與主流同時存在的陰暗面的不理解和革命處在低潮時而產生的幻滅感的描寫，在分寸感上把握得不夠適當，從而流露出作者的悲觀情緒偏重，展望未來堅定信心的憧憬期冀情緒不足。因爲他正在思考，還未找到打開局面的正確辦法。可以說在當時，一直到毛澤東同志代表的共產黨人找到以農村包圍城市的正確策略和堅持長期武裝鬥爭的正確路線之前，許多人都幾乎一直處在徘徊尋路的過程中。對這種時代的迷茫導致的茅盾個人以及與他同類的革命者的幻滅感，對他「停下來思考」的行動，都應作具體的歷史分析，都應該允許和理解，而不能輕易就理解爲革命立場的動搖。如果我們能採取這樣的歷史唯物主義的態度分析茅盾的政治道路的曲折彷徨階段，就不會從根本立場上抹煞他了。

此外，應該正確估計他當時的文學主張。第一，主張寫熟悉的生活，主張與其由於不了解工農而硬要寫遂導致公式化、概念化和歪曲描寫，不如寫熟悉的小資產階級；第二，主張以當時有閱讀能力的小資產階級讀者（其實他們一直是五四新文學包括無產階級革命文學在內的讀者主體）爲主要服務對象，因爲工農大眾當時多數人確實沒有閱讀這些文學作品的能力。茅盾的這些主張都是從實際出發，符合當時歷史現實狀況的。不能輕率地認爲這就是從《論無產階級藝術》一文的立場上倒退到小資產階級立場上去。因爲作爲行動方向提倡無產階級革命文學是一回事，在實踐中面對現實辦可能辦到的事，因此主張目前仍然應著重寫小資產階級並爲他們而寫，這是另一回事。

共產黨的黨綱還規定了最低綱領作為當前行動的目標，規定了最高綱領作為今後長期奮鬥的方向；文藝工作為什麼不可以這麼作呢？因此，當時對茅盾上述兩個方面的文藝主張的徹底否定態度，也不是歷史唯物主義的，不是實事求是的。

何況，茅盾經過了一段停下來思考後，又清除了幻滅情緒而逐漸堅定起來，1928 年 7 月他就宣稱：

> 悲觀頹喪的色彩應該消滅了，一味的狂喊口號也大可不必再繼續下去了，我們要有蘇生的精神，堅定的勇敢的看定了現實，大踏步往前走，然而也不流於魯莽暴躁。

> 我自己是決定要試走這一條路：《追求》中間的悲觀苦悶是被海風吹得乾乾淨淨了，現在是北歐的勇敢的運命女神做我精神上的前導。

──《從牯嶺到東京》

在這裡，北歐女神是指在蘇聯建立的社會主義制度，和它體現的馬列主義思想。此後他確實有一系列實踐這一宣言的行動。如果說以「革命既經發動，就會一發而不可收，……它的前進是任何力量阻攔不了的」為主題的短篇小說《創造》〔註46〕因其後的《追求》的幻滅格調而不足以說明茅盾的上述決心與態度，那麼《追求》和《從牯嶺到東京》之後寫的長篇《虹》〔註47〕和中篇《路》〔註48〕、《三人行》〔註49〕的傾向，卻足以證明上述宣言決非妄言，而是有紮紮實實的行動。

《虹》通過梅女士與封建家庭與包辦婚姻制度決裂始，到參加「五卅」運動、投身工農革命，一直到在未完成的《霞》中入了黨，成為堅定的黨的地下工作者終，這個人物的生活道路，正確地揭示出中國共產黨領導下小資產階級知識分子改造客觀世界之同時很好地改造主觀世界的正確途徑。《路》則對比了左、中、右三種學生，指引著青年人摒棄右傾道路，拋掉中間道路，跟著黨走真正革命的道路。這是對他自己道路曲折的匡正，也是對今後方向的昭示。

〔註46〕刊於《東方雜誌》第 25 卷第 8 期，1928 年 4 月。
〔註47〕前二章刊於《小說月報》第 20 卷第 6、7 期，1929 年 6、7 月，全書初版於1930 年。
〔註48〕初版於 1932 年，寫作時間較早，是 1930 年 11 月至次年 2 月。
〔註49〕連載於《中學生》雜誌第 16～20 期，1931 年 6、9、10、11、12 月。

　　我們不應要求，事實上也辦不到讓一切事物的運動發展都經歷筆直的路。特別是人生道路，總是曲折的，迂迴前進的。只要總方向是正而直的，就是光明之路。人生在世，誰的路能全是坦途？爲什麼對茅盾就可以提出這苛刻的要求？因此我認爲，茅盾小有曲折即調正了航向，已經是十分難能可貴了！

　　進入 30 年代後，在他加入左聯之同時提出了一系列較之《論無產階級藝術》更具體、更正確、更辯證、更具方向性的無產階級文藝主張。爲左聯的理論建設和文學批評起了開路正航的指導作用。這是包括 20 年代末期圍攻魯迅、茅盾最甚者也無法否定的事實。怎麼可以因爲 1928 年茅盾短時期的論小資產階級寫作題材和讀者對象的文章而否定他自 1925 年以來一直成爲文學主張主流的無產階級文藝思想呢？何況關於寫小資產階級與寫給他們看的主張也無可厚非。即使在社會主義的今天，我們也不能把小資產階級從服務對象中排除出去，更何況在當時！

　　因此，1927 年至 1929 年茅盾思想發展的這段曲折期，並不能作爲否定他建黨以來沿著中國共產黨人和無產階級路線高歌奮進的總方向的根據和理由。

　　此後一直到 1945 年爲他慶壽時止，他再未出現過思想曲折期。所以 1945 年周恩來、王若飛等同志以不同形式對茅盾所作的略低於毛澤東論魯迅的那些評價，茅盾是當之無愧的。

　　從 1945 年到 1981 年他逝世止，他不僅再沒出現過思想曲折期，而且這後一段的政治的、思想的、文化活動的、文藝事業的貢獻，遠遠超過了前一段。

　　1930 年茅盾由日本回國時曾通過瞿秋白同志提出恢復黨籍的要求。由於「左」傾機會主義統治中央而未獲同意。1940 年茅盾由新疆到延安後第二次提出恢復黨籍的要求。當時出於統一戰線工作的需要而暫緩辦理。同時應周恩來同志的要求，黨中央把茅盾重新派到重慶。

　　直到茅盾臨終前第三次鄭重要求恢復黨籍。黨中央考慮了他那光輝的一生，正式作出決定；恢復沈雁冰同志的黨籍，黨齡從 1921 年七月一日建黨之日算起。

　　從此茅盾作爲中共黨員和老一輩無產階級革命家的歷史，才正式被重新確認。這就使我們有條件重新評價他的歷史功績。

毛澤東同志有兩句意味深長的詩：

　　　千秋功罪，

　　　誰人曾與評說？

如今我們在「評說」茅盾的「千秋」功績之時，如果能夠站在歷史發展的高度，不也同樣會產生意味深長的感覺嗎？

作家與理論批評家的完美結合

　　偉大的人物無一例外是特定時代的產物，同時又是特定時代的推波逐瀾、促使時代前進的弄潮兒。偉大的人物往往是在成批湧現的一代人才中湧現出來的，同時又往往能哺育和獎掖一代又一代的傑出人才，所謂人才輩出，就是這個道理。作爲魯迅的同輩人，作爲與郭沫若並駕齊驅且在文學成就上略勝一籌的偉大的無產階級文學巨匠茅盾及其光輝的一生，特別是他在現代文學史上的璀璨建樹與累累碩果，充分證明了上述規律。

　　茅盾登上現代中國文壇，正值中國社會的歷史陣痛期。他的少年時代適逢資產階級舊民主主義革命及其高潮辛亥革命；他在文壇上初露鋒芒則是在新民主主義革命伊始及其第一個高潮「五四」文化革命到來之際。他隨著中國共產黨的建立而開始了自己的政治生命，並走完新民主主義革命各個歷史時期。社會主義革命和建設的曲折複雜的途程，以其新時期即三中全會以來的時期開闢了歷史新篇章；茅盾又作爲革命先鋒戰士和文壇主將經過了全部征程。遺憾的是他的生命的句號劃在以實現「四化」爲宏偉目標的新篇首章。使我們在當代文學面臨新的征途時失去了偉大的開路人和帶路人！然而經歷了我國資產階級舊民主主義革命、新民主主義革命、社會主義革命和社會主義建設漫長歷史時期的偉大作家和文壇旗手，他的精神遺產和足以爲人師表的遺風，是我們取之不盡、用之不竭的精神寶庫。所以，茅盾將永遠伴隨中國人民和中國文學事業沿著歷史道路高歌奮進。他的傳統我們將永遠繼承。

（一）

　　作為歷史交替期中湧現的歷史人物，其思想發展當然要極鮮明地打上歷史的烙印，留下時代的痕迹。反之，他如果眞正是一個偉大的歷史人物，他的思想及其社會實踐，也必然對歷史、對時代有所促進。茅盾作為「五四」新文學的奠基人，他的思想發展與社會活動恰恰就是這樣的情形。

　　茅盾思想的胚胎期是中學時代和大學預科時代；1916 年開始商務十年生活的前期則初露鋒芒。到「五四」運動前後特別是 1921 年主編《小說月報》和加入中國共產黨之後，他如雄鷹展翅，大展宏圖。到 1925 年止，完成了由革命民主主義到共產主義的思想發展期，進入 30 年代他逐漸成熟。此後的思想發展日趨穩定，日臻爐火純青期。而此前後十餘年的思想歷程則呈曲折迴環、螺旋上升的特色。既不像魯迅那麼穩步漸進，也不像郭沫若那麼高潮低谷，大起大落。可見，茅盾自有其獨具特色的思想歷程。

　　他的學生時代的思想胚胎期，受著相互對立的兩股潮流的深刻影響。一方面是傳統思想、傳統教育的影響，正如他自己所回憶的：「我從中學到北京大學，耳所熟聞者，是『書不讀秦漢以下，文章以駢體為正宗』。」〔註1〕「詩要學建安七子；寫信擬六朝人的小札；舉止要風流瀟灑；氣度要清華疏曠」。〔註2〕另一方面則也受我國資本主義思潮之萌芽和西歐資產階級的民主與科學潮流的影響。這個源流始自戊戌維新，通過其父母的開明的家庭教育為中介左右著這顆年青的心靈。在同盟會的革命黨人和新派教師不斷改革的學校教育中也得到培育。經過辛亥革命的初步洗禮，在《新青年》的巨大影響下蔚然定型。兩方面的影響對立統一、前消後長，及至「五四」運動前夕，茅盾的革命民主主義世界觀已經形成。他在《學生雜誌》1917 年 12 月號發表的社會論文《學生與社會》和同一雜誌 1918 年正月號上發表的第二篇社會論文《一九一八年之學生》中提出的觀點足茲佐證。這兩篇文章最早地以「革新」為旗幟，體現了他愛國主義與革命民主主義的政治主張。前文中說：「浩浩黃冑，其果有振興之日耶，暗暗社會，其果有革新之望耶，會當於今日之學生覘之。」後文則提出「革新思想」、「創造文明」、「奮鬥主義」三大口號，他大聲疾呼要「翻然覺悟，革心洗腸，投袂以起」，去改造社會，改造人生。最值得注意的當然是「革新思想」一節，其含意就是「力排有生以來所薰染於

<hr>

〔註1〕《我走過的道路》（上），第 114 頁。
〔註2〕《我的中學生時代及其後》，見文藝書局版《學生時代》，第 11 頁。

腦海中之舊習慣、舊思想，而一一革新之，以爲吸收新知新學之備。」所謂舊，當然指的是封建主義。所謂新，目前學術界的解釋其說不一。有說是進化論的，有說是個性主義的，也有說是尼采思想的。茅盾晚年自己作了解釋：「那時候我主張的新思想只是『個性之解放』、『人格之獨立』等等資產階級民主主義的東西，還不是馬克思主義」。他說到了「一九一九年尾，我已開始接觸馬克思主義。」〔註3〕轉過年來的十月份，他就參加了成立於兩三個月前的上海共產黨小組。次年共產黨誕生時，他已是當時五十多個黨員中之一個，成爲中國現代文學史上第一個黨員作家，同時也是最早致力於馬克思主義研究與宣傳的作家之一。正如茅盾自己所評價的，這時，他「算是初步懂得了共產主義是什麼，共產黨的黨綱和內部組織是怎樣的」。〔註4〕然而這時在他的思想內部，馬克思主義思想是有的，資產階級革命民主主義思想也是有的；而且比較而言，後者占了相當重要的比重和位置。

　　這也符合當時的歷史情況和時代特點，關於這，毛澤東同志和周揚同志先後作過追敘。周揚同志是這樣追敘的：「我們中間的許多人出身於沒落的封建地主或其他剝削階級家庭，就教養和世界觀來說，基本上都是資產階級知識分子。『五四』新文化運動給我們帶來了科學和民主，也帶來了社會主義的新思潮。那時我們急迫地吸取一切從外國來的新知識，一時分不清無政府主義和社會主義、個人主義和集體主義的界線。尼采、克魯泡特金和馬克思在當時幾乎是同樣吸引我們的。到後來我們才認識了馬克思列寧主義是解放人類的唯一真理和武器。我們投身於工人階級的解放事業，但存在於我們腦子裡的資產階級個人主義的思想情緒和習慣卻沒有根本改變。我們有了一個抽象的共產主義的信仰；但支配我們行動的卻仍然常常是個人英雄主義的衝動。我們和工人農民沒有結合，甚至很少接近。民主革命是我們切身的要求，而社會主義革命還只是一個理想。那時候，我們許多人與其說是無產階級革命派，不如說是小資產階級革命民主派。」〔註5〕毛澤東同志在作了同樣追敘之後則指出：「學了這些新學的人們，在很長的時期內產生了一種信心，認爲這些很可以救中國，除了舊學派，新學派自己表示懷疑的很少。」「帝國主義的侵略打破了中國人學西方的迷夢。很奇怪，爲什麼先生老是侵略學生呢？

〔註3〕《我走過的道路》（上），第127～128、133頁。
〔註4〕同上，第176頁。
〔註5〕《文藝戰線上的一場大辯論》，《社會主義現實主義論文集》第2集，第108頁。

中國人向西方學得很不少，但是行不通，理想總是不能實現。多次奮鬥，包括辛亥革命那樣全國規模的運動，都失敗了。國家的情況一天一天壞，環境迫使人們活不下去。懷疑產生了，增長了，發展了。第一次世界大戰震動了全世界。俄國人舉行了十月革命，創立了世界上第一個社會主義國家。」「中國人和全人類對俄國人都另眼相看了。這時，也只是在這時，中國人從思想到生活，才出現了一個嶄新的時期。中國人找到了馬克思列寧主義這個放之四海而皆準的普遍真理，中國的面目就起了變化。」〔註6〕周揚同志是著重於橫剖面分析，毛澤東同志則作了歷史的總結。茅盾當時的思想發展，大體上正是縱橫交織地表現為這種情況。

關於這一錯綜變化，許多論著敘述的很多了。這裡要著重說明的是以下幾點：第一，當茅盾以《小說月報》為基點衝上文壇；又以上海共產黨小組組員身份加入剛剛成立的中國共產黨並從事上下結合的革命活動時，他的思想發展正是呈現了這種複雜的狀況。在他以編輯為職業，以文學為事業，掩護著他那處於地下狀態的黨的活動家和宣傳鼓動家的活動時，他的共產主義的革命活動和他的對立統一的複雜的思想並非完全統一，而是時時產生矛盾的。隨著黨的建立，從「二七」到「五卅」的工農革命運動日趨高漲，茅盾的無產階級思想也逐步成長，頭腦中的非無產階級因素退居次要地位，但從北伐到「四‧一二」的革命浪潮的大起大落，使這兩種思想的主次地位又有借助外力而重新顛倒位置之可能。所以「從牯嶺到東京」他經歷了思想曲折的幻滅苦悶期。但茅盾畢竟是最早接受馬克思主義並最早從事工農革命運動的現代文學史上的第一個黨員作家，他的兩種思想的鬥爭終究以共產主義思想的勝利而進入左聯新時期，並沒有發生主次顛倒的悲劇。「從東京到上海」的艱難歷程結束之日，也是一掃幻滅苦悶情緒之時。他以真正的共產主義戰士的姿態踏上左翼文壇。但這曲折卻造成中國現代文學史上的這樣一種奇特現象：第一個共產黨員作家並非是第一個成為共產主義戰士的作家。我以為這種歷史現象對於中國的小資產階級革命知識分子的道路來說，是非常具有典型意義的。第二，茅盾在20世紀頭兩個十年的活動，既具有革命活動與文學活動緊密結合的特點，也具有破立結合、批判舊道德、舊理論、舊文學和建設新道德、新理論、新文學相結合的特點，此外還具有繼承民族傳統和借鑑外來的進步因素並使二者緊密結合從而逐步使民族新文化、新文學繁榮滋

〔註6〕《論人民民主專政》，《毛澤東選集》橫排本第4卷，第1406～1407頁。

長的特點。在這些特色突出的建樹與戰鬥裡，既有革命民主主義的因素，也有共產主義的因素；這兩種因素錯綜交織，有機結合，起伏消長，統一在這一時期茅盾所留下的精神遺產裡。有時甚至還呈現瑕瑜互見、精華與糟粕混雜的複雜形態。因此不宜以簡單地劃分歷史階段的方法作整齊劃一的區分；更不能像處理魯迅的思想分期以 1927 年為界那樣對待茅盾。因為茅盾思想發展期非常長，像一條曲折迴環的河流，並沒有也不可能走筆直的路。要找分水嶺顯然是困難的。所以我寧願採用如實描摹的方法而不願採用「截流工程」的方法，為的是防止簡單化。

但是進入 30 年代之後，茅盾的黃金時代就到來了。其顯著標誌是：第一，思想上的無產階級體系的建立。第二，創作上的社會主義現實主義的確立。第三，文藝理論和文藝批評上的馬克思主義觀點的成熟。第四，思想發展道路上的方向明確、步子穩健紮實，有小曲折卻沒有出現大曲折。茅盾顯然從此進入了無產階級思想的成熟期。最值得注意的特點則是，或由於 30 年代初期黨內的「左」傾機會主義路線統治了黨中央，或由於四十年代國共兩黨時而聯合、時而兵戎相見的複雜狀況所提出的需要，雖然茅盾多次要求恢復黨的組織生活，但他的申請或未遭批准，或由中央決定有意識地讓他留在黨外起黨員作家難以起到的作用。但茅盾卻始終如一地像忠誠的黨員那樣對待組織；從思想到行動不折不扣地是一個共產主義戰士。直到臨終前中央恢復他的黨籍，黨齡從 1921 年算起為止。他在任何歷史時期都是黨的忠誠的兒子。絕非如美籍學者夏志清所說，存在著什麼政治傾向與感情傾向的矛盾；茅盾是偉大的布爾什維克，絕不是黨的同路人。

（二）

茅盾的文學活動的突出特色是集編輯、理論批評家、翻譯家、文學史家、作家和文藝運動組織家與領導人於一身。在世界文學史上，只有別林斯基、車爾尼雪夫斯基和魯迅等少數佼佼者才顯示出這樣的特色。茅盾又是縱跨資產階級舊民主主義革命、新民主主義革命和社會主義革命與建設時期的歷史巨人。而這，由於國情不同，即使偉大的高爾基也沒有這種歷史的幸運。茅盾的編輯、理論批評、文學研究、翻譯評介、創作與文藝組織領導工作無不具有歷史的和時代的豐富多采的特色。而作家的才華借助獨特的歷史機緣和時代條件得到了充分的展現，並給他的時代以不可或缺的促進。

　　他把社會活動和社會批評結合起來，這使他的社會活動具有清醒的認識，得到理論的指導，從總結規律中獲得了歷史自覺性。同時這又使他的社會批評文字具有充分的依據，帶有理論與實踐相結合的特質。他把生活實踐與創作實踐結合起來，把革命活動和革命文學實踐結合起來，使他能在革命活動中充分借助文學家的靈敏嗅覺和富於理想氣質的想像力；又使他的創作獲得取之不盡、用之不竭的源泉，使他的作品具有深厚的生活基礎和功力。他把他的理論建樹和文藝批評、文學史研究（在文學史研究中又具有索本求源的特點）結合起來，於是使他的美學思想建立在從古到今、從中到外的廣袤土壤上；這又使他的文藝批評具有紮實的理論根基，具有高屋建瓴，縱橫開闊的視野。他把創作和翻譯、文藝批評、文藝理論研究結合起來，使自己的理論批評和自己的創作實踐相互印證，使創作活動能借鑑前人，又有理論指導，具有更強的自覺性；使其理論批評因自己有充分的實踐體驗而易於中肯，具有理論與實踐結合的特長。他還把翻譯和評介結合起來，這就使他的翻譯工作更易把握作家的風格和作品的基調；使他的評介建立在紮紮實實的具體研究的基礎之上。而兩者的結合又大大方便了讀者。他的編輯工作雖先於他的創作實踐，但卻和他的理論、批評、研究、譯介同時開始，緊密結合的。於是他一開始就避免了「管窺」的局限，而能從全局觀點發現新作、獎掖新人；編輯工作又使他把理論、批評、研究、譯介的觸角伸向歷史和現實的縱深，既鍛鍊了敏感性，又吸取了新滋養。他把自己的文藝實踐和領導文藝運動結合起來，這就使自己的文藝實踐能居高臨下；又使自己的組織領導工作點面結合，以親身體驗去推己及人。而他的文藝實踐和文藝組織領導工作又是他的革命活動與社會實踐的重要組成部分。於是，茅盾就不僅僅在中國現代文學史上，而且在中國現代革命史和中共黨史上也占有一角獨特的地位。

　　要概括這樣一位偉大歷史人物和傑出文藝戰士的歷史功績，一篇文章的篇幅是不可能容納的；也不是筆者的力量所勝任的。下面，僅從美學思想、小說創作和散文創作的特色這三個角度略作管窺。以期記載他那豐功偉績於萬一。

（三）

　　茅盾的文學活動，如果從商務印書館的編輯工作算起，共計六十五年。在長期的理論批評、創作、譯介、編輯與文藝領導工作實踐基礎上，他形成

了自己的美學思想體系，這一美學思想的豐富內容又體現在他上述一系列的文學實踐中。茅盾美學思想體系的顯著特點已逐漸爲大家所認識。

他從登上文壇起，就一貫重視文藝的社會作用和社會效果；一貫自覺地去完成文藝爲人生、爲人民、爲社會革命盡力的社會使命。在這一總目標下，一方面他經歷了從倡導「爲人生」的文藝到倡導爲無產階級的文藝的戰鬥歷程；另一方面則致力於鼓吹反映現實、暴露黑暗、追求理想、謳歌光明的主張，並且不懈地奮鬥了一生。

他在 1919 年 4～6 月的《學生雜誌》上連載的第一篇文藝論文《托爾斯泰與今日之俄羅斯》中就肯定了俄國 19 世紀文學「富於同情」的特色，熱情肯定了它反映專制統治下人民「切膚之痛苦。故其發爲文字，沉痛懇摯；於人生之究竟，看得極爲透徹。其悲天憫人之念，恫矜在抱之心，並世界文學界，殆莫能與之並也」。他還高度評價了托爾斯泰這樣的藝術思想：「以藝術爲人類之活力，其目的在藝術家一己之經驗，藉此以傳達於他人。」以此喚起人們的覺悟，喚起對被壓迫者的同情心。這是茅盾早年倡導「爲人生」的文藝之始。到了 1921 年成立文學研究會時，他以該會理論代表的身份在倡導文藝「爲人生」並且改革社會人生之同時，明確地提出了文學「是社會的工具，是平民的文學，是大多數平民生活的反映，是大多數平民要求正義人道的呼聲，是猛求眞理的文學。」〔註7〕次年，他又進一步提出文學家的社會使命應該是：「注意社會問題，同情於第四階級，愛『被損害與被侮辱者』。」〔註8〕1923 年他要求文學能「擔當喚醒民衆而給他們以力量的重任」。〔註9〕1924 年號召「不同派別的文學者聯合起來」，「一致鼓吹無產階級爲自己而戰。」〔註10〕1925 年他更明確地主張拋棄籠統的「民衆藝術」之口號，代之以一個「頭角崢嶸，鬚眉畢露的名兒──這便是無產階級藝術。」〔註11〕1928 年他參與了無產階級革命文學的倡導。1930 年以後他一再倡導左翼文藝和大衆文藝。並且把「中國蘇維埃革命與普羅文學之建設」有機地結合起來作深入的論述〔註12〕。茅盾從主張「爲人生的」文藝到主張「爲無產階級的」文

〔註 7〕見《近代文學體系之研究》，上海新文化出版社，1921 年出版。

〔註 8〕見《自然主義與中國現代小說》，《小說月報》1922 年第 7 期。

〔註 9〕見《大轉變時期何時來呢？》，《文學週報》第 298 期。

〔註10〕見《歐戰十年紀念》，《文學週報》第 133 期。

〔註11〕見《論無產階級藝術》，《文學週報》第 173 期。

〔註12〕見《中國蘇維埃與普羅文學之建設》，《文學導報》第 1 卷第 8 期。

藝，這些主張的歷史發展，反映了他對文藝與社會之關係的認識，對文藝社會效果的估計，一天比一天更臻於本質，一天比一天更具革命傾向性。這是一個重要的側面。

另一個重要的側面是他主張文藝要暴露黑暗，歌頌光明；反映現實，追求理想；充分發揮作爲意識形態的文藝對社會的能動作用。他認爲文學的基本使命就是「或隱或顯，必然含有對於當時時代罪惡反抗的意思和對於未來光明的信仰」。他號召作家「要有鋼一般的硬心，去接觸現代的罪惡」，同時他要求作家「要以我們那幾乎不合理的自信力去到現代的罪惡裡，看出現代的偉大來」。〔註 13〕一年之後，也就是 1923 年頃，他更明確地要求作家「教我們以處惡境而不悲觀，歷萬苦而不餒的眞勇氣」，從而「提起國內青年的精神」。因爲「文學是要指出人生的缺點，並提出一個補救此缺憾的理想的」。〔註 14〕又兩年之後，他把文藝的使命提到這樣的高度：「文學決不可僅僅是一面鏡子，應該是一個指南針」。〔註 15〕大革命失敗後激起的幻滅情緒似乎使他的這一認識一度產生搖擺。他說過：「我實在是自始就不贊成一年來許多人所呼號吶喊的『出路』，這『出路』之差不多成爲『絕路』，現在不是已經證明得很明白？」〔註 16〕與此同時開始創作的《蝕》，的確是只揭黑暗、只提問題而未指出光明之路。但他的這一理論和實踐是特指「左」傾盲動主義而並非當作普遍的命題。1929 年寫了《虹》之後，等於對《蝕》作了糾正。緊接著他提出要「對社會現象」作「正確而有爲的反映」，必須具備三個條件：「廣博的生活經驗」，「訓練過的頭腦」和「認眞研究過社會科學。」〔註 17〕而這「社會科學」顯然指的是科學的共產主義理論。他要求在「透視的觀察與辯證法的分析上」，「從一切統治階級的崩潰聲中，革命巨人的前進聲中，互全社會地建立起我們作品的題材。」〔註 18〕而揭露的視野，則不僅僅放在敵對營壘，也包括我們內部的缺陷。他認爲：「文藝家的任務不僅在於分析現實，描寫現實，而尤重在於分析現實描寫現實中指示了未來的途徑。所以文藝作

〔註 13〕　《樂觀的文學》，《文學旬刊》1922 年第 57 期。

〔註 14〕　《雜感》，《文學週報》第 76 期，1923 年 6 月。

〔註 15〕　《文學者的新使命》，《文學週報》第 190 期，1925 年 9 月。

〔註 16〕　《從牯嶺到東京》，《小說月報》1928 年第 19 卷第 10 期。

〔註 17〕　《我的回顧》，《茅盾自選集》，1932 年 12 月。

〔註 18〕　《中國蘇維埃革命與普羅文學之建設》，《文學導報》第 1 卷第 8 期，1931 年 11 月 15 日出刊。

品不僅是一面鏡子——反映生活，而須是一把斧頭——創造生活。」〔註19〕表面看來，這些觀點似乎是 20 年代的關於鏡子與指南針的觀點的重覆。實際上卻有很大的發展；其一是把側重點放在指示未來的理想和出路上；其二是強調了揭露黑暗改造社會的雙重任務——對敵方的與對我方的，儘管這兩種揭露與改造是不同質的。但 30 年代比 20 年代辯證得多了；其三則是強調了無論歌頌還是暴露均建立在科學的馬克思主義的觀察分析及形象再現的基礎上。可見，30 年代的這些美學觀點，是 20 年代的美學觀點的發展。美學觀點的螺旋式上升與發展，在創作上得到了實踐。只要把 20 年代末的《蝕》和 30 年代初的《子夜》比較一下，美學思想的發展會看得十分清楚。

當然，茅盾對文學的社會作用以及文藝與社會、與革命、與人民之關係的理論不僅限於上述兩個方面；但從上述兩個重要側面已足以窺見茅盾的美學思想及其戰鬥特色之一斑了。

與此相聯繫的，是茅盾美學思想的另一個重要內容：關於現實主義的理論與主張。

眾所周知，茅盾早年曾經倡導過左拉的自然主義。但是他的最早的幾篇論文卻把現實主義傑出的大師托爾斯泰作為自己的論題。年青的茅盾對托爾斯泰的現實主義推崇備至。他的第一篇譯作《在家裡》的作者契訶夫也是俄國文學史上傑出的現實主義大師。這都說明茅盾一開始就具有鮮明的現實主義傾向。後來他之所以倡導左拉的自然主義，一方面是對自然主義有些片面的認識。而當時現實主義和自然主義，不僅在中國，就是在西歐，也是分不清楚的。另一方面則是出於批判封建文藝特別是「文以載道」的封建文藝思想和鴛鴦蝴蝶派的創作傾向的需要。茅盾認為儘管這兩種傾向「是相反的，然而同樣有毒」；都「不能觀察人生入其堂奧；憑著他們膚淺的想像力，不過把那些可憐的膽怯的自私的中國人的盲目生活填滿了他的書罷了。」為了糾正藝術上這種「不知道客觀的觀察，只知道主觀的向壁虛造」的「滿紙是虛偽做作的氣味」的不良傾向，使創作走上健康發展之路，茅盾在批判之同時開了一劑藥方。這就是自然主義。「自然主義何以能擔當這個重任？」因為它帶來了「兩件法寶——客觀描寫與實地觀察」。〔註20〕茅盾選擇的出發點是文

〔註19〕《我們必須創造的文學作品》，《北斗》第 2 卷第 2 期，1932 年 5 月 20 日出刊。
〔註20〕《自然主義與中國現代小說》，《小說月報》第 13 卷第 7 期，1922 年 7 月 10 日出刊。

藝的眞實性原則和眞、善、美相統一的原則。他指出：「自然主義者最大的目標是『眞』；在他們看來，不眞的就不會美，不算善。他們以為文學的作用，一方要表現全體人生的眞的普遍性，一方也要表現各個人生的眞的特殊性」，「所以若求嚴格的『眞』，必須事事實地觀察。這事事必先實地觀察便是自然主義者共同信仰的主張。」茅盾不贊成龔古爾兄弟「把經過主觀再反射出來的印象描寫出來」的主張，而贊成左拉的「把所觀察的照實描寫出來」的「純客觀態度」，因為「左拉這種描寫法，最大的好處是眞實與細緻。」在茅盾看來只有這樣才能「為表現人生而描寫人生。」〔註 21〕這顯然是一種誤解。因為作家的創作是現實生活在作家頭腦中的反映的能動的形象再現。無論表現還是再現，都難以絕對擺脫主觀傾向性。作家的任務在於使這種主觀傾向盡量符合客觀的本質眞實性，而不是絕然摒棄主觀而追求「純客觀」。事實上連茅盾推崇備至的左拉也沒做到這一點，茅盾自己當然也做不到。1928 年他就曾說：「雖然人家認定我是自然主義的信徒——現在我許久不談自然主義了，也還有那樣的話，——然而實在我未嘗依了自然主義的規律開始我的創作生涯；」相反地，他是一開始創作就採用現實主義作為創作方法的。

有些論者歷來以為《蝕》是純客觀描寫的，而《子夜》則是明顯地具有主觀傾向的。這種誤解也許始於茅盾的自述。茅盾在談到《蝕》時，多次說他是摒除主觀傾向作純客觀描寫的。但這並非實際情況，否則無法解釋為什麼《蝕》被茅盾北伐失敗後那暫時占主導地位的幻滅情緒所支配而具有相應的消極傾向這一客觀事實。反過來說，《蝕》儘管具有這種主觀傾向，但從總體來說，它是力求使主觀傾向與當時的歷史眞實性相統一的，只是有時過分囿於追求細節的表面眞實，也由於作家對當時歷史與時代的動向缺乏更為本質的認識，所以流入自然主義表象眞實的描寫處偶有所見。這當然是敗筆。

但從茅盾關於自然主義的美學主張及其創作實踐的整體來看，他所說的自然主義，基本上是批判現實主義。只有這樣才可以解釋他的理論和眞正的自然主義理論存在區別的問題；也才能解釋為什麼他又把巴爾扎克這位偉大的現實主義大師叫作「自然派的先驅」。〔註 22〕

〔註 21〕 同上。

〔註 22〕 《自然主義與中國現代小說》，《小說月報》第 13 卷第 7 期，1922 年 7 月 10 日出刊。

正因爲茅盾是把批判現實主義當作自然主義加以倡導，所以他也很容易地從倡導自然主義過渡到倡導「新寫實主義。」〔註 23〕歷來的說法是介紹蘇聯的社會主義現實主義的第一篇文章是周揚 30 年代的那篇文章，其實早在1924 年 4 月《小說月報》十五卷四號上茅盾所寫的《俄國的新寫實主義及其他》一文中就涉及這個問題。在次年寫的長文《論無產階級藝術》中，茅盾更明確地謳歌了高爾基爲代表的無產階級文藝流派及其新現實主義的特徵。指出了他們在反映現實時還著重體現出無產階級的「階級鬥爭的高貴的理想」。「這理想並不是破壞，卻是建設——要建設全新的人類生活。」他號召「無產階級藝術也應向此方向努力」，以助成無產階級「達到終極的理想。」應該說，這就是革命現實主義的基本精神。後來，在 1934 年全蘇聯作家代表大會通過的《蘇聯作家協會章程》中名之爲社會主義現實主義，這是在斯大林支持之下由高爾基正式提出並獲得通過的。但這是最終的理論上的權威表述。此前高爾基等偉大作家的理論和實踐中早就有了。它的產生「是一九〇五年到一九〇七年這些革命的年代裡人民群眾進行第一次猛攻的結果。」它以 1907 年出版的反映 1905 年俄國工人階級偉大鬥爭的高爾基的長篇小說《母親》爲標誌。「而到了蘇維埃時代，則成了占統治地位的藝術方法。」〔註 24〕茅盾早在 1934 年《蘇聯作家協會章程》通過之九年以前，就根據高爾基等蘇聯作家的創作實踐和理論闡述加以總結和評介，可以說他實際上是中國倡導革命現實主義即社會主義現實主義的先驅。更可貴的是，早在 1930 年著手寫《子夜》時，他就自覺地運用了革命現實主義創作方法。因此使《子夜》成爲中國現代文學史上第一部社會主義現實主義的長篇巨著。這是他現實主義美學思想的光輝結晶。這個美學思想線索一直貫穿到 1958 年《夜讀偶記——關於社會主義現實主義及其他》一書的發表和 1962 年《關於歷史和歷史劇》的出版。一直到他臨終前發表的許多有關創作方法的言論和評論革命現實主義創作的文藝批評文章，都作過系統的論述。特別是《夜讀偶記》一書，總結了中國文學發展史和世界文藝思潮史，從文藝與生活、創作方法與作家思想、理想與現實、現實主義與其他創作方法之關係的多種角度對現實主義及其歷史發展作了精闢透徹的論述。茅盾關於批判現實主義——革命現實主義

〔註 23〕《從牯嶺到東京》。

〔註 24〕布爾索夫：《高爾基的〈母親〉與社會主義現實主義問題》，人民文學出版社版，第 45 頁。

的美學觀點，成爲他的美學思想體系的主要貫穿線。而且這條批判現實主義
——革命現實主義的美學思想貫穿線，和他的「爲人生」的文藝——爲無產
階級的文藝這另一貫穿線，是互爲表裡，有機結合，並充分地體現在他的一
系列創作裡。

　　早在寫小說處女作《蝕》時，茅盾就是既堅持「爲人生」的文藝又堅持
現實主義的美學原則的。關於《蝕》的寫作動機，茅盾有過一段著名的話：「我
是眞實地去生活，經驗了動亂中國的最複雜的人生的一幕，終於感得了幻滅
的悲哀，人生的矛盾，在消沉的心情下，孤寂的生活中，而尙受生活執著的
支配，想要以我的生命力的餘燼從別方面在這迷亂灰色的人生內發一星微
光，於是我就開始創作了。我不是爲的要做小說，然後去經驗人生。」〔註25〕
茅盾寫《蝕》時是「更近於托爾斯泰」方式即「經驗了人生以後才來做小說」
的。這是茅盾創作的主要方式之一。所謂「之一」，是因爲還有「之二」：左
拉方式。「左拉因爲要做小說，才去經驗人生。」茅盾說「我愛左拉，我亦愛
托爾斯泰」。總的說他的創作運用著這兩種方式，並且常常是兩種方式的有機
結合。但兩種方式都是現實主義的。經過正反兩方面的經驗積累，茅盾對此
有更深一步的認識。茅盾的悲觀失望情緒使他忽略了大革命失敗後革命主流
和革命英雄人物的存在，從而他體會到「一個作家的思想情緒對於他從生活
經驗中選取怎樣的題材和人物常常是有決定性的」。這是從世界觀與創作方法
之關係的角度總結創作經驗的。《三人行》的缺陷使他認識到「徒有革命的立
場而缺乏鬥爭的生活，不能有成功的作品。」這是從生活實踐與創作實踐之
關係的角度總結創作經驗的。到寫《子夜》時，他的「準備工作算是比較做
得多的。」大部分題材都是「直接觀察了其人與其事的」，部分材料是「僅憑
『第二手』的材料」〔註26〕那是因爲「『無意中』積聚起來的原料用得差不多
了」，加之《子夜》大規模反映中國社會的計劃使作家十分豐富的積累仍顯得
不夠用，於是「就要特地去找材料。」也就是「爲了寫作而進一步經驗人生。」
「於是帶了『要寫小說』的目的去研究人。」人是他研究的第一目標。這還
不夠，他還認爲「必得有『人』和『人』的關係；而且是『人』和『人』的
關係成了一篇小說的主題，由此生發出『人』」。〔註27〕因爲「在橫的方面，

〔註25〕《從牯嶺到東京》。
〔註26〕《茅盾選集・自序》。
〔註27〕《談我的研究》，《中學生》第 61 期，1936 年 1 月。

如果對於社會生活的各環節茫無所知，在縱的方面，如果對於社會發展的方向看不清楚，那麼，你就很少可能在繁複的社會現象中恰好地選取了最有代表性、典型性的，即是具有深刻思想性的一事一物」，作為題材〔註28〕。這就涉及到茅盾現實主義美學思想的核心——典型化原則了。在這篇文章中，不可能談茅盾那相當豐富、相當深刻、相當系統的現實主義典型化的美學思想了。然而，我必須指出：可以說，茅盾的典型化原則和他的左拉方式、托爾斯泰方式以及二者相結合的創作方式的美學理論，同樣都是他的現實主義美學思想的精華。

茅盾認為「現實主義有其長遠的發展歷史的」，「現實主義的發展過程，是一個複雜的過程」；「同時，我們也不應當否認，象徵主義、印象主義，乃至未來主義在技巧上的新成就可以為現實主義作家或藝術家所吸收，而豐富了現實主義作品的技巧。〔註29〕正像浪漫主義也被現實主義吸收甚至於得到有機結合那樣。他還認為在同一馬克思主義世界觀基礎上」，現實主義和革命浪漫主義的結合，是到達社會主義現實主義之路。〔註30〕在茅盾自己的創作中，不僅有浪漫主義因素，而且對象徵主義的某些手法特別是象徵手法，對現代派的種種常用手法包括精神幻象手法和意識流心理描寫法等等，都有許多吸收與創造性的運用。不僅小說如此，本書談及的不少抒情散文亦復如此。所以，茅盾的現實主義理論與創作有如匯聚許多細流的長河大江，那麼浩翰！那麼恢宏！

一貫堅持文藝的獨特規律、一貫強調與追求思想和藝術的辯證統一，是茅盾美學思想中又一個重要原則。正是從這個基點出發，他畢其一生力量和公式化、概念化與文藝庸俗社會學作持久的不懈的鬥爭。

早在 1920 年，茅盾就提出了文藝創作要堅持思想與藝術有機結合、辯證統一的原則。當他參與《小說月報》半革新，並為其專欄《小說新潮》寫《宣言》時，就明確指出：「文學是思想一面的東西」，「然而文學的構成，卻全靠藝術。同是一個對象，自然派（Natural）去描摹便成自然主義的文學，神秘派去描摹便成神秘主義的文學；由此可知欲創造新文學，思想固然重要，藝術更不容忽視。」〔註31〕九年之後，茅盾對已經進入成長期的新文學進一步

〔註28〕《茅盾選集・自序》。
〔註29〕《夜讀偶記》，第 40、64～65 頁。
〔註30〕《關於革命浪漫主義》，《鼓吹集》，第 25 頁。
〔註31〕《小說月報》第 11 卷第 1 期，1920 年 1 月 25 日出版。

提出了更高的要求:「須先求內容與外形——即思想與技巧,兩方面之均衡的發展與成熟。」他針對當時「革命文學」倡導者和他們的創作的公式化概念化傾向不無批評地告誡說:「作家們應該覺悟到一點點耳食來的社會科學常識是不夠的,也應該覺悟到僅僅用群眾大會時煽動的熱情的口吻來做小說是不行的。準備獻身於新文藝的人須先準備好一個有組織力,判斷力,能夠觀察分析的頭腦,而不是僅僅準備好一個被動的傳聲的喇叭;他須先的確能夠自己去分析群眾的噪音,靜聆地下泉的滴響,然後組織成小說中人物的意識;他應該刻苦地磨煉他的技術,應該揀自己最熟悉的事來寫。」〔註 32〕說這些話時,茅盾已經積累了《蝕》與《野薔薇》等小說創作的豐富經驗。因此他能夠把理論闡述和形象思維與典型提煉過程之規律結合起來,從作家的生活、思想、技巧這三方面的創作準備及其相互關係的角度,從作品構成的內容與形式及其辯證統一關係的角度,作深入淺出的論述。他還作過這樣的比喻:「文藝作品的形式與內容,猶之一張紙的兩面,是不能截然分離的。」「就兩者的關係而論,倒是內容決定了形式的。」他還指出:「中國文藝批評家向來注意到形式與內容的關係」。「中國傳統的文藝批評理論在形式論與內容論上始終不曾有過矛盾。」〔註 33〕茅盾不僅從文藝民族傳統的角度,而且還從民間文學和人民大眾的欣賞習慣與美學要求的角度論述這個問題,他指出:「舊小說之所以更能接近大眾乃在其有接近大眾的技術而非在文字——技術是主,作為表現媒介的文字本身是末。」他認為人民大眾「藝術感應的特殊性」就在於「特別對於那種多動作的描寫方法起感動」,「這是一個要點。」〔註 34〕這裡提出了兩個問題:其一,人民大眾的基本欣賞要求是文藝的形象化和人物描寫的動作化、以及人物關係的行動化。其二,在大眾文藝的藝術構成諸因素中,不能像 30 年代關於文藝大眾化討論中某些片面看法那樣,僅僅片面強調文學語言的作用。在當時「左」的傾向甚囂塵上之際,茅盾竟提出「技術是主,作為表現媒介的文字是末」的口號,今天我們也不能不佩服無產階級文學巨匠這種膽識!而這種「膽」,恰恰又建築在其遠見卓「識」的基礎上。

　　非但此也,這膽識還更突出地表現在他畢其一生精力和公式化、概念

〔註 32〕 《讀〈倪煥之〉》,《文學週報》第 8 卷第 20 期,1929 年 5 月 2 日出刊。
〔註 33〕 《關於〈創作〉》,《北斗》創刊號,1931 年 9 月 20 日出刊。
〔註 34〕 《問題中的大眾文藝》,《文學月報》第 1 卷第 2 期,1932 年 7 月 10 日出版。

化、臉譜化作不懈的持久的鬥爭上。當然，他也注意分析這種傾向形成的多種原因，除了「左」傾文藝思潮之外，還有文藝及作者處在幼稚階段的主觀原因，並且針對這不同的情況，分別開出治病的藥方。早在 1921 年，他就以郎損的筆名在他主持的徹底改革後的《小說月報》上經常發表創作漫評。在《評四五六月的創作》〔註 35〕中他統計並剖析了「一百二十幾篇小說在題材的分野上」的情況。後來茅盾又在《中國新文學大系小說一集導言》中指出了此文所考察的「五四」以後五年「創作界的兩個很大的缺點」：「第一是幾乎看不到全般的社會現象而只有個人生活的小小的一角，第二是觀念化。」茅盾分析了形成原因，總的認為那是沒有在藝術上下「水磨工夫。」「學習技巧」下的力量很不夠是主要的。此外也談到和文藝活動開展不夠以致使青年文藝者的「文藝才能尚未覺醒」；「生活的單調」「限制了他們的覓取題材的眼光」等等。然而關鍵在於藝術追求不夠。因為不論「太熱心於『提出問題』」還是「太不注意到他那題材中所包含的『問題』」，兩種傾向「犯了同樣的失敗」。「所以要點不在一個作家是不是應該在他的作品中，『提出問題』，而在他是不是能夠把他的『問題』來藝術形象化」。〔註 36〕這顯然是文藝幼稚病所導致。

到了《左聯》時期，問題就複雜了。關鍵在於「左」傾教條主義自 1928 年「革命文學」論爭後很快影響了文藝創作。不僅創造社諸作家如此，「和創造社的轉變同時有太陽社也提倡普羅文學」，「據說這是一部分有『革命生活實感』的青年」。「因為本來不從事於文學，所以文學技術不夠，結果便是把他們的『革命生活實感』，來單純『論文』化了。他們的作品的最拙劣者；簡直等於一篇宣傳大綱。」〔註 37〕更有甚者是故意把文藝作品當成宣傳品來寫。茅盾對此先後在《從牯嶺到東京》和《讀〈倪煥之〉》兩篇長文中作了批評。因為他「簡直不贊成那時他們熱心的無產文藝──既不能表現無產階級的意識，也不能讓無產階級看得懂，只是『賣膏藥式』的十八句江湖口訣那樣的標語口號式或廣告式的無產文藝」。〔註 38〕即便出於好心寫普羅文藝者，也是「有革命熱情而忽略於文藝的本質，或把文藝也視為宣傳工具──狹義的──或雖無此忽略與成見而缺乏了文藝素養的人們，是會不知不覺走上這

〔註 35〕《小說月報》第 12 卷第 8 號。

〔註 36〕《中國新文學大系小說一集導言》，《中國新文學大系導論集》，第 100 頁。

〔註 37〕《關於「創作」》，《北斗》創刊號，1931 年 9 月 20 日出刊。

〔註 38〕《讀〈倪煥之〉》，《文學週報》第 8 卷第 20 期，1929 年 5 月 12 日出刊。

條路的。」〔註 39〕出於關懷文藝健康發展的茅盾當然要敲敲警鐘。儘管茅盾的好意「招來了許多惡罵」，但歷史證明：正確的未必是罵人的人。當然茅盾不僅僅滿足於申明正確主張，批評公式化、概念化的不良傾向。他更多地是作理論指導，1936 年他出版的《創作的準備》就是理論指導和自己創作經驗之總結相結合的努力。建國以後收在《鼓吹集》、《鼓吹續集》裡那些批評公式化、概念化的文章和論述生活、思想、技巧的文章，是更為成熟的對思想與藝術辯證統一的美學原則的論述。

在他的文藝評論中，同樣堅持了這一個美學原則。他指出：「文學作品雖然不同純藝術品，然而藝術的要素一定是很具備的。介紹時一定不能只顧這作品內所含的思想而把藝術的要素不顧，這是當然的。」〔註 40〕我們從他幾十年的文藝評論文章中可以看到這條紅線。茅盾的文藝評論有三類：第一，作家論。如《魯迅論》、《王魯彥論》、《徐志摩論》、《廬隱論》、《冰心論》、《落華生論》、《論趙樹理的小說》等。第二，作品論。如《讀〈北京人〉》、《丁玲的〈河內一郎〉》、《關於〈呂梁英雄傳〉》以及建國後在《讀書雜記》中剖析作品的文字等。第三，創作綜論。如「五四」時期的《春季創作漫評》、《評四五六月的創作》，三、四十年代的《「九一八」後的反戰文學》、《中國新文學大系小說一集導言》、《抗戰期間中國文藝運動的發展》，建國後的《在反動壓迫下鬥爭和發展的文藝》、《短篇小說的豐收和創作中的幾個問題》、《一九六〇年短篇小說漫評》、《六〇年少年兒童文學漫談》、《關於歷史和歷史劇》，以及新時期所作的《在部分中、長篇小說座談會上的講話》等等。這洋洋百萬言的批評文章，始終貫穿著思想分析藝術分析並重、要求二者緊密結合的美學原則。茅盾還特別善於使用把思想分析與藝術分析結合起來的文藝批評方法，以及藉藝術分析以達到思想分析之目的的方法。這在《讀書雜記》一書中表現得尤為突出。

所以，一貫堅持文藝的獨特規律，一貫強調與追求思想和藝術、內容與形式的辯證統一，是茅盾美學思想的重要內容。這一切既體現在他自己的創作裡，也體現在他的理論批評裡。

在闡述茅盾的美學思想及其主要特點時，我有意識地把側重點放在早

〔註 39〕《從牯嶺到東京》。
〔註 40〕《新文學研究者的責任與努力》，《小說月報》第 12 卷第 2 期，1921 年 2 月 10 日出刊。

期，而不著重介紹後期，一方面固然因為後期大家較為熟悉，但也為了著重描述他的歷史開拓作用。因為在中國的馬克思主義美學史上，茅盾顯然是主要的先驅者之一。

今天看來，茅盾這一系列美學思想原則，不僅成為我國馬克思主義美學寶藏中的瑰寶，而且是這批瑰室中最民族化、最富於作家本人文藝個性色彩的一部分。

（四）

小說創作是茅盾最主要的文藝建樹。茅盾不僅和魯迅一起是中國現代文學史上最重要的短篇小說大家，而且又是長篇小說創作最偉大的高手。他的小說創作以其難以取代、難以企及的成就和特色在中國現代文學史上占據著高峰的位置。

茅盾小說最突出的特色是具有強烈的時代性和歷史性。他從開始作創作就注意大規模地反映中國社會，敢於正面觸及並展開重大社會政治矛盾。他的作品縱橫開闊，吞吐宇宙，具有極大的社會容量，明顯地具有史詩的性質。

縱線看來，自辛亥革命到解放戰爭時期，一部中國資產階級舊民主主義革命史和黨所領導的新民主主義革命史，在他的作品中得到相當系統的反映。長篇小說《霜葉紅似二月花》反映的是自辛亥革命以來中國資產階級民主主義革命的新舊交替期「五四」運動後中國社會的歷史場景。它原計劃寫到 1927 年大革命失敗，限於條件未能完成。目前留下的是「五四」後到 1924 年這段歷史的形象寫照，取材雖僅限於一個小鎮，但卻反映了地主階級與資產階級的矛盾，它們與農民階級的矛盾，以及維新派與守舊派的矛盾；反映了中國共產黨成立前後的社會反響的一個小側面，也反映了農民對地主資產階級的壓迫所作的自發反抗。這部長篇和另一部未完成的長篇《虹》相銜接且略有交叉。因為《虹》從「五四」前夕寫到「五卅」運動。它以北洋軍閥統治為背景從四川寫到上海，從時代女性由家庭走上社會走向工農革命的角度取材，展示了中國共產黨領導的波瀾壯闊的革命鬥爭。《蝕》三部曲和《野薔薇》中的五個短篇則從「五卅」運動起筆，著重寫 1927 年大革命前、中、後三期中國社會波瀾壯闊的歷史大動蕩。和《虹》一樣，也是從時代女性和新時代青年知識分子群著墨，展現出國共兩黨由聯合到分裂過程中黨內黨

外、上層基層縱橫交織的階級鬥爭和路線鬥爭。中篇《路》和《三人行》則承接《蝕》和《虹》，從青年學生的生活道路的角度反映大革命失敗後國民黨反動統治所激起的新形勢下的社會鬥爭。《子夜》、《農村三部曲》、《林家鋪子》、《當舖前》等長篇與短篇以城市為主，把視野放在 30 年代前半城鄉兩面整個中國社會全貌的歷史場景。它以民族資產階級為重點，從它和買辦階級、工農革命運動的激烈矛盾中揭示出中國不可能走資本主義道路。包括小資產階級知識分子在內的中國各階級、各階層，只能經歷黨領導的新民主主義革命的歷史必由之路。中篇《多角關係》可以作為《子夜》的姐妹篇看，因為它從橫剖面反映了 30 年代前半的城市社會矛盾是怎樣地複雜與錯綜。《第一階段的故事》和《鍛煉》則從日寇侵華的上海戰事導致民族工業資本家搬遷內地的事件落筆，把民族矛盾與階級矛盾交織在一起。承接著抗戰前期的這兩部長篇的《腐蝕》則是把抗日戰爭最艱苦年代敵我對峙、蔣敵偽合流的種種矛盾凝鑄在特務魔窟內部的勾心鬥角及其與地下工作者與青年學生的種種衝突裡。帶有明顯「小說化」色彩的劇本《清明前後》則把抗戰勝利前夕解放戰爭即將到來國統區心腹地帶的矛盾搬上舞台。

馬克思和恩格斯認為巴爾扎克的著作提供的政治、經濟、歷史情況遠比相應的理論著作為多，從這個意義上他們認為巴爾扎克的小說具有編年史的性質。茅盾的作品也具有同樣的性質。茅盾反映的歷史比較真實，而且他的反映遠比作為保皇黨人的巴爾扎克正確。正確的表現之一在於充分體現了時代精神，使作品具有時代性。茅盾指出：「所謂時代性，我以為，在表現了時代空氣而外，還應該有兩個要義：一是時代給予人們以怎樣的影響，二是人們的集團的活力又怎樣地將時代推進了新方向，……」〔註41〕這種時代性可以從茅盾作品反映社會生活的縱橫交錯的縱深感看得出來。上文所說是從縱線看。橫地看來，幾乎每一個長篇和短篇都涉及廣泛的矛盾，都具有歷史本質的真實感，都或顯或隱、或深或淺地展示出歷史發展的動向。《蝕》固然寫現代青年在革命浪潮中生活道路的曲折，但革命前、革命中、革命後的三段，不正是大革命前後從領導核心內「左」與「右」的鬥爭、或這場鬥爭在革命前、中、後期的全面展現嗎？《子夜》固然著重寫民族資產階級的歷史命運，但是中國社會各階級、各政黨、各種社會力量大致上都被作品中的九十多個人物典型概括進去了。就是以某個人物的描寫而言，也具有統觀某一

〔註41〕《讀〈倪煥之〉》，《茅盾論創作》，第 236 頁。

作品所能發現的同一特點。且不說林先生這樣上下左右溝通各種社會矛盾的作品主人公，就是次要人物也是各種社會關係的總和。例如《多角關係》中的小角色朱潤身，僅僅作者給他取的一個外號「弄不清」就大有名堂。他是華光綢廠的股東，作爲三大綢店的經理他又是該廠的客戶。作爲股東廠家欠他，作爲客戶他又欠廠家。在年關臨近，錢莊倒閉，廠家客戶雙雙吃緊的「多角關係」中，一個朱潤身就是社會歷史最典型的凝縮。他自己又怎麼「弄」得「清」呢。作家正是從「弄不清」們的形象解剖中，給中國社會和歷史提供了一面又一面起能動反映作用的鏡子，藉以把時代對人們的影響，和人們的活動對歷史與時代的促進（包括革命的作用，也包括反動的作用）囊括無遺。

茅盾說他「喜歡規模宏大，文筆恣肆絢爛的作品。」〔註 42〕他的作品正是這樣。因爲他有典型概括的高超本領。他有辦法加大作品的社會容量。他要求作家也要求自己對社會現象作「正確而有爲的反映」。重要的法門就是把人和人的關係當成各種社會關係的總和來寫。上述作品任何一部都是以小篇幅凝聚大社會容量的範例。就是短篇如《當鋪前》也不例外。王阿大的包袱是一家血淚史的縮影；王阿大一家的歷史又何嘗不是中國社會的縮影。王阿大等到輪船局鬧事的情節，後來不就擴展成《霜葉紅似二月花》的情節體系了嗎。小大由之，以小見大，正是作品思想容量大、密度也大的表現。

茅盾說「《蝕》與《子夜》發表時，曾引起了轟動」，其「原因之一」是他「敢涉足他人所不敢而又是人們所關注的重大題材」。〔註43〕「之二」呢。茅盾沒有說，依我看來，具有強烈的時代性，具有明顯的史詩性質，正面地大規模地展現中國社會全景和縱橫交織的社會矛盾，使作品容量大、密度濃，具有縱橫開闔、吞吐宇宙的氣勢，則是更爲重要的原因。因爲這才是對社會生活和人類歷史的最「正確而有爲的反映」。

當然，這樣評價茅公，還有其他方面的充分的理由，他塑造了一系列栩栩如生的人物形象，構成幾組經得住時間考驗的人物系列，其中有相當數量的舉世公認的不朽的典型形象。通過一系列的藝術形象和人物系列，眞實地、歷史地、具體地反映了從我國舊民主主義革命到新民主主義革命的幾十年的歷史發展與時代內容，並在藝術實踐中形成自己獨特的塑造典型形象的藝術

〔註42〕《茅盾的創作歷程》，第 397 頁。
〔註43〕外文版《〈茅盾選集〉序》。

方法。茅盾這方面的成就，也使他對此評價當之無愧。

　　高爾基把文學稱爲「人學」。茅盾則說「『人』——是我寫小說時的第一目標。」他從各個側面研究人，他注意觀察研究人的各方面的社會關係。他創作之前非常自覺地去經歷觀察人物的三個階段：「最初是有所見而不全」，「其次是續有所見而愈看愈不敢說已有把握，此時就不敢冒然下筆，最後方是漸覺認識清楚」，〔註44〕這時已做到爛熟於心，這才下筆去寫。而且不只是觀察一個人。也「決不是單依了某一個人作爲『模特兒』。比方說，要寫一個商人罷，應當同時觀察了十幾個同樣的商人，加以綜合歸納。」而且還要「在矛盾中發展的關係上去觀察『人』和「環境」，「『人』與『環境』是同時在他觀照之中的」。此外還「必須使你筆下的『人物』和社會上相當的那一群活人之間：——同中有異，異中有同。」〔註45〕這不僅是理論，而且是親身的經驗，茅盾的這些活生生的「典型論」，都生動地體現在他的一系列小說創作裡。

　　迄今爲止，學術界已普遍承認茅盾小說塑造了一組組人物系列，提供了幾條生動的人物畫廊。其中出現最早、也最精彩的是時代女性的人物系列。他的《蝕》的創作始於大革命失敗後，但創作動機則始於1926年，那時他就「打算忙裡偷閑來試寫小說」，「是因爲有幾個女生的思想意識引起了」他的注意。〔註46〕但在大革命失敗後才動筆，因爲這些時代女性在此方面有了很大的變化，作者也有了新的認識，提筆寫時就較之當年的構思有所不同。他所「著力描寫的」是兩種類型：「靜女士，方太太，屬於同型；慧女士，孫舞陽，章秋柳，屬於又一的同型。」〔註47〕有一種觀點認爲《虹》中的梅女士、《子夜》中的徐曼麗、張素素，《腐蝕》中的趙惠明等是慧女士型，是在不同環境、不同時代的慧的性格的發展。認爲《子夜》中的林佩瑤等則是靜女士在另一環境中的發展。可以同意這種看法，但還要作一點補充：不應該過分注意她們異中有同，而應該更注意其同中有異。因爲她們畢竟是不同的各自有獨立生命力的藝術形象，儘管不能說她們個個都夠得上典型。而且還要補充一點，我們也不能認爲茅盾筆下的女性都歸入這兩型。因爲還有第三型甚至第四型。像《鍛煉》中的嚴潔修、蘇辛佳，《子夜》中的林佩珊、《林家鋪

〔註44〕　《談我的研究》，《茅盾論創作》，第17頁。
〔註45〕　《創作的準備》，第43、49、48、45頁。
〔註46〕　《幾句舊話》，《茅盾論創作》，第3頁。
〔註47〕　《從牯嶺到東京》，同上書，第31頁。

子》中的林小姐，就很難說她們是靜女士型或慧女士型，那麼看的話實際將低估了茅盾描寫人物的成就。

茅盾的第二人物系列是形形色的資本家形象。這裡有買辦資本家如趙伯韜（《子夜》），有各種類型的民族資本家如王伯申（《霜葉紅似二月花》）、吳蓀甫、王和甫、孫吉人、朱吟秋、周仲偉（《子夜》）、唐子嘉（《多角關係》）、何耀光（《第一階段的故事》）、林永清（《清明前後》）、嚴仲平（《鍛煉》）。此外也有林先生（《林家鋪子》）等和這一人物系列有點關係的小商人。第三個人物系列是形形色色的知識分子形象。從辛亥革命——「五四」前後的錢良材、朱行健（《霜葉紅似二月花》），到 20 年代的張曼青、王仲昭、史循（《蝕》），30 年代的李玉亭、范博文（《子夜》）、周爲新、唐濟成（《鍛煉》），茅盾塑造了一系列知識分子形象，其實女性系列中的絕大部分，都可以同時歸入這條知識分子畫廊的。第四個人物系列是地主形象。如趙守義（《霜葉紅似二月花》）、胡國光（《蝕》）、馮雲卿、吳老太爺、曾滄海（《子夜》）等，都是各具個性的動人形象。此外還應該提到大名鼎鼎的老通寶，儘管這類農民形象爲數不多，但老通寶卻是可以和吳蓀甫、林先生等相媲美的有定評的藝術典型。這些人物和人物系列說明茅盾的確是「知人」善畫的大師，可以說他的腦子裡裝著一個複雜紛紜的中國社會。僅僅《蝕》中的三十幾個人物和《子夜》中的九十多個人物及其相互關係，就把 20 年代到 30 年代中國社會的各種矛盾，近十年的重大事件，從農村到城市，從經濟基礎到上層建築和意識形態的種種情狀囊括無遺，地地道道是時代的和歷史的縮影。

茅盾筆下的人物之所以能栩栩如生，其中還不乏有世界影響的典型，除了他對人及其社會本質、獨特個性等了解甚深，觀察極細，形象化個性化非常充分，達到呼之欲出程度而外，還得力於他塑造人物形象的高超的藝術本領。其中最突出的是心理描寫和在複雜的人物關係和激烈的矛盾衝突中展示人物性格的藝術功力，在中國現代文學史上很少有人能夠相比。特別是在複雜的人物關係和激烈的矛盾衝突中刻畫人物一節，和前面所述大規模地反映中國社會、敢於正面觸及與展開重大社會政治矛盾、使作品具有強烈的時代性和史詩性的特色，是緊密相關的。從這個角度，我們可以窺見茅盾處理人物與題材、主題、情節等文學作品構成因素之關係的功力，也可從而看出他獨特的美學追求和藝術情趣。

　　與此相聯的還有一個特點，那就是茅盾小說氣勢恢宏、複雜嚴謹的結構藝術。談到《蝕》時茅盾曾作過自我批評，說「我的結構的鬆懈也是很顯然」。〔註48〕有的論者還抓住作家自謙和嚴於責己之詞說《蝕》是信手拈來，隨興之所之之作。這種說法是不妥的。固然，從三個中篇的關係看來，《蝕》缺乏統貫全書的中心人物是個不足。但就繼承《水滸》、《儒林外史》等古典名著的結構藝術經驗而言，這未始不是藝術結構之一種。何況就每個中篇作獨立的考察，其結構都是精心搭築的。

　　總體看來，茅盾小說的藝術結構有縱剖面的和橫剖面的兩種類型。長篇、中篇多用前者，短篇則多用後者，但也不可一概而論。如中篇《多角關係》用的橫剖面方法；短篇《農村三部曲》、《林家鋪子》則用縱剖面方法。有的則是縱橫交織的。從具體結構方法看茅盾簡直是個高級建築工程師。舉例來說：《幻滅》、《虹》、《腐蝕》是以中心人物為軸單線平推的藝術結構形式。《動搖》是圍繞胡國光、方羅蘭兩個人物所安排的雙鑰條拱形結構形式。《追求》、《多角關係》等則是圍繞兩個以上的重要人物多線索平行發展、交錯推進的藝術結構。《霜葉紅似二月花》、《鍛鍊》是以中心事件為軸心、以幾組人物構成同一事件與同一事件有關的情節鏈條，採用「花開幾朵，單表一枝」的方法波浪式推進的藝術結構。《子夜》則最為複雜，它以主要人物吳蓀甫為軸心，圍繞著吳、趙鬥爭和吳蓀甫、趙伯韜、杜竹齋三巨頭的複雜關係，沿著三條主線（公債市場、辦工業、農村矛盾）、七條副線（由公債市場這條線枝蔓出的馮雲卿這群人物及其命運是條副線；由辦工業又枝蔓出四條副線：其一，朱吟秋和陳君宜以及益中公司八個小廠的命運；其二，周仲偉的命運；其三，地下黨領導的工運和黨內兩條路線的鬥爭；其四，黃色工會及其兩派的傾軋；由農村那條線枝蔓出曾滄海和曾家駒父子使之勾連著吳府及其裕華紗廠；此外還有與各條線若即若離的被茅盾稱作「新儒林外史」的那一群）輻射式地鋪展開去。除了農村一線展開不夠，其他均發展得非常充分。從《霜葉紅似二月花》、《鍛鍊》的布局看來，如果全書完成，也可望達到《子夜》同一級別的複雜的藝術結構水平。

　　茅盾的結構藝術固然得力於文學遺產的借鑑（如《子夜》對《戰爭與和平》就有所師法），但首先來源於生活，他多次強調從豐富多采的現實生活中提煉藝術技巧。並認為「只有從生活中體認出來的技術方是活的技術。」

〔註48〕《從牯嶺到東京》。

〔註49〕例如《子夜》與《多角關係》的結構藝術技巧就是直接來源於生活的範例。他的《子夜》寫了九十多個人物，舖開三條主線七條副線，怎麼收攏又怎麼組接呢？這顯然是個極嚴重的問題。茅盾的方法之一是借助人物之間親戚、朋友和愛情關係。如借助吳家的親戚關係連結著農村（舅父曾滄海）、工廠（表親屠維岳等）和公債市場（姐夫杜竹齋、遠親經紀人陸匡時及其寡媳劉玉英等），也聯結著「新儒林外史」那一群（表妹張素素、小姨子林佩珊等）。借助朋友關係聯結著益中公司（王和甫、孫吉人）和其他小廠（朱吟秋等），聯結著趙伯韜及其托辣斯銀團計劃（借助李玉亭牽線）。借助婚姻愛情糾葛聯結著南北大戰及蔣汪派系鬥爭（借助吳少奶奶和早年的情人雷鳴等）。連馮雲卿與趙伯韜在公債市場上的大魚吃小魚關係也是借助女兒搞男女關係聯結起來的。《多角關係》則是又一種類型。只要看看《上海大年夜》就會明白，茅盾是看到銀行破產商店倒閉引起的連鎖反應而進行小說的藝術構思的。這些都是來自現實生活，人物之間的經濟、政治關係，種種社會關係，都帶有半封建半殖民地中國的特點。把它提煉成情節與環境，連帶著也提煉出小說結構藝術的技巧。正如茅盾所說：這種「從生活中體認出來的」結構藝術才是「活的技術」。

　　茅盾小說的思想藝術成就遠不止這三個方面，但僅此三者，已經蔚然可觀。這些地方都令人聯想到巴爾扎克。茅盾和巴爾扎克當然分處不同的時代，思想意識與政治態度也有本質的區別，但就其藝術成就及其在各自國家的文學史地位看，稱茅盾為「中國的巴爾扎克」，他完全當之無愧！

<h1 style="text-align:center">（五）</h1>

　　傑出的作家往往適應時代的需要而準備幾副筆墨，從而也顯示了其多方面的藝術才華。茅盾就是這樣的傑出作家。小說以外他還寫詩、寫劇、寫童話、寫散文。在散文創作中他也是幾副筆墨並用的。

　　茅盾的散文創作開始於20年代前半。「五卅」運動中他拿起畫筆，用散文形式從社會側面作時代的剪影。當時「五四」以來的散文創作呈現出分化狀態。一部分作家在追求閑適和性靈，逐漸失掉文學的社會價值。這時茅盾異軍突起，和後來的小說創作同樣，他的20年代的散文也具有強烈的時代色彩，反映著重大的社會矛盾。郁達夫說他這時的散文具有這樣的特點：「唯其

〔註49〕《關於「創作」》，《茅盾文藝雜論集》上集，第311頁。

閱世深了，所以行文每不忘社會。他的觀察的周到，分析的清楚，是現代散文中最有實用的一種寫法。」「中國若要社會進步，若要使文章和實生活發生關係，則像茅盾那樣的散文作家，多一個好一個；否則清談誤國，辭章極盛，國勢未免要趨於衰頹。」〔註50〕這是對茅盾散文成就的精闢估價。

茅盾散文包括報告文學、抒情散文、雜文、速寫等多樣品種。和朱自清有些類似，茅盾也是從抒情散文爲主轉向寫雜文爲主的。兩者的成就都高，而以抒情散文的藝術價值爲最。但各類品種的手法互相滲透，呈現出千姿百態。下面以抒情散文爲主，兼及其他，就其主要藝術特色作個綜論。

茅盾懷著大規模反映社會與時代的宏願，又面臨複雜的現實，政治環境的險惡和他個人思想發展的曲折，這一切有時使他難以直抒胸臆。他的藝術天才和借鑑西歐文學之所長使他往往用象徵手法寫抒情散文。從而也擴大了作品的思想容量。象徵手法的特點在於以具體的個別的形象來概括更普遍、更豐富、更複雜甚至較抽象的社會內容。它以其含蓄蘊藉、耐人尋味並具有獨特表現力的長處受到茅盾的喜愛，成爲他藝術手法裡的常規武器。

茅盾抒情散文中象徵手法的運用大體隨主觀與客觀的因素而分爲三個階段，每個階段自有其獨特的顏色。20年代末期，由於大革命失敗後茅盾陷入思想苦悶幻滅期。剛剛結束的革命高潮之後的低潮期的政局與現實又迷朦混沌，使茅盾散文的象徵手法的運用和象徵寓意的展現，明顯地帶著苦悶的情致和朦朧的色彩，我想稱之爲「苦悶的象徵」。《賣豆腐的哨子》、《霧》等就是體現這方面的特色的代表作。這些作品是把象徵手法納入到現實主義創作中去的。到了30年代中期，情況發生了很大的變化。茅盾結束了思想苦悶期而進入更堅定地投入戰鬥的左聯時期。他對前景的認識明確、樂觀；他對理想的追求更加執著，他對社會與時代的認識和概括更爲真切、準確、清醒、透剔。這一時期抒情散文代表作如《雷雨前》、《黃昏》、《沙灘上的腳迹》等，既是時代的鏡子，又是生活的指南針。它們以小見大，體現了時代面貌，表現了極深的象徵寓意。可以稱之爲「時代的象徵」。時代的象徵期與苦悶的象徵期相比其象徵手法和象徵寓意的區別有二：其一是多半納入浪漫主義的而不是現實主義的創作方法中。其二是一掃幻滅、苦悶的情致而代之以開朗、樂觀的戰鬥激情，既能準確反映現實又能揭示革命前景，恰恰和30年代中期革命由低潮轉向新的高潮的時代特點相適應。進入40年代，茅盾的

〔註50〕《現代散文導論（下）》，《中國新文學大系導論集》，第222頁。

抒情散文的基調又爲之一變。由新疆而延安，又由延安而西安，不到一年時間茅盾經歷了兩種根本不同的社會制度，體驗了兩種根本不同的人生道路。如果說過去把新社會看作理想，而今人民掌權成了主人的新社會已作爲現實呈現在面前。回到國統區後又回到黑暗的深淵，於是作家以空前高昂的激情歌頌共產黨所領導的陝甘寧解放區的新人新事新生活新制度。但在國統區的白色恐怖中又「吟罷低眉無寫處」，因此在這時的代表作《風景談》、《白楊禮讚》等抒情散文裡，那象徵寓意就飽和著革命理想主義，可以稱之爲理想的象徵。

從苦悶的象徵——時代的象徵——理想的象徵的發展歷程中，我們看到作家在散文藝術中怎樣成功地把思想和藝術、內容和形式、主觀意象和客觀物象結合起來，又怎樣把時代烙印和思想發展的痕迹滲透到作品中去。這發展過程中還展示了茅盾審美的客觀描寫傾向和主觀情感傾向、寫實性與主觀性是怎樣相消長、相溶合的。在這裡，我們窺見了從他的小說裡較難窺見的東西。這個特色恐怕與美學思想有關，不單單是抒情散文體裁特點所致。

如果說象徵手法的運用及其發展主要是體現在茅盾的抒情散文裡，那麼情與理的結合形成了強烈的藝術美，則是茅盾絕大部份散文所共有的特色。即便在社會短評裡，只要偶而運用了文學筆法，就也隱隱滲進這情與理緊密結合凝成的藝術美。散文的感情濃度要次於詩，但它對散文本身的重要性不亞於對詩。作爲一個現實主義作家，茅盾的創作偏重客觀描寫。但他也重視主觀感情的抒發，特別在散文裡；又特別是在抒情散文裡。不過他的激情的抒發往往萌始於敏銳的觀察、深刻的思索和豐富的聯想。他往往以議論和哲理的闡發爲間架，高視點地選擇抒發感情的渠道，使抒情與議論、激情與哲理相結合而凝成散文的藝術美。

統觀茅盾散文，情理結合而形成藝術美，大體表現爲三種類型。其一是情調的捕捉與抒發。這種抒情和議論往往採取直抒胸臆，邊抒情邊議論的方式；有時甚至把捕捉情調的方式與過程都明確點出。最典型的例子是《賣豆腐的哨子》和《叩門》。那悵惘的情調，若悶與焦灼難耐的情懷，反映了大革命失敗後尋求出路、擺脫黑暗現狀而不可得的普遍要求與時代激情，體現出這樣的深刻哲理：「歷史必然性的要求與這個要求實際上不可能實現之間的悲觀衝突」。〔註51〕其二是充滿哲理色彩的意象的捕捉與意境的追求。最典型的

〔註51〕恩格斯：《給拉薩爾的信》，《馬克思恩格斯列寧斯大林論文藝》，第 15 頁。

是《嚴霜下的夢》。以意識流手法出之的三個夢境的描寫形象概括了「革命的遭遇」和茅盾的心情以及他對「那時的盲動主義」的否定。〔註52〕對光明與黑暗交相搏鬥及其前景的哲理思辯性是通過三個夢構成的撲朔迷離的意境體現出來的。其情理結合的藝術美也寄寓在這朦朧色彩較濃的意境中。其三是情與理在物化意象中的結合，這就是託物寄情，情隨物移；借事寓理，理依事顯。不論是物象的捕捉還是事件的凝集，均保持著生活的本來面目，均以客觀描寫爲主，激情與哲理則潛移默化地滲入其中，這種藝術美是以事物的本來面目直接注入讀者感觀的。像《白楊禮讚》就是借物以抒情寓理的。《紅葉》、《櫻花》是借事以抒情寓理的。《風景談》則較爲複雜，它不寫一事、一物、一人，而是截取若干生活片斷用蒙太奇手法組接起來以抒情寓理的。一切激情與哲理、議論都在物化意象之中。

不論茅盾的哪種情理結合以構成藝術美的方式，都具有濃度極大的社會內容，都出自居高臨下的視點，這是茅盾區別於別的散文作家的地方。其激情的熱度超過魯迅，哲理的深度遜於魯迅，但其犀利的鋒芒和藝術的美的外溢，雖放在魯迅的散文之中似也可以比肩。這些都是難能可貴的。

取精用宏，一以當十，是茅盾散文的第三個特色。和小說的寫作不同，散文可以大至宇宙蒼穹，小至一花一草，不論從宏觀世界還是從微觀世界取材，都可達到取精用宏、一以當十的目的。茅盾慣用的材料是這樣幾類：其一是自然物。如霧（《賣豆腐的哨子》、《霧》、《霧中偶記》）、暴風迅雷（《雷雨前》）、白楊（《白楊禮讚》、櫻花《櫻花》）等。其二是日常瑣事。如《老鄉紳》之寫說謊；《桑樹》之論種桑。其三是生活斷片。如《人造絲》之寫同學邂逅、留學遭遇；《風景談》之寫高原駝隊、生產歸來、男女新貌、茶社剪影、戰士英姿等。其四是某種情調或物境。前者如《叩門》中的叩門聲，《賣豆腐的哨子》中的哨子聲等。後者如《黃昏》中的海濱風情，《故鄉雜記》之一《一封信》中的艙中雜景等。茅盾在追求取精用宏、以一當十藝術效果時，都刻意追索其中更深的涵義，力求透過表象看本質，從一事一物一時一地的個別現象中展現出其普遍性的意義。爲了使這「一」和「精」能收到「十」和「宏」的藝術效果，他常堅持兩個原則，一是形神兼似，借形似以求神似；二是虛實結合，避實以就虛。從而使散文既能窮萬物群相的外態內蘊，又能藉個別以見一般。激起豐富的聯想，加重作品的思想負荷。既在寫

〔註52〕 《我走過的道路》，《新文學史料》1981年第1期，第8頁。

實，但實中求虛，又虛得疏能跑馬；又在求虛，但虛中有「神」，使作品的思想成爲主宰一切的精神和靈魂。對此又追求密度的加大；加大到了密不透風的程度。

所以茅盾的散文往往以少勝多，情貌無遺。和他的容量極大的小說創作有異曲同工之妙。

（六）

茅盾說：「眞正的作家必有他自己獨具的風格，在他的作品裡，必能將他的性格精細地透映出來。文學所以能動人，便在這種獨具的風格。」〔註 53〕作家六十年前說的這話被他六十五年的創作生涯所結的碩果充分證實了。茅盾說他「喜歡規模宏大，文筆恣肆絢爛的作品」，這不單反映了他的欣賞愛好，也反映了他在創作中的美學追求。他的作品不論小說還是散文，都具有這一特點。他的文筆機敏犀利，汪洋浩瀚；他的作品氣勢磅礴、恢宏雄渾。種種社會矛盾，盡在筆端；時代的風雲變換，悉收眼底。剖析透徹，形象逼眞，使人感到作家那洞幽燭微的炯炯目光，力透紙背，熠熠有神。

從藝術構思來說，他的作品高視點，大手筆，「超以象外；得其環中」〔註 54〕。雖然大題小作，也能以小見大。縱使小題大作，亦常高屋建瓴，從時代的制高點和歷史發展的動向，概括社會生活的深廣內容，展示時代的恢宏風貌。

從作品氣度來說，他通常抑制感情，偏於理智；偏重客觀描寫，不尙主觀闡發，然而情自寓於中而形於外。或援情入理；或借形傳神；或把人物推到滾滾濤頭；或把情節引進重重矛盾。寫事件鞭辟入裡，論世相切中時弊。在從容舒展中顯示出洞察世態的練達；閃射出目光的機敏與睿智。不管涉足多麼紛繁複雜的矛盾，自能使文筆顯豁開闊，給人以一覽眾山小的啓迪。

從寫法說，他的作品往往是立體感，油畫式，一向追求縱深，從不單線平塗。寫縱深，是生活的縱深，時代的縱深。面面觀，是社會的歷史的多層次、多側面。給人以豐富厚實的生活實感。

這一切，都是他汪洋浩瀚、恢宏雄渾的藝術風格的具體表現。

1977 年 3 月 4 日，茅盾在《奉和雪垠兄》一詩中有這樣兩句：

〔註 53〕《獨創與因襲》，《時事新報》副刊《學燈》，1922 年 1 月 4 日。
〔註 54〕司圖空：《詩品》。

> 頻年考史撥迷霧，
>
> 長日揮毫起迅雷。

這是指姚雪垠寫完《李自成》後再寫《天京悲劇》之計劃一事，和姚雪垠大規模反映歷史發展所表現的氣魄和毅力以及作品的氣勢而說的。拋開這些特指內容，用在茅盾史詩般的創作和年復一年反映現實的氣魄上，不也是非常合適嗎？

詩中還有這樣兩句：

> 錦繡羅胸仍待織，
>
> 無情歲月莫相催。

在茅公作古兩週年之際讀這兩句詩，不禁令人淒然淚下。一代文豪，滿腹經綸，他作為歷史老人，還可以揮動如椽大筆舖寫多少華章啊！他臨終前還懷著「無情歲月莫相催」的熱情與期望在艱難地命筆。遺憾的是正當他「錦繡羅胸仍待織」的時候卻溘然長逝！從今而後，誰還能像茅公那樣「考史」、「揮毫」，為我們寫《子夜》般「撥迷霧」、「起迅雷」的華章？

第二編　理論批評論

從經驗到理論

　　人所共知，茅盾是從理論批評開始踏上文壇的；從事創作是後來的事。在「商務十年」和飽經大革命風浪的大動蕩之後，他才以厚實的生活底子和深刻的思想認識為基礎破門而出。此後二十多年的創作成就始終在同代人中占據了出類拔萃的地位。但建國之後他又把三、四十年代理論批評和創作的「雙軌運行」改回故道，回復到主要搞理論批評的單軌上去。於是他的文學道路形成了這樣一個獨特的公式：

$$\text{理論批評（創作）} < \genfrac{}{}{0pt}{}{\text{創 \quad 作}}{\text{理論批評}} > \text{理論批評（創作）}$$

從他的實際貢獻來看，理論批評家茅盾即或不比作家茅盾更為重要，起碼也可以平分秋色的。

　　在充分的生活積累和理論積累的基礎上從事創作，在中與外的文學批評和古與今的文學研究的借鑑中從事創作，又以自己的直接創作實踐經驗和所吸收的別人的間接的創作實踐經驗為雄厚基礎，把經驗昇華為理論，又在新的經驗與理論指導下進行新的創作，這種循環反覆的文學實踐，是茅盾的一個突出的特點。古往今來，具備這一特點的文學家並不很多。茅盾應時代的需要而生，又在時代哺育下成長，他的獨特經歷與獨特機緣使他具備的這個實踐性特點打上了鮮明的時代的民族的烙印。這是特別寶貴的，應該特別珍視它。因為沒有實踐的理論，是空洞的，甚至可能是教條主義的理論；沒有理論指導的實踐，可能是而且多半是盲目的實踐。然而茅盾的文藝理論與文藝批評，則是有充分的實踐經驗為依據的。這形成了他的理論批評非常實際，非常活，思想分析與藝術分析非常統一的特點。與此相聯繫的，又

形成了他的理論批評方法的特點：他常常把思想分析和藝術分析結合起來甚至水乳交融地揉和起來。這大概是其理論批評生動活潑之特色的重要成因之一。

最能體現茅盾理論批評的這些特點的是他寫的三百多篇序跋。尤其是他為自己的作品和文集所寫的自序和跋。借用茅盾作品自序和跋這個獨特的窗口，可以窺探茅盾理論批評的鮮明的實踐性，也能夠涉及到他的創作的理論自覺性。因為這是他偏於理性的創作個性之所以形成的重要原因，同時也是它的鮮明的體現。

（一）

在《追求》的初版本「代跋」《從牯嶺到東京》一文中，茅盾第一次自白了他開始創作生涯的動機。

> 我是真實地去生活，經驗了動亂中國的最複雜的人生的一幕，終於感得了幻滅的悲哀，人生的矛盾，在消沉的心情下，孤寂的生活中，而尚受生活執著的支配，想要以我的生命力的餘燼從別方面在這迷亂灰色的人生內發一星微光，於是我就開始創作了。我不是為的要做小說，然後去經驗人生。

在這二百多字的「自白」中，涉及了許多重大理論問題，諸如文藝的社會作用與社會效果問題；作家思想感情與作品基調的關係包括所謂「憂憤出詩人」的問題等等。但其包括的最大的問題是兩個：文藝與時代、與政治的關係問題；文藝與生活的關係問題。這兩個問題值得用兩節的篇幅專門探討。

搞了五年創作並寫完《子夜》之後，茅盾作了兩點自我評價：「一、未嘗敢『粗製濫造』；二、未嘗為要創作而創作，——換言之，未嘗敢忘記了文學的社會的意義。這是我五年來一貫的態度。」〔註1〕應該說這也是他早年和文學研究會的戰友共同倡導「文藝為人生」主張的具體實踐。茅盾的這一主張開始時還不具備明確的階級分析內容，還停留在革命民主主義的階段。但很快就發展到具有鮮明的無產階級色彩的階段。如果說 1920 年他的「進化的文學」主張還只是要求文學「有表現人生、指導人生的能力」，「是為平民的非為一般特殊階級的人的」〔註2〕，到了 1925 年，他對文學家的使命的理解卻

〔註 1〕《我的回顧——（茅盾自選集）代序》。
〔註 2〕《新舊文學平議之評議》，《小說月報》第 11 卷第 1 期。

大大進了一步：「就是要抓住了被壓迫民族與階級的革命運動的精神，用深刻偉大的文學表現出來，使這種精神普遍到民間，深印入被壓迫者的腦筋，因以保持他們的自求解放運動的高潮，並且感召起更偉大更熱烈的革命運動來！」「我們心中不可不有一個將來社會的理想，而我們的題材卻離不了現實人生。」「文學決不可僅僅是一面鏡子，應該是一個指南針。」〔註3〕這時的茅盾已經毅然「拋棄了溫和性的『民族藝術』這名兒，而換了一個頭角崢嶸、鬚眉畢露的名兒，——這便是所謂『無產階級藝術』」。〔註4〕難得的是，儘管茅盾愈來愈鮮明地站在無產階級立場上論述「文學之趨於政治的社會的」〔註5〕性質，但他始終強調「思想固然要緊，藝術更不容忽視」，〔註6〕始終把「形式與內容必相和諧」作為「努力的方針」。〔註7〕不過加強文藝的社會政治性質與社會教育作用，仍是他特別致力的。他不「感傷於既往」，也不「空誇著未來」，而是「凝視現實，分析現實，揭破現實。」他把人生比作「野薔薇」，他期望自己的作品「能稍盡拔刺的功用，那即使傷了手」，他「亦欣然。」因為這可以使人「透視過現實的醜惡而自己去認識人類偉大的將來。」〔註8〕

　　因此，創作伊始，就有大規模地反映中國社會和時代的宏大計劃，並且「敢涉足他人所不敢而又是人們所關注的重大題材。」〔註9〕他的小說是有分工的。他的中篇和長篇系統而縱剖面地反映中國革命的歷史發展和中國社會的重大衍變；他的短篇則橫剖面地多角度而迅速及時地反映時代的發展。而且茅盾的小說提供了一個非常有意思而耐人尋味的現象：他的長篇大多沒有完成或沒有全部完成預定的計劃；他的短篇又大都像「壓縮了的中篇。」〔註10〕他當然知道「短篇小說應該是橫截面的寫法」，但他同時又「覺得所有自己熟悉的題材都是恰配做長篇，無從剪短似的。」「總嫌幾千字的短篇裡容納不下複雜的題材。」〔註11〕這是為什麼呢？第一是由於他追求的是過人的

〔註3〕《文學者的新使命》，《文學週報》第 190 期。
〔註4〕《論無產階級藝術》，《文學週報》第 172 期。
〔註5〕《文學與政治社會》，《小說月報》第 13 卷第 9 期。
〔註6〕《小說新潮樣宣言》，《小說月報》第 11 卷第 1 期。
〔註7〕《論無產階級藝術》，《文學週報》第 172 期。
〔註8〕《寫在〔野薔薇〕的前面》。
〔註9〕外文版《茅盾選集》序。
〔註10〕《茅盾文集》第 7 卷後記。
〔註11〕《我的回顧——〈茅盾自選集〉代序》。

深度,「因而一個做小說的人不但須有廣博的生活經驗,亦必須有一個訓練過的頭腦能夠分析那複雜的社會現象;尤其像我們這轉變中的社會,非得認真研究過社會科學的人每每不能把它分析得正確。而社會對於我們的作家的迫切要求,也就是那社會現象的正確而有爲的反映!」﹝註12﹞他這裡所說的「研究過社會科學的人」,指的是掌握了馬克思主義的作家們。他自己就正是這樣的作家。因此他對生活的發掘就有過人的深度;這保證了他的作品的過人的思想深度。第二是由於他追求的是過人的廣度。「在橫的方面,如果對於社會生活的各個環節茫無所知,在縱的方面,如果對於社會發展的方向看不清楚,那麼,你就很少可能在繁複的社會現象中恰好地選取了最有代表性、典型的,即是具有深刻的思想性的一事一物,作爲短篇小說的題材。」﹝註13﹞茅盾的短篇大都是這麼縱橫結合地達到驚人的深度,於是短篇容量客觀上的極限和他對短篇容量的主觀要求之間常常發生矛盾。這就是他的短篇往往像「壓縮了的中篇」的原因。這本身就充分反映出茅盾要求文學更充分地具有社會內容,最大限度地反映時代、反映社會,更強烈地發揮其政治作用與社會教育作用的主觀努力。

他的長篇創作計劃的預定規模和實際的完成情況有矛盾,同樣說明了這個問題。他的長篇創作的觸角觸及的歷史年代最早的是秦漢時代。現在留下的短篇小說《大澤鄉》就是其計劃未能完成縮寫的篇章。其總計劃是要用長篇歷史小說「寫中國歷史上第一次農民起義。當時的計劃相當龐大,不但要寫陳勝、吳廣,也要寫劉邦、項羽,而以劉邦竊取了農民起義的果實,建立漢帝國爲結束。」並且打算「從秦始皇吞併六國寫起。」從他所作的準備可以看出他對歷史小說的要求:他「研究秦國自商鞅以後的經濟發展,戰國時代的一些重要的思想潮流,乃至典章文物等等。」這個大規模的計劃本身和寫作準備本身,頗足以反映出茅盾對文學的社會作用的看法和要求。但最有趣的則是作了這麼多的準備之後,他又放棄了。放棄的原因和後來的許多未完成的長篇不同,其動機是「發覺這樣的歷史小說即使寫得很好,畢竟還是脫離群眾、脫離現實的。把太多的勞力和時間花在這上面,似乎不值得。而且這也是一種變相的逃避現實。」﹝註14﹞因此把小說的部分大綱寫成短篇小

﹝註12﹞《我的回顧——〈茅盾自選集〉代序》。
﹝註13﹞《茅盾選集》自序。
﹝註14﹞《茅盾文集》第7卷後記。

說《大澤鄉》後即告結束。這是他 1930 年時的看法，明顯地帶有當時「左」的思潮的痕迹。後來他在《關於歷史和歷史劇》中談此類問題就顯得辯證多了。但在當時，我們可以從中窺見茅盾對文藝的社會作用的要求是多麼高、多麼嚴了。

　　談到這兒，請允許我暫時離開我所考察的茅盾大規模地反映中國社會計劃中的長篇多半沒有完成這一課題，順勢先談談從他的歷史、宗教題材的作品中看他對文藝社會作用的美學思想問題。在《大澤鄉》裡，其對文藝社會作用的要求也有所體現。在《大澤鄉》中茅盾把「陳、吳及其九百人確認為被征服的失掉了土地並降為奴隸的六國農民，兩個軍官是升到統治地位的秦的富農階級。」作者自己也覺得「歷史學家未必有同樣的看法。」〔註 15〕但作者藉此卻間接地反映了 1930 年的階級的民族的矛盾。這種借古諷今，以及他在《耶穌的死》與《參孫的復仇》中的「借外諷中」，都出於同一目的。後兩個短篇都「取材於《舊約》，是對當時國民黨法西斯統治的詛咒並預言其沒落」的，「蔣介石自己是基督教徒，他的爪牙萬萬想不到人家會用《聖經》來罵蔣的。」〔註 16〕這借古諷今和借外諷中的原則，充分反映出茅盾要求文藝對政治、對時代具有強烈的戰鬥作用，要達到明確的功利目的。

　　同樣的原則體現在《霜葉紅似二月花》的創作上。其計劃也相當龐大：「本來打算寫從『五四』到一九二七年這一時期的政治、社會和思想的大變動，想在總的方面指出這時期革命雖遭挫折，反革命雖暫時占了上風，但革命必然取得最後勝利；書中一些主要人物」最初雖都很「左」，考驗的結果卻「或者消極了，或者投向反動陣營了。」〔註 17〕茅盾把杜牧的七絕《山行》中「霜葉紅於二月花」改了一字作為書名：《霜葉紅似二月花》，就含著尖銳辛辣的諷刺寓意。現在留下的只是 1942 年寫迄的第一部，故事也只發展到 1924 年前後，當時「迫於經濟不得不將這一部分先行出版。」解放後作者寫了幾萬字的續稿。但全書終未完成。原因是作者的「精力和時間」都不允許。從創作本身說這當然是缺點，同時這也是中國現代文學史上的一大憾事。但從理論角度看，仍有兩點可取之處：一是他對主題深廣、容量浩大的作品的刻意追求；二是生活不足就決不硬拉生扯的嚴肅態度。這兩點都有理論的與實踐

〔註 15〕　《茅盾文集》第 7 卷後記。
〔註 16〕　《茅盾短篇小說集》序。
〔註 17〕　《霜葉紅似二月花》新版後記。

方面的可供借鑑的意義。

迄今爲止，像茅盾這個計劃所涉及的範圍的大規模的類似作品仍未問世，倒是此前寫的未完成的長篇《虹》和未全部完成計劃的《蝕》，「文革」中他又寫了數萬字的《霜葉紅似二月花》續書大綱、梗概和章節片斷，一定程度上作了彌補。

作者寫《虹》是「欲爲中國近十年之壯劇，留一印痕。」〔註18〕也是「要從『五四』運動寫到一九二七年大革命」，「但此書最後只寫到梅女士參加了五卅運動。」其未完成的姊妹篇題目是《霞》。《虹》象徵著1927年革命形勢是「易散」的「黑夜前的幻美」，也「象徵著寧（蔣介石）漢（汪精衛）對峙只是『幻美』，而且『易散』」。《虹》的主人公梅女士經過思想發展曲折雖入了黨，黨員稱號在她身上也是「易散」的「幻美」。《虹》的姐妹篇《霞》則象徵著眞正的革命前景。霞有「朝霞」、「晚霞」之分，對梅女士說來，晚霞象徵著「她的思想改造似是而非，通不過那些考驗」；朝霞則象徵著她「通過了上述各種考驗。」「繼朝霞而來的將是陽光燦爛」，梅女士在白色恐怖中被捕坐牢，「後來爲黨設法救出，轉移到西北某省仍作地下工作」，〔註19〕成爲眞正的共產黨員。對照建國以來的所有長篇來考察茅盾這個未完成的計劃，許多作家那些最優秀的和立足點最高的長篇佳作，所追求的政治效果，也不過如此。儘管茅盾的計劃並未完成，就已經完成的部分權衡，他的美學追求顯然已基本體現出來了。

何況《蝕》在一定程度上也彌補了未完成的《霞》所留下的缺憾。不過《蝕》和《子夜》並非沒有寫完，而是部分地修改了寫作計劃。因此，這兩部作品顯示的社會規模、歷史場景及其體現的時代精神，與政治傾向，更能充分說明茅盾對文學的社會意義的執著追求。

茅盾還有一組未完成的長篇創作計劃。這就是關於抗日戰爭的長篇《第一階段的故事》、中篇《走上崗位》和長篇《鍛煉》。現在的《第一階段的故事》只寫了八十天的上海抗戰便告結束。但「原定的計劃」是「寫上海戰爭者一半，而寫武漢大會戰前的武漢者亦將占其一半。」打算在「力所能及的廣闊畫面上把一些最典型的人物事態組織進去」，書名最初擬定爲《何去何從》（連載時題爲《你往哪裡跑》），反映出的小說的主題是寫「一九三七年

〔註18〕 《虹》跋。
〔註19〕 《我走過的道路》中冊，第36～38頁。

後，這個『何去何從』的問題不但關係到我們國家民族的命運，也關係到每個中國人的命運。這本小書中的人物，也面臨著『何去何從』的問題。這本小書的結尾已經寫到一些青年知識分子選擇了正確的道路，——到陝北去。這是象徵著當時一些青年知識分子」「中間的覺悟分子已經認識到唯有走上了中國共產黨所指示的道路，中華民族這才能夠解放，而個人也有出路。」〔註20〕《走上崗位》和《鍛煉》繼續闡發著這個主題，不妨理解為作者這一寫作計劃的繼續努力。不過《走上崗位》剛鋪開就宣告停筆，作者始終不大喜歡這個中篇。於是就重起爐灶寫了《鍛煉》。全書預計寫五部，要展開一個較之前者遠為宏大的計劃。現在的這部是第一部，寫上海抗戰。「原擬第二部寫保衛大武漢之戰至皖南事變止。」「第三部預定內容為把太平洋戰爭和國內的中原戰爭、湘桂戰爭為背景寫工、商、政界的多方面場景。」「第四部包含經濟恐慌之加深，國民黨與日本圖謀妥協，民主運動之高漲，進攻陝甘寧邊區之嘗試，國際反動派之日漸囂張。」第五部為「慘勝」「至聞、李被暗殺。」「這五部連貫的小說，企圖把從抗戰開始」至「慘勝」前後的「八年中的重大政治、經濟、民主與反民主、特務活動與反特務鬥爭等等，作個全面描寫。」〔註21〕這個計劃因全國解放的大事件而停筆。出版時把《走上崗位》關於難民營的兩章借過來略加修改補進去成了現在的格局。從作者留下的《鍛煉》大綱手稿看，作者不僅把五部小說的格局作了詳細規定，人物和情節的發展有了較細的安排，而且部分情節還寫了詳細分章梗概。其工程之浩大，概括的社會場景之廣闊，又甚於《霜葉紅似二月花》和《子夜》。

作者後來不無遺憾地說：「我曾經一再打算寫抗日戰爭的小說，可是每次都是『虎頭蛇尾』；人事牽掣，沒有足夠的時間」「是其一因，但尤關重要的，是我的生活經驗還不足以寫那樣大的題目。這種失敗的經驗，也是我的寫作經驗。」但在失敗經驗之外還有其成功之處，這就是力求通過擴大作品的思想容量和社會生活與歷史場景的容量以加強其創作的社會教育作用、認識意義與審美效果。從而使文藝創作更好地為革命服務，為人民服務，對時代和歷史的發展起最大的推動作用。這就是茅盾關於文藝與時代、文藝與社會、文藝與政治之關係中最具理論意義的重大建樹。這就是我不厭其詳地作上述

〔註20〕《第一階段的故事》新版後記。
〔註21〕《鍛煉》小序。

概觀的原因。

如果說上述例證還側重於反映社會生活的廣度，那麼下邊的例證則可以從增加思想深度的角度看出茅盾在文藝的社會作用方面強烈而執著的美學追求。這次我不妨撇開小說創作，而從散文中尋求例證。如果從宏觀角度看茅盾散文創作總的指導思想，我想增加作品的濃度無疑應該首先引起我們的重視。茅盾有句名言：那就是「隨筆之類光景是倒過來『大題小做』的」。〔註22〕如何「大題小做」？可以《見聞雜記》（在報刊發表時原題為《如是我見我聞》結集時被國民黨檢查官大加刪改，新版《茅盾全集》第十二卷所收的則恢復了刪改之前的本來面貌）的選材標準作一說明。這本散文集是茅盾新疆之行往返途中觀察所得的結晶。作者說他去時的見聞浮光掠影所獲不多，回來時感興趣的也不是沿途風景。他注意攝取的是「物價的飛漲，頹廢淫靡之加甚」，他認為這「是旅途見聞雜記的材料。」因為這「雖屬一鱗一爪」，卻「多少也可以看到」「生活正在起著如何的變化。」〔註23〕

在《隨筆三篇》的題記中，作者告訴了我們很有意思的情況，原來這《雷雨前》、《黃昏》、《沙灘上的腳迹》三篇隨筆原是「可以寫三個短篇小說」的題材。作者把它「壓緊了，又濾清了，又抽去血肉骨骼，單把『靈魂』披上一件輕飄飄的紗衣」〔註24〕凝成三篇隨筆，但其思想容量卻與短篇小說無異。因為它們「用象徵的手法描寫了三十年代整個中國的政治與社會矛盾」。〔註25〕另一個例子是那組《雨天雜寫》，選進《茅盾散文速寫集》的只有三篇，其實這組散文共有五篇。大都是借古諷今，有其弦外之音。例如收在該書中的《雨天雜寫》之二，講的雖是姚秦時代「佛教在中國的傳布」，實際則是暗示蔣介石政權必然滅亡，他們統治下的官員與當年的和尚一樣，連想做「真能奉行孫中山的革命的三民主義的國民黨員」也不許，也要被「逼令還俗」〔註26〕的。至於他的短篇小說《神的滅亡》借「神的滅亡」以展示「蔣家王朝的墮落和必然滅亡」〔註27〕，也同樣是增加作品思想濃度的成功的範例。其著眼點仍然在文學的社會意義。

〔註22〕《茅盾散文集》自序。
〔註23〕《見聞雜記》後記。
〔註24〕《新少年》週刊，1936 年 10 月 10 日。
〔註25〕《茅盾短篇小說集》序。
〔註26〕《茅盾短篇小說集》序。
〔註27〕《茅盾短篇小說集》序。

同樣的指導思想也貫串在他選編自己作品的原則裡。儘管他的作品很多，但自選的集子總是嚴上加嚴。他只包羅「那些能夠反映社會各方面的動態的作品。」因此他的春明版《茅盾文集》所選抗戰前的作品只占五分之一；屬於抗戰後的卻占總字數的「五分之四」。比例數本身就體現著茅盾對文學的社會現實作用是如何執著地一天高過一天地作努力的追求。1959 年編《茅盾文集》的散文卷時他就認爲擴大的結果是「濫」。但《故鄉雜記》之所以勉強同意入選的原因也僅僅因其「尚足表現當時一角的社會生活。」〔註28〕

在這裡，我們窺見了一個秘密，茅盾的創作個性之一之所以會是極端重視作品的社會分析，就因爲他特別自覺地把握與加強文藝與社會，文藝與時代，文藝與政治的緊密聯繫，特別重視並自覺地加強文學藝術的社會效果，以達到其必不可少的社會功利目的。

（二）

上文引證的茅盾關於未完成寫作計劃原因分析的話中，不只一次地談到生活積累不足的問題，其實茅盾還是非常重視生活積累的。只是由於他那大規模的創作計劃對生活積累的要求更高更嚴，相對地說他就感到力不從心了。他把這個問題上升爲理論，從更高的視點談及作家的先進思想與生活積累及其相互關係。他反覆深入地探討這個問題，並且涉及到世界觀與典型提煉的關係。

最早積累這一經驗並上升爲理論的是《蝕》，第二次則是《三人行》。由於 1925 年至 1927 年茅盾的工作崗位使他和革命運動領導核心以及基層組織與群眾都有相當密切的接觸，他當然會擁有雄厚的生活素材的積累，他也能了解全面並作比較深刻的分析。但當時他「對於革命前途的估計是悲觀的」，這決定了《蝕》只反映了一部分生活眞實而忽略了生活中正面的東西，因而也不能對前景作樂觀的估計，他第一次體會到光有豐富的生活積累而無先進的思想指導是不行的，因爲「一個作家的思想情緒對於他從生活經驗中選取怎樣的題材和人物常常是有決定性的。」〔註29〕《三人行》「就在認識了這樣的錯誤而且打算補救過去的錯誤這樣的動機之下，有意識地寫作的。」但他對當時的學生生活「既沒有『體驗』，也缺乏『觀察』，因而這一個作品是沒

〔註28〕《茅盾選集》序言。
〔註29〕《茅盾選集》自序。

有生活經驗的基礎的。」故事不現實，人物也概念化。茅盾深刻地認識到「徒有革命的立場而缺乏鬥爭的生活，不能有成功的作品。」〔註30〕

兩部作品提供了兩個極端的經驗，使茅盾從正反兩個方面概括出一個帶有根本性的理論問題：文藝與生活之關係，作家的生活積累與作家世界觀的關係。帶著這種理論自覺性去準備《子夜》的寫作，情況就大爲改觀了。茅盾力所能及地作了充分積累，這就是城市生活特別是上層社會的成功描寫得力於生活積累充分之處。但他也有力所難及之處，這就是城市中工人生活和農村生活及城鄉兩面地下黨的生活他無法積累得更多更充分。這也就是《子夜》把寫城鄉兩面的計劃改爲側重寫城市這一方面後，仍然存在類似《三人行》的弱點的原因。但從總體考察，這已經是次要問題了。

此後他寫了一系列成功的短篇。都是在先進世界觀指導下從充分的生活積累中提煉而成的。如果我們把散文《故鄉雜記》、《桑樹》、《大旱》、《戽水》等和《春蠶》、《秋收》、《殘冬》及《林家舖子》對照著讀，把這些作品和茅盾的有關自序與跋對照著讀，我們就有把握拿到打開茅盾形象思維全部過程的寶庫並領略其豐富創作經驗及理論積累的那把金鑰匙。同類的例子還可以舉出他的頗爲重要而實際上長期被忽視了的中篇小說《多角關係》，其故事發生在 1934 年。如果我們把此前後的散文《大減價》（發表於 1933 年 6 月）、《上海大年夜》（發表於 1934 年 4 月）、《人造絲》（發表於 1934 年 9 月）、以及《舊帳簿》（發表於 1935 年 2 月）和這個中篇作個比較，就更容易窺見茅盾如何把握和處理從生活到創作的規律與秘密。

顯然，從《蝕》到《子夜》，從《創造》到《春蠶》和《林家舖子》，茅盾對生活積累與提煉的認識經歷了由量變到質變的發展階段，其契機在於對生活本質和時代性的充分的認識與深刻的把握。他在長篇論文《讀〈倪煥之〉》中相當系統地作了理論闡述，又以此理論爲標尺評價了葉聖陶的這部長篇，帶便也總結了「五四」以來圍繞這個問題的文藝思潮和文學論爭。他認爲一部作品「之有無時代性，並不能僅僅以是否描寫到時代空氣爲滿足。」因爲「所謂時代性」，「還應該有兩個要義：一是時代給人們以怎樣的影響，二是人們的集團的活力又怎樣地將時代推進了新方向」，使之「及早實現了歷史的必然。在這樣的意義下，方是現代的新寫實派文學所要表現的時代性。」〔註31〕

〔註30〕《茅盾選集》自序。
〔註31〕《茅盾文藝雜論集》上冊，第 288 頁。

他不僅要求反映出時代總的面貌，「時代思潮，社會情形等」〔註32〕，而且要反映同一時代不同階級的不同內容，而且還要反映同一時代的或同一時代不同階段的不同階級的不同傾向，並特別注意「新鮮的無產階級精神將開闢一新時代」〔註33〕以及相應地形成的新的時代精神。因此「觀察一特定生活，必須從社會的總的聯帶關係上作全面的考察。」時時注意「社會生活的各部門都是有機的關係」，時時注意「支配著人物的行動的環境」即「特定地區的生產關係，社會制度，立於支配地位的特權階層以及被支配的階層」，還有「文化教育的組織以及風尚習慣等等。」只有「『人』與『環境』是同時在他觀照之中」，這才能「取精用宏。」〔註34〕

站在這樣的時代發展全進程和歷史發展總規律的高視點上為自己的創作積累生活素材，為別人、別國、別時代的文學作評判，茅盾就把文藝與生活的關係的考察推到一個新的現實主義高度。例如在談到第一次世界大戰後一度出現的「人類的歷史也走回老路」的回潮時，茅盾特別指出「在文藝界，這十年的寶貴光陰卻是空前未有的變局。新主義像狂飆似的起來，然後又沒落。沒有一個民族的文學不受著歐戰的影響；戰爭已經在人類的思想情緒之表現的文學上，劃了一道鴻溝。世界的文學決不能再跨過大戰的血泊，回到老路上去了！這便是歐戰以後的世界文學所以如此富饒而變幻！」〔註35〕在20年代末期著的《歐洲大戰與文學》一書中，在50年代末期另一部理論巨著《夜讀偶記》中，都對時代生活與時代精神與文學的關係作了深刻的闡述。他自己的大大小小的作品也無一不表明他把發掘時代精神與發現時代動向作為生活積累的靈魂與核心。在抗戰最艱苦的歲月他肯於拋開內地的誘惑而去新疆，在離疆歸途他又折道延安並一度想在陝甘寧邊區定居。構成這一帶有歷史意義的行為的動機固然比較複雜，但是盛世才未暴露其反動面目時的新疆有社會主義蘇聯和中國共產黨的影響；陝甘寧則更是中國革命聖地和抗戰的核心；這一切應該是實際也是主要的原因。茅盾作為一個革命作家，總是自覺地響應時代的召喚，尋覓著社會生活的最強音。就是在此後的重慶那「吟罷低眉無寫處」的時代，他也用曲筆作這樣的覓尋。不論是《風景談》、《白楊禮讚》，還是《脫險雜記》、《歸途拾零》，他把曲筆和象徵手法兼而用之，

〔註32〕《文學與人生》，1923年松江暑期演講會《學術演講集》第1期。
〔註33〕《文學者的新使命》，《文學週報》第190期。
〔註34〕《創作的準備》。
〔註35〕《現代文藝雜記》序。

熱情地唱出「中國的脊樑」的讚歌和對偉大的中國共產黨的頌歌。充分體現了「開闢一新時代」的「新鮮的無產階級精神。」

在《如是我見我聞》（後來結集時題爲（見聞雜記）的《弁言》中，有一段妙言，體現出他對時代潮流其他側面的重視。他說他這「七零八落的雜記」「也許描幾筆花草鳥獸，也許畫個把人臉，也許講點不登大雅之堂的『人事』，講點人們如何『穿』，如何『吃』，又如何發昏做夢，或者，如何傻頭傻腦賣力氣，──總之，好比是製片廠剪下扔掉的廢片，有的一二尺，有的七八尺，沒頭沒腦，毫無聯貫」，但是作者自信：「聞時既未重聽，見時也沒有戴眼鏡，形諸筆墨，意在存眞。」〔註 36〕這「眞」指的什麼？我理解就是時代潮流和時代動向。這裡有主流和支流，也有回流和逆流。各種分支匯成了時代大潮流。在文網恢恢的那個時代，作家的口是封著的。即便如此，茅盾也要寫，也要記，而且他把另一組文章尖銳地命名爲《時間的記錄》。並在《後記》中聲明：「我寫這後記，用意不在借此喊冤」，而在「申明這一些小文章本身倒眞是這『大時代』的諷刺。」「沉默是最大的諷刺」，但「『無物』也可以成爲諷刺。」「命名曰《時間的記錄》者，無非說，從一九四三～四五年，這震撼世界的人民的世紀中，古老中國的大後方，一個在『良心上有所不許』以及『良心上又有所不安』的作家所能記錄者，亦惟此而已。」目的則是「以示同道，以求共鳴。」這本身就是獨特時代的獨特的反映。這些話字裡行間，無不充分反映了一位忠於生活、忠於時代的偉大的革命現實主義作家的偉大的現實主義精神。

他從事創作和理論批評，始終堅持著現實主義的忠實於生活眞實的原則。他從西歐文學特別是法國文學和俄國文學的創作經驗和自己的親身創作實踐中，總結出使文藝忠實於生活又不等同於生活的基本規律，總結出眞實地現實主義地反映生活再現生活的兩種基本方式：「托爾斯泰方式」和「左拉方式。」

茅盾寫《蝕》時所採用的「經驗了人生以後才來做小說」的「托爾斯泰方式」，主要包括兩方面的內容。其一是應「五四」時代而產生，在大革命前後發生了不少變化的時代女性，茅盾對她們的認識和態度在大革命前後因對其「變化」有更深的了解也有所不同，這一定程度上改變了作者的某些感情傾向性。其二則是對大革命前、中、後三個階段革命形勢、社會動向特別是

〔註36〕香港《華商報》，《燈塔》副刊，1941 年 4 月 8 日。

革命青年、又特別是革命知識分子的動向的考察和反映。在觀察和積累這兩方面情況當時，作者並沒有立志著述，相反地還時時控制著強烈襲來的創作衝動，一再拖延著不進入寫作過程。及至他有了條件並下決心動筆時，生活意象立刻紛至沓來，作品也就一氣呵成。《子夜》的主體部分也是這麼積累、孕育而成的。那是他患了眼疾「不能讀書作文，於是每天訪親問友，在一些忙人中間鬼混，消磨時光。」在這過程中的觀察所得使他「有了大規模地描寫中國社會現象的企圖」〔註37〕。「這本書寫了三個方面：買辦資產階級，民族資產階級，革命運動者及工人群眾。三者之中，前兩者是作者與有接觸，並且熟悉，比較真切地觀察了其人與其事的；後一者則僅憑『第二手』的材料，即身與其事者乃至第三者的口述。」這就使前兩者的描寫「比較生動真實」，後者「則差得多了。」〔註38〕這就顯示出「托爾斯泰方式」比「左拉方式」具有優越性。當然茅盾對「左拉方式」並非完全肯定和照辦，他「鄙棄左拉式的從書籍中去搜找」材料的做法；但他卻汲取左拉作社會調查和取材於當事人和第三者即知情者的辦法，也包括「書籍對於我們『搜集材料』時的幫助」「藉以武裝我們的頭腦」〔註39〕在內。所以《子夜》是把兩種方式結合起來而以「托爾斯泰方式」為主的。此後的許多長篇的取材方法都是這樣的。例如茅盾唯一的劇本《清明前後》就是以平常的生活積累為基礎，把「『清明』前的某一天之內報上的新聞」「剪下來，打算用個什麼方式寫成一天的紀錄片那樣的東西」〔註40〕。結果就是上演時轟動了重慶山城的這個著名話劇。

　　經過了二十年的創作實踐，茅盾又作了這樣的總結與理論概括：「『充實生活經驗』，這是我們常常強調的一句話。不過，生活經驗之獲得，通常也有兩種方式：一種是為求充實而有意地去經驗的，另一種則為了工作而生活經驗自然豐富了的。我們當然不能輕率斷定這兩種方式何者更為合理，但事實告訴我們，從工作中所得的生活經驗往往比那刻意以求之者對自己更加受用些。」〔註41〕

　　生活積累只是創作的基礎，有了它才可能進入創作過程，但茅盾常常在

〔註37〕《子夜》後記。
〔註38〕《再來補充幾句——1977年版〈子夜〉跋》。
〔註39〕《創作的準備》。
〔註40〕《清明前後》後記。
〔註41〕《序〈軍中通訊〉》。

有了生活積累之後又要作很久很久、很深入的社會分析。他自己就說:「我從來不把一眼看見的題材『帶熱地』使用,我要多看看,多咀嚼一會兒,要等到消化了,這才拿出來應用。這是我的牢不可破的執拗。我想我這脾氣也許並不算壞!」〔註42〕確實,如果這也叫「主題先行」,我看這「先行」了的「主題」也是要得的。因爲他有相當充分的生活根基!可見儘管茅盾作品留有「社會分析」痕迹,這恰恰是他的一大長處!是和他獨特的創作個性與藝術風格特色血肉相連的。

　　在外國,尤其在美國,茅盾的作品常常被列在社會學家、經濟學家和歷史學家特別是「中國學」的專家們的參考書目中及其爲他們的學生開列的書單裡。這使我想起了恩格斯所說的話:他從巴爾扎克的作品中所學到的東西,「比從當時所有專門歷史家、經濟學家和統計學家的全部著作合攏起來所學到的還要多。」〔註43〕我看我們應該站在這個高度重新認識和估價茅盾及其作品的偉大價值。我們有一個很壞的風氣:連外國都十分看重和珍視的東西我們卻偏要否定或拋棄,我們必須毫不留情地否定和拋棄這種不良的風氣!

(三)

　　創作素材必須從充分的生活體驗、深刻的生活經驗中去獲得,因此作家應該盡可能地寫最熟悉的生活,應該寫的重要生活而不熟悉時,就該盡可能地去深入它,了解它,熟悉它:這一切是茅盾從創作實踐中總結了正反兩方面的經驗形成的認識。但這並不能包括他對再現生活的全部認識。因爲他還提出了「生活經驗的素材必須經過綜合、改造和發展」這一「藝術創作的重要原則。」〔註44〕這也就是文藝的典型化原則。它包括兩方面的要求。第一,「是否有普遍性。」即看其是否與廣大人民休戚相關。第二,「是否有典型性。」「凡在這個時代中,具有決定的影響的(或使時代前進,或使時代倒退),凡是在這個時代中,最大多數人雖未出之於口,但確是人人心中所有的希望和理想,以及最大多數人感覺到成爲問題的,就是所謂典型性。」〔註45〕茅盾把文藝的普遍性和典型性作了這樣的區別,就使他的理論和典型是所謂平均

〔註42〕　《我的回顧——〈茅盾自選集〉代序》。

〔註43〕　《給哈克納斯的信》。

〔註44〕　《關於藝術的技巧》,《文藝學習》第 4 期,1956 年。

〔註45〕　《從思想到技巧》,重慶《儲匯服務》第 26 期,1942 年 5 月 15 日。

數的庸俗社會學的典型論嚴格作了區別。使他的創作和只能寫運動的一般過
程、只能寫出人物的共性而不能反映運動的特殊性、不能寫出人物的個性的
作品產生了不同的效果。同是反映大革命前後的作品，茅盾比蔣光慈具有更
大的藝術生命力。即或是像《蝕》這樣的有缺點的作品也不例外，就是這個
原因。從理論上看，這是關於生活真實與藝術虛構辯證統一關係的文藝典型
化原則問題。

　　茅盾說他的《蝕》是「用了『追憶』的氣氛去寫」的，他特別注意「不
把個人的主觀混進去」，使「人物對於革命的感應是合於當時的客觀情形。」
〔註46〕在《從牯嶺到東京》裡，在《幾句舊話》和作者為《蝕》寫的許多序
跋裡，在他晚年寫的長篇回憶錄《我走過的道路》裡，茅盾或略或詳地介紹
了《蝕》是如何小心地在盡可能追求真實性中產生，並提供了不少其作品主
人公的一個個原型。但他也不只一次表示了對猜測主人公們是作者朋友中的
誰和誰的「索隱」派做法的反感，再三聲明他塑造的不是真人真事而是「典
型」。

　　在對待歷史題材甚至歷史劇等問題上，茅盾也是同樣。在《關於歷史和
歷史劇》一書的後記中他說：「這一篇九萬字的長文，所討論的問題只是一
個：如何使歷史劇既是藝術又不背於歷史真實。」「歷史劇當然是藝術品而不
是歷史書。」它「必須有藝術的虛構」，但絕「不能改寫歷史、捏造歷史。」
在《關於歷史和歷史劇》一書中茅盾把歷史劇的藝術虛構概括為「真人假
事、假人真事和假人假事」三種情況。前提是「不損害作品的歷史真實性。
換言之，假人假事固然應當是那個特定時代的歷史條件下所可能產生的人和
事，而真人假事也應當是符合於這個歷史人物的性格發展的邏輯而不是強加
於他的思想或行動。如果一部歷史題材的作品能夠做到這樣的虛構，可以說
它完成了歷史真實與藝術真實的統一。」

　　茅盾同時也指出對把握生活真實與藝術虛構起決定作用的是世界觀。這
個問題上文已經涉及到了。他說他寫《蝕》時自己的悲觀失望情緒是作品
「沒有出現肯定的正面人物的主要原因之一」。當時接觸的各方面的生活中
「當然不是」「沒有肯定的正面人物的典型」，但他的悲觀失望情緒使他「忽
略了他們的存在及其必然的發展。」〔註47〕《蝕》只「是自己想能夠如何忠

〔註46〕《從牯嶺到東京——〈追求〉代跋》。
〔註47〕《從牯嶺到東京——〈追求〉代跋》。

實便如何忠實的描寫」；但它「不能積極的指引」讀者以革命的「出路」，也是出於同樣的原因。事過多年，茅盾否定了他所說的「不把個人的主觀混進去」的說法。因爲「沒有一個作家是純然客觀地在觀察生活的。」而是「受他的身世、教養、生活方式等等所形成的思想意識的操縱。」「作家按照他自己的世界觀去解釋現實，分析現實，並且從現實中揀出他認爲主要的、能夠說明他的思想的東西，經過綜合、改造、發展的程序而最後成爲作品的題材。」凝聚成他作品的人物和故事。「而只有那具有共產主義世界觀的作家能夠使他在現實中所揀取的東西是反映了現實的本質，指出了前進的方向的。也就是說，「在『典型的環境』中表現了『典型的人物』的。」〔註 48〕當然，在先進的世界觀之同時起制約作用的還有兩個條件：「（一）博學，（二）豐富的經驗。」〔註 49〕這三者是保證人物和環境以及作品中一切因素具有典型性的至關重要的前提。

　　茅盾關於塑造典型性格的經驗和理論是相當豐富、相當精闢的。在《故鄉雜記》中他透露了《林家舖子》中林先生的原型是家鄉鎮上的一個能人——外號叫「兩腳新聞報」的年青老板，《故鄉雜記》和《桑樹》還透露了老通寶的典型性格和「丫姑老爺」以及「黃財發」的血緣關係。這一點在下文《論茅盾小說的典型提煉》中再作論述，這裡就不贅述了。我這裡要強調的是茅盾關於典型絕不拘泥於原型的觀點，而且是在許多原型基礎上塑造成典型人物；又在許多典型人物塑造的創作經驗中提煉出來的理論。

　　他提出了「必須使你筆下的『人物』和社會上相當的那一群活人之間；——同中有異，異中有同」的原則。「要謹防你的『人物』只成爲某一個人物的『模特兒』」。「比方說，要寫一個商人罷，應當同時觀察了十幾個同樣的商人，加以綜合歸納。這樣創造出來的『人物』，一方面固然是『創造』，但另一方面卻又決不是『想當然』的造作」；「各人都有點像『他』，然而又不『全』像『他』；到處可以碰見『他』，然而不能指認『他』，就是誰某：這才是『人物』創造的最上乘。」〔註 50〕茅盾筆下的林先生，就是這樣一個「熟悉的陌生人。」他筆下的吳蓀甫亦復如此，茅盾承認吳蓀甫性格中有他的表叔盧鑑泉的某些性格特徵，但同時又指出他概括了更廣泛的模特兒。他的「同鄉故

〔註 48〕《關於藝術的技巧》，《文藝學習》第 4 期，1956 年。

〔註 49〕《從思想到技巧》，重慶《儲匯服務》第 26 期，1941 年 5 月 15 日。

〔註 50〕《創作的準備》，三聯書店版，第 45、43～44 頁。

舊中間有企業家，有公務員，有商人，有銀行家」〔註 51〕，他們的某些性格特徵都集中到吳蓀甫以及其他資本家形象的典型性格裡。他認爲作家提煉典型人物就「應當從他的朋友中集合這一個人或那一個人的性格中的某一點，組合成一個人物的性格，這人物有些方面像某甲某乙，或某丙某丁，卻又並不眞正是某甲乙丙丁，而是某甲乙丙丁……的綜合。」〔註 52〕

茅盾從不孤立地提煉與描寫典型人物，而是注意「把握典型環境，創造典型環境中的典型人物。」〔註 53〕茅盾理解的典型環境包括「特定地區的生產關係，社會制度，立於支配地位的特權階層以及被支配的階層」，還有「文化教育的組織以及風尚習慣等等。」但其注意的焦點則是從人的本質是一切社會關係之總和這一出發點著眼，把人與人的關係看成典型環境的主要構成因素。以此爲出發點寫吳蓀甫的典型環境，茅盾就緊緊把握著國際、國內的階級矛盾和民族矛盾；包括了政治、經濟、軍事和城市、鄉村許多領域，許多戰線，他把這複雜錯綜的社會矛盾集中在吳蓀甫面臨的辦工廠、公債投機和在農村的「雙橋王國」這三條「火線」全面吃緊的嚴重局勢裡。借助這一複雜環境寫吳蓀甫由躊躇滿志到色厲內荏又到身心交瘁的性格發展過程中，去寫他那借助鮮明個性所反映的民族資產階級的兩重性格。其實不僅是《子夜》，從《蝕》、《虹》等早期的長篇到《腐蝕》、《霜葉紅似二月花》等後期的長篇，甚至像《農村三部曲》、《林家舖子》、《多角關係》、《少年印刷工》、《水藻行》、《牯嶺之秋》等一系列中篇和短篇，無一例外地反映出茅盾對典型環境與典型性格以及二者相互關係的深刻認識和精心安排。

他還集中探討和總結了「人」、「事」、「境」三者的相互關係的規律。他認爲：「一篇作品有一個故事，這故事無論怎樣複雜，總有一個中心；這個中心，從『事』這方面看，它是負有透過了現象而說明本質的任務的；從『人』這一方面看，它是表現著某一宇宙觀，或兩個以上不同的宇宙觀的衝突，決鬥。但此兩者，『事』與『人』的關係，不是平行的：『事』由『人』生，故二者又在『人事關係』中統一起來。作者最大的苦心，就是要在他所採集的豐富材料中間揀選出那些最能表現某一特定的『人事關係』的性質的東西；凡不合此用者，都在摒棄之列。」〔註 54〕這就涉及到故事情節的典型提煉了。

〔註 51〕英文版《子夜》代序——《〈子夜〉是怎樣寫成的》。
〔註 52〕《從思想到技巧》，重慶《儲匯服務》第 26 期，1942 年 5 月 15 日。
〔註 53〕《再來補充幾句——1977 年版〈子夜〉跋》。
〔註 54〕《有意爲之》，《新文學連叢》之一《孟夏集》，1942 年 8 月。

對此茅盾堅持了與典型性格提煉相統一的原則:「集合了社會生活中同一類的事情的特點,而組成一個新的故事,雖然它沒有在社會上發生過,然而有百分之百的可能性在這樣的一個社會中發生。」高爾基在解釋情節時曾提出過情節是性格發展的歷史的觀點。茅盾的「事由人生」的觀點和高爾基的觀點所見略同。

對「人」和「境」的關係,茅盾的理解分三個層次:「最初是『人』創造了『環境』,其次是『人』的思想行動被這『環境』所支配」,又次是「由於這被支配而發生的反作用,能使『人』發生破壞束縛的思想而形成改造環境的行動。由此可知『人』和『環境』的關係不是片面的」,而「是交流的,是在矛盾中發展的。」「因此他反對「從『人』和『環境』的固定關係上去觀察」和反映,而主張「從交流的,在矛盾中發展的關係上」去觀察和反映人和環境。這才「可以灼見現象的過去現在和未來。」這才能借助截取的一段「現在」的生活「透露出『過去』,並且暗示著『未來』。」〔註55〕正是把握了人、事、境三者的內在的有機的辯證統一的關係,他才能在《腐蝕》中,借助一個狹窄的視角——一個女特務的日記反映了蔣、敵、偽、我四個方面的各自面貌和四者之間極端錯綜複雜的關係。既「暴露了一九四一年頃國民黨特務之殘酷、卑劣與無恥,暴露了國民黨特務組織只是日本特務組織的『蔣記派出所』」,「暴露了國民黨特務組織中不少青年分子是受騙、被迫,一旦陷入而無以自拔的」〔註56〕,又從敵與我的複雜鬥爭中描寫出地下黨及其支持的進步組織「工合」的艱苦卓絕鬥爭。並且在敵、我、友多重矛盾的對比、傾軋中引導良心尚未喪盡的小特務逐步走上要悔過自新的回頭路。這就成功地通過「現在」的社會一角——而且是十分黑暗的一角,不僅「透露出『過去』,並且暗示著『未來』。」把這複雜錯綜的多重矛盾從容裕如、舉重若輕地展現出來。真正做到了借一粒砂子反映大千世界。

(四)

當然,這還得借助於作家別具匠心的安排。借助於作家刻意追求的藝術獨創性。在回顧最初五年的創作生涯時,茅盾激情滿懷地寫道:「我永遠不滿足,我永遠『追求』著。」「我常常以『深刻』和『獨創』自家勉勵」,儘管

〔註55〕《創作的準備》,第42～44頁。
〔註56〕《腐蝕》後記。

「一個已經發表過若干作品的作家的困難問題『在於』怎樣使自己不至於粘滯在自己所鑄成的既定的模型中。」「在我自己，則頗以爲我這幾年來沒有被自己最初鑄定的形式所套住。」茅盾評價魯迅時曾稱讚「魯迅君常常是創造『新形式』的先鋒；《吶喊》裡的十多篇小說幾乎一篇有一篇新形式，而這些新形式又莫不給青年作者以極大的影響」，其實用這些話來評價茅盾自己，也是合適的。

　　茅盾創作的藝術獨創性表現方面很多，我打算從他對文體學的貢獻談起。茅盾是舉世聞名的小說大家，因此通常都採用茅盾自己的說法，其創作生涯從 1927 年開始。我在別的文章中也說過《蝕》是他的處女作。其實這是不嚴格的。因爲此前他早已開始了文學創作，並且在散文體裁方面作了多方面的探索，第一篇散文是 1922 年 8 月《民國日報》上的《一個女校給我的印象》，這是一篇報告文學、特寫體的散文。第二篇散文是 1925 年 3 月《文學週報》一六五期上以玄珠的筆名發表的《一個青年的信札》，把書信體、敘事體和具有濃厚抒情色彩的筆調結合起來。同年 7 月發表於《文學週報》一八二期的《街角的一幕》，則採用對話體和側重於人物性格與內心活動深入描繪的筆法來寫散文。兩個月之後發表於《文學週報》一九一期的散文《疲倦》則是綜合敘事、議論、擬人、象徵等多種筆法寫成的雜文。同月發表於《文學週報》一九二期的散文《復活後的土撥鼠》帶有鮮明的寓言色彩。10 月發表於《文學週報》一九四期的《大時代中一個無名小卒的雜記》則把小序、解題、敘事性雜文融於一爐，而且故作滑稽地以古喻今，並用標誌勝利的序號聯接散文結構，形成十分奇特的散文文體。此後從《嚴霜下的夢》（1926 年《文學週報》六卷二期）開始了相當系統的象徵性極強的抒情散文創作。從此一發而不可收，寫了許多形式、筆法、類型等各有特色的抒情散文，其名篇大都結集於《茅盾散文速寫集》中。但其多種形式、多種筆法、多種類型的數百篇雜文，其中包括 1918 年寫的文言體散文《縫工傳》、《履人傳》這兩組大型雜文在內，至今還不廣爲人知。僅上述數端就可以證明，茅盾說「頗以爲我這幾年來沒有被自己最初鑄定的形式所套住。」「我常常以『深刻』和『獨創』自家勉勵。」這些話字字眞，句句實！他在散文創作經驗基礎上昇華的理論也頗多創見，「隨筆之類光景是倒過來『大題小做』的」即其一例。

　　此外他又寫童話（爲數達二十八篇）、神話（爲數達十六篇）和舊體詩詞

（爲數達一百四十多首），還有一部小說體的話劇《清明前後》，茅盾自己曾把它編入中篇小說選集中去，體現出體裁交叉方面的獨創性。

茅盾在小說體裁和寫法上的獨創更是人所公認的。在中國現代文學史上，特別是它的頭一個十年，最早且最有影響的小說以「三部曲」形式出現的當首推茅盾的《蝕》。茅盾開頭也想用西歐通常的寫法：「三篇用同樣的人物，使事實銜接，成爲可離可合的三篇。」寫到《動搖》就放棄了。「因爲《幻滅》的後半部的時間正是《動搖》全部的時間」，全書也無法用同一人物或幾個人物來貫串。他不能不另用新人，「所以結果只有史俊和李克是《幻滅》中的次要角色而在《動搖》中則居於較重要的地位。」茅盾因爲「這結構上的缺點」不只一次地作過自我批評，但從「三部曲」形式來說，實在是另闢蹊徑。它是根據內容決定形式的原則創造性地運用「三部曲」的形式，採用了與中國古典小說《儒林外史》那種「全文無主幹，僅驅使各種人物，行列而來，事與其來俱起，亦與其去俱訖」〔註57〕相類似的寫法。但又與《儒林外史》不盡相同，《蝕》不是「雖云長篇，頗同短製」之作。三個中篇自成格局。各自有有機的結構與聯繫。只是相互之間有幾個人物相連綴，頗似火車上連接各車廂的「詹天佑」而已。這顯然是「三部曲」的一種新形式。

到了寫《春蠶》、《秋收》、《殘冬》即所謂「農村三部曲」和《有志者》、《尚未成功》、《無題》即所謂「創作三部曲」時，他恢復了「三部曲」的傳統形式。分別以老通寶和多多頭以及「作家」作爲中心人物統貫全篇。但把短篇小說構成「三部曲」，在中國現代文學史上這又屬創舉。此後引起了不少仿效之作，藝術效果也是很好的。至於後來的和此前的未完成的計劃中，還有「兩部曲」（《虹》和《霞》）和「多部曲」（如《鍛煉》的計劃是「五部曲」），雖然未能完成，但仍體現出茅盾以「獨創」自勉的不懈努力。

在小說寫法上茅盾也力求創新，最早結集爲《野薔薇》的幾個短篇和收入《宿莽》中的短篇，大都屬於「內向發展」，即西歐小說常用的以一兩個人物的性格刻畫爲中心，著重雕鏤人物性格特別是其內心世界，內心感受的寫法。技巧上相應地也著重採用心理描寫手法。這種寫法是從《蝕》就開始了的，人物性格是他「最用心描寫的」，創造了靜女士型和慧女士型這「二型」所組成的兩個人物系列。上述短篇的人物也多是女性，可以分別納入這兩個系列中。可以說這些人物系列都是「內向發展」寫法的產物。到了 30 年代，

〔註57〕魯迅：《中國小說史略》。

情況大為改觀。茅盾著重把以人物描寫為中心的西歐小說筆法和以故事情節為中心的中國傳統小說的寫法結合起來，形成「外向發展」的寫法，即圍繞人物性格的造型著重寫多線索的社會重大政治事件；或以若干重大的社會政治事件為動力以塑造中心人物、展示人物群系間錯綜複雜的矛盾衝突。《林家舖子》和《多角關係》是最典型的例子。不同的是前者以一個人物為中心，後者以幾個人物為中心，採取多線索交織推進的寫法和布局。

　　到了 30 年代後半和 40 年代，茅盾把「內向發展」和「外向發展」兩種筆法結合起來。有時兩者結合以「內向發展」為主，如《大鼻子的故事》、《兒子開會去了》；有時兩者結合以「外向發展」為主，如短篇集《委屈》中的不少篇章。茅盾在《利用舊形式的兩個意義》一文中實際上把自己的這些實踐經驗概括了進去。他說：「『利用』可以有兩個意義。」「第一，翻舊出新。便是去掉舊的不合現代生活的部分」，「只存在其表現方法之精髓而補充了新的進去。」「第二是『牽新合舊。』」即「不必死心眼去襲用章回體的形式之形式」，「但須學取它的敘述簡潔，動作緊湊，故事發展必前後呼應鉤鎖，描寫心理不用間接方法（敘述）而用直接方法（從人物的動作與說話）。」「『翻舊出新』和『牽新合舊』匯流的結果，將是民族的新的文藝形式，這才是『利用舊形式』的最高目標。」茅盾不僅吸取「翻舊出新」和「牽新合舊」的「匯流結果」，而且同時把借鑑外來形式的長處也「匯流」了進去，並且在借鑑中、外之外還有自己的獨創，三者相「匯流」，使他在創作實踐與理論概括兩方面都有所創新。

　　在小說的結構藝術上，茅盾的成就更為卓著。但他經歷了一個較長的實踐摸索過程。總體看來，他的長篇採用縱剖面的多樣化結構，短篇小說多採用橫剖面的多樣化結構。但也有採用前者的，如《林家舖子》和《農村三部曲》等。但無論採用什麼結構，茅盾都堅持一個總的美學要求。他說：「結構指全篇的架子。既然是架子，總得前、後、上、下都是勻稱的，平衡的，而且是有機性的。勻稱指架子的局部美和整體美，換言之，即架子的整體和局部應當動靜交錯、疏密相間，看上去既渾然一氣，而又有曲折。平衡指架子的各部分各有其獨立性而不相妨礙，非但不相妨礙而且互相呼應，相得益彰。有機性指整個架子中的任何部分，不論大小，都是不可缺少的。少了任何一個，便損傷了整體美」。〔註58〕這三條標準是地地道道合乎中國傳統美學

〔註58〕《漫談文藝創作》，《紅旗》1978 年第 5 期。

思想的。

　　茅盾的上述創作經驗及其理論概括都遵循著「內容與形式統一的原則」。但他又不機械地理解這個原則，他既「反對把內容和形式對立」起來的做法，也反對把內容和形式統一的原則作為一個公式隨便套來套去。因為那「表面上雖然好像念念不忘形式與內容的統一，而實質上卻是把內容降低到形式的位置，有背於內容決定形式的原則。」〔註59〕

　　顯然，茅盾是非常注意站在唯物辯證法立場上觀察問題。他非常注意事物的聯繫性和區別性及其相互關係的複雜性。正因此，他的創作經驗是非常豐富的，他借此所昇華出來的理論也是非常活、非常辯證的。

〔註59〕　《漫談文學的民族形式》，1959 年 2 月 24 日《人民日報》，《茅盾評論文集》上冊，第 288 頁。

茅盾的神話觀

　　茅公謝世後，特別是中國茅盾研究學會成立之後，逐漸形成了一個嶄新的茅盾研究格局。標誌之一，是視野的拓展。連一向被冷落、被忽視的茅盾的神話研究與神話文學創作，也不斷出現研究的新收獲。80 年代第一春，馬昌儀同志率先推出力作《試論茅盾的神話觀》，可能這是新時期這方面的第一個研究成果，它馬上產生良好影響。此後次第問世的不少文章，與它或多或少有些淵源。但也程度不同地各有自己的新開拓。特別可喜的是近年來不少年青學者連連推出新作。其良好的勢頭是，他們和既承繼了茅公的衣鉢，又諱言其源的個別學者不同，他們既毫無成見地承認茅盾在中國神話研究史上的奠基人、開拓者地位，又不諱言其借鑑西方的事實。這種辯證的歷史唯物主義的態度，當然彌足珍貴。

　　不過包括率先出現的力作在內，有些文章對茅盾的世界觀、文藝觀的發展脈絡、質變特點，也許尚欠熟稔，也許過分看重了茅盾關於借鑑人類學派神話學、心理學派神話學的自白，而忽視了對茅盾的揚棄、發展、創新工作的考察。也許稍嫌簡單化地處理了茅盾的神話觀與馬克思、恩格斯的神話觀的關係。因此，有時對茅盾的神話觀、神話研究成就的性質與價值所作的判斷，不夠準確，尚欠充分與公允。

　　在我看來，對茅盾神話研究之研究，應該與茅盾研究整體，建立起總體把握、宏觀聯繫的關係。即：一、把它納入茅盾的世界觀及其發展的總體研究格局中，必要時還應該聯繫茅盾的政治觀及其與茅盾世界觀其他組成因素之關係這一內部情態；二、把它納入茅盾的文藝觀、美學觀之形成及其與東西方文化探源工程之關係的宏觀研究格局中；三、把它納入茅盾的學術思想

與治學方法的方法論宏觀格局中，進行綜合的考察。只有這樣，才能深入底裡，有較大的效益。

（一）

總體看來，茅盾的世界觀及其發展態勢有以下特點：一、自然觀的唯物論特徵與社會觀的愛國主義、人民功利主義特徵的有機結合。二、以政治觀的突進爲先導，帶動美學觀等其它側面，其發展有時呈不平衡態勢。三、因此，世界觀質變的過渡期較長，各側面的質變點呈歷時性分散狀態。四、其前期，主要是 20 年代，帶明顯的反覆性，故以時間標界質變點就格外困難。五、上述特點和他所受影響既廣且雜，其宏觀視野具學貫中西、博古通今，以及揮灑開闊、取精用宏這兩大特徵密切相關。因此，不論研究茅盾的哪個方面，都切忌籠統或就事論事；而宜作細緻的廣泛聯繫的情態描繪。這才能更接近實際和更具科學性。

長期以來，我們習慣於用時間分野以界定研究對象的世界觀的質變；其結果有時往往易流於簡單化。過去茅盾研究領域對茅盾世界觀發生質變的時間標界看法不一，蓋源於此。然而人的世界觀的質變，其各個側面並非都呈共時性的統一形態，其各個側面往往呈波浪式次第發生質的飛躍；有時對某個側面說來是質變，對世界觀總體言，卻仍屬量變；諸多側面質變的次第完成的最後整合，才醞成世界觀整體發生質變。抓住一個側面即作性質判斷，十之九難以辯證和全面。其科學性到底如何，實在難以評斷。

和辛亥革命前後與「五四」運動期間的許多前驅者同樣，茅盾的世界觀，也是以革命民主主義爲始基的。他自述其 1917 年十月革命到 1919 年「五四」運動前，「主張的新思想只是『個性之解放』、『人格之獨立』等資產階級民主主義的東西，還不是馬克思主義」〔註1〕。他和其同輩一樣，先看到十月革命的事實，然後才學習馬克思主義理論。茅盾接觸新思想的首要渠道是《新青年》。1919 年 5 月該刊開始宣傳馬克思主義，並發表了李大釗的《我的馬克思主義觀》。此外茅盾還讀了其他馬克思主義書籍。所以他說：「1919 年尾，我已開始接觸馬克思主義。」〔註2〕他初步確立了馬克思主義政治觀。其在組織方面的標誌是：1920 年 10 月加入了同年 7 月創立的上海共產黨小組；在此基

〔註1〕《我走過的道路》上冊，第127～128頁。
〔註2〕《我走過的道路》上冊，第131頁。

礎上，1921 年 7 月 1 日創立中國共產黨後，茅盾成爲第一批當然的共產黨員。他入黨先於瞿秋白，是中國現代文學史上第一位共產黨員作家。茅盾的馬克思主義政治觀確立的政治思想的標誌是，1920 年 12 月至 1921 年 5 月在第一個黨刊《共產黨》上發表的宣傳馬克思主義的譯文：《共產主義是什麼》、《美國共產黨黨綱》、《共產黨國際聯盟對美國 IWW（世界工業勞動者同盟的簡稱）的懇請》、《美國共產黨宣言》、《共產黨的出發點》；特別是列寧的《國家與革命》第一章首次由茅盾翻譯給中國讀者。尤其重要的標幟是茅盾 1921 年 4 月在《共產黨》第三號發表的長篇政治論文《自治運動與社會革命》，它清楚地表達了茅盾的馬克思主義政治觀。然而一直到 1922 年，茅盾才宣布他「找到了一個路子」，「就是我確信了一個馬克思底社會主義。」〔註 3〕

　　茅盾的文藝觀和他的新的政治觀較長時間呈若即若離的趨勢。直到 1925 年 5 月至 10 月，他陸續發表了長篇文藝論文《論無產階級藝術》和《告有志研究文學者》、《文學者的新使命》，這些文章成爲他確立馬克思主義文藝觀的鮮明標幟。這時他不僅學習並初步掌握了馬克思主義的文藝理論武器，而且在蘇聯的無產階級文藝實踐中獲得實際感受。遂使其政治觀與文藝觀發生了質變。所以 1925 年作爲其世界觀發生質變的時間標界是合乎實際的。此後雖仍有些曲折，但其總體上的無產階級屬性，一直沒有改變過。

　　茅盾的神話研究正是這期間進行的。早在 20 年代初，他的文學追求就服從其社會人生的政治追求。這是其「文學爲人生」主張之核心所在。而茅盾的神話研究又服從其上述文學追求。離開了這一契機，就難以把握茅盾的神話觀的眞諦。

　　茅盾的神話研究及其建樹涉面極廣，其要端如下：一、神話的定義，神話怎樣產生、流傳、發展；二、原始初民的生活與行爲方式、心理特徵、宗教信仰等在神話中的反映；三、神話的諸型，即原形神話、變質神話、次神話及其成因與鑑別標準；四、各民族神話之異同比較，及其產生之原因考釋；五、歷史家、哲學家、文學家保存與修改神話之複雜態勢，原形神話與原始歷史、原始哲學、原始文學之複雜關係；六、神話與宗教的複雜而特殊的關係；七、中國神話體系之描繪與考釋；八、搜集、整理、「複形」神話之途徑與方法以及神話研究的科學方法。在這些大問題的研究探索中，茅盾建立起有中國特色與自己特色的神話與神話理論體系。

〔註 3〕《五四運動與青年底思想》，《民國日報・覺悟》，1922 年 5 月 11 日。

　　茅盾的「爲人生的文學」追求，從開始就具溯本求源的特色。早在學生時代和商務初期，他就把古代文學的源流溯求了一遍。「五四」時要借鑑西方，他仍保持這一習性。晚年他在《我走過的道路》中說明了他的目的：「既要借鑑於西洋，就必須窮本溯源，不能嘗一臠而輒止，我從前治中國文學，就曾窮本溯源一番過來，現在……轉而借鑑於歐洲，自當從希臘、羅馬開始，橫貫十九世紀，直到『世紀末』。那時，20 世紀才過了二十年，歐洲最新的文藝思潮還傳不到中國，因而也給我一個機會對 19 世紀以前的歐洲文學作一番系統的研究。這就是我當時從事於希臘神話、北歐神話之研究的原因，從事於古希臘、羅馬文學之研究，從事於騎士文學的研究，從事於文藝復興時代文藝之研究的原因。我認爲如此才能取精用宏，吸取他人的精萃化爲自己的血肉；這樣才能創造劃時代的新文學。」〔註4〕晚年他在《茅盾評論文集‧前言》中，又詳細介紹了其神話研究的準備、進程，所用觀點、方法，以及對這一切的自我評價：「我對神話發生興趣，在 1918 年。最初，閱讀了有關希臘、羅馬、印度、古埃及乃至 19 世紀尚處於半開化狀態的民族的神話和傳說的外文書籍。其次，又閱讀了若干研究神話的書籍，這些書籍大都是 19 世紀後期歐洲的『神話學』者的著作。這些著作以『人類學』的觀點來探討各民族神話產生的時代（人類歷史發展的某一階段），及其產生的原因，並比較研究各民族神話之何以異中有同，同中有異，其原因何在？」「當 1925 年我開始研究中國神話時，使用的觀點就是這種觀點。直到1928 年我編寫這本《中國神話研究初探》（當時名《中國神話研究 ABC》——筆者）時仍用這個觀點。當時我確實不知道馬克思的《〈政治經濟學批判〉導言》中有關於神話何以發生及消失的一小段話：『任何神話都是用想像和借助想像以征服自然力，支配自然力，把自然力加以形象化；因而，隨著這些自然力之實際上被支配，神話也就消失了。』當後來知有此一段話時，我取以核查『人類學派神話學』的觀點，覺得『人類學派神話學』對神話的發生與消失的解釋，尚不算十分背謬。因此，現在再印這本小書，也就仍其原樣，不再修改。」〔註5〕

　　對上述兩段茅盾的自白，我認爲是符合其神話觀確立的實際情況的。有不少論者對此程度不同地持有異議。主要表現在以下兩點：一、茅盾認爲自己借鑑的「人類學神話學」派的那些觀點與馬克思的上述觀點「尚不算十分

〔註4〕《我走過的道路》上冊，第 134 頁。
〔註5〕《茅盾評論文集‧前言》，人民文學出版社，1978 年。

背謬」（這措詞明顯地包含了茅盾的自謙），而某些文章不以爲然，認爲存在著背離馬克思主義神話觀的「歷史局限」。二、茅盾自白中對自己研究神話的歷程，提出了 1925 年和 1928 年兩個時間標界；我認爲可以此兩個時限爲界，把茅盾的神話研究歷程劃分爲三個階段；而多數學者則以 1925 年爲標界，劃分爲前後兩個階段，同時又把後一階段的指導思想也籠統地界定爲以人類學神話學派及其心理學神話觀爲指導思想，並且強調其具有時代局限與歷史局限。這些都是值得商榷的。

（二）

馬克思主義的世界觀與方法論，是統攝馬克思主義思想體系一切方面的根本立場觀點與方法，自然地也統率其神話觀。因此，即便沒有讀過表述作爲局部的馬克思的神話觀的具體文字，如果確實確立了馬克思主義世界觀與方法論，也能自行確立馬克思主義性質的神話觀。茅盾就屬於這種情況。其過程大體分兩步完成，第一步是有原則地借鑑而非照搬較先進、較科學的人類學派神話學說中基本合乎馬克思主義要求的科學成分爲我所用；第二步則發展這些成分，創造自己的合乎馬克思主義神話觀本質的新觀點和新方法。這一切是在茅盾逐步確立的馬克思主義世界觀與相應的方法論指導下逐漸完成的。因此不僅「尙不算十分背謬」，而且殊途同歸，達到了一致。這就是直到 1978 年重印《中國神話研究 ABC》時，書名雖改爲《中國神話研究初探》，其內容和文字卻一仍其舊的道理。對此不妨從幾個側面來考察。

首先看茅盾的總體研究方法：一、索本求源，作宏觀的全局性的把握。二、去僞存眞，剝去「變形」，恢復原形，以最可靠的盡可能眞實的原始材料作研究對象，據以發現規律，把握本質，形成理論。三、一切理論形成於徹底把握之後；故研究成果亦在介紹之後。這一馬克思主義的研究方法與態度，我們不妨展開談。這裡談方法時也直接涉及著觀點。

如前所說，我認爲茅盾神話研究的全過程，應該分爲三個階段。第一階段自 1917 年始，到「帶過渡性質」的 1925 年止。這是他搜剔辨析，廣泛、眞實地占有與把握材料以形成科學結論的階段。這時期他的馬克思主義世界觀已經逐漸確立，但其相應的神話觀尙處醞釀階段。表現爲盡管絕大數量的中外神話資料與論著是這期間占有、閱讀、辨析、消化的，茅盾卻並不就發表研究成果。他的工作主要是介紹。他編輯、編寫了含有神話的《中國寓言

初編》（1917 年）、童話 27 篇（1918～1923）、希臘神話 10 篇和北歐神話 6 篇
（1924～1925）。但只有 1921 年寫的《海外文壇消息（61）》介紹捷、波、
印、愛爾蘭等國的神話集和《近代文學體系的研究》中，關於神話與文學起
源的文字是評論性質。此外就是 1923 年在上海大學開設了迄今未見講稿的
「希臘神話」課程了，這是他開設的《歐洲文學史》的開頭部分。惜其內容
無法判斷。

第二階段是 1925～1928 年。這期間他發表了共含十篇論文並以《神話雜
論》爲題編入解放後出版的《神話研究》〔註6〕的部分論著，和《各民族的神
話何以多相似》、《楚辭與中國神話》、《關於中國神話》等散篇，標誌著茅盾
從評介發展到理論闡述的過渡。這時茅盾一方面借鑑了人類學派神話學的部
分科學觀點加以改造爲己所用，另方面也有自己的某些創見。二者結合，系
統地表述了其尚不成熟但已初具規模的神話觀。

第三個階段是 1928～1934 年。這期間他出版了《中國神話研究 ABC》
〔註7〕和《北歐神話 ABC》〔註8〕兩部論著，更系統闡述了自己的神話觀。此
外特別值得重視的還有 1930 年 8 月初版的《西洋文學通論》之第二章「神話
和傳說」、第三章「希臘和羅馬」，1934 年 7 月《文學》月刊 3 卷 1 期發表的
《讀〈中國的水神〉》。這些論著標誌著茅盾的馬克思主義的神話觀的成熟。
他已突破有原則地借鑑人類學派神話學觀點的束縛，在很多問題上提出了自
己的創見。

索本求源，去僞存眞，系統把握眞實材料，逐步形成科學結論且漸成體
系，茅盾這種神話研究總體方法及其特徵，顯然合乎馬克思主義方法論；既
無什麼資產階級屬性，也沒有什麼時代歷史局限。對這些方法的非議，是沒
有根據的。

（三）

有上面的總體分析作基礎，我們就有條件具體考察茅盾從人類學派神話
觀中借鑑了什麼，又是如何借鑑、如何運用與發展的。

把 20 年代及其前夕茅盾借鑑西方的全部活動作總體考察，我們不難發現
一個基本特點，即：絕不全盤照搬，只擇取有益於我的成分；並結合中國的

〔註6〕茅盾自編、自序，1981 年由百花文藝出版社出版的茅盾神話研究的論著集。
〔註7〕世界書局，1929 年 6 月。
〔註8〕世界書局，1930 年 10 月。

實際，作出創見性的新的解釋；其最終結果往往是「出新」或「創新」。例如他一度介紹新浪漫主義，但他擇取的僅僅是羅曼・羅蘭所代表的新理想主義。又如他倡導過自然主義；但他僅取「實地觀察」、「客觀描寫」兩大特徵；結果則在很大程度上形成了與批判現實主義相近的清醒的現實主義。而且以上兩者均被納入他「爲人生的文學」這一總體框架中。於是茅盾的新浪漫主義或自然主義，就迥然有別於其所借鑑的西方新浪漫主義或自然主義的本體內涵。茅盾借鑑西方 19 世紀 20 世紀之交成熟起來的人類學派等神話學說，並最終形成自己的神話觀，就具有上述種種特點。

最能說明茅盾借鑑各派情況的文章有兩篇：《各民族的神話何以多相似》中一次介紹了六個西方學派；《人類學派神話起源的解釋》則集中介紹了他首肯的人類學的神話學派。他對它作了這樣的概括：它「要從人類的思想制度發展的全景裡求得進化的階段；要從野蠻人的怪異風俗研究到近代的法律；從石斧木矢研究到最新的機關槍，從游牧時代原始共產社會研究到現代社會組織。這一門科學，把最落後民族的生活思想，看得和文明民族的一般重要。」〔註9〕人類學雖與社會科學有密切關係，但主要屬自然學科。茅盾的介紹與概括，卻偏重與社會科學密切相關的側面，並把重心放在生產方式上：這就突破了其原始框架，並部分地運用了馬克思主義的社會發展史觀點；這和人類學派的主張不同，是一大發展。

以此爲基礎，茅盾這樣介紹其神話觀：「把這種研究方法用在神話上，結果便證明了各民族的神話只是他們在上古時代的生活和思想的產物。解釋此說最圓滿的，是現代著名的神話學者安德烈・蘭（Andrew Leng）。」〔註10〕除這位蘇格蘭神話學者兼作家外，茅盾還很看重摩根西和泰勒的理論。茅盾從中借鑑的主要是心理說、遺形說等理論，和「取今以證古」的方法。下面分別作些剖析。

首先看心理說。這是受批評最多的部分。如有人說它「僅僅把宇宙觀看成一種獨立的精神實體，似乎它本身的自我運動和發展即決定了神話的性質、內容和特點，導致了神話的演變，歸根到底，這種神話觀還不是眞正歷史唯物主義的。」因爲它「忽略了導致神話演變的社會經濟原因：隨著社會

〔註 9〕《神話研究》，百花文藝出版社，第 10 頁。
〔註 10〕《神話研究》，百花文藝出版社，第 10～11 頁。安德烈・蘭（1844～1912），蘇格蘭著名學者和作家，著譯甚豐，包括荷馬作品翻譯，詩歌、小說和雜文創作，民間傳說、神話與兒童讀物的編寫，招魂術、歷史與傳說研究等。

的發展，生產力的提高，人類認識世界能力有所增加，適合於原始時代的思維方式必然要逐漸被另一種非神話思維方式所取代，這才是神話演變的根本原因。」〔註11〕這個神話演變原因的立論誠然不錯；對人類學派神話觀的批評正確與否姑且不論，但把上述批評加諸茅盾，卻未必能夠成立。因為它忽視了基本事實。茅盾始終說神話是初民「生活」和「思想」（有時他代之以「心理」）這兩個基本方面的產物；他從未說神話僅僅是初民的思想或心理的產物。茅盾對二者之關係的理解不是並列的，而是「生活」決定「思想」的制約關係。他也從未把二者的制約、決定關係相互倒置。僅此一點，就足以推翻說茅盾「僅僅把宇宙觀看成一種獨立的精神實體」，並把它看成「導致了神話的演變」的唯一因素的批評。而且，茅盾把初民宇宙觀看成是形成神話、導致神話演變的因素之一，把自然界的社會生活的演變看成導致宇宙觀演變的因素，這些觀點恰恰是歷史唯物主義的。

　　茅盾多次引用了安德烈・蘭所概括的初民思想與心理的六個特徵：「(1)為萬物皆有生命、思想、情緒，與人類一般；(2)為呼風喚雨和變形的魔術的迷信；(3)為相信死後靈魂有知，與生前無二；(4)為相信鬼可附於有生的或無生的各物，而靈魂常可脫離軀殼而變為鳥或他獸以行其事；(5)為相信人類本可不死，所以死者乃是受了仇人的暗算（此思想大概只有少數原始民族始有之）；(6)為好奇心。」原人渴求解釋「自然界現象以及生死夢睡等事」，其知識又不足，於是根據上述六種蒙昧思想「造一個故事來解釋，以滿足其好奇心。」〔註12〕最後這句話被當作人類學派和茅盾對神話產生原因的唯一解釋，並且招來很多批評。其實不僅茅盾，就是人類學派神話觀，其看法何嘗如此簡單！

　　茅盾還多次引用摩根西的論述，以下是《各民族的神話何以多相似》與《中國神話研究》中基本相連（我刪去了例子——筆者）的三段話：「神話是信仰的產物，而信仰是經驗的產物。人類的經驗不能到處一律。有些民族，早已進入農業文化時代，於是他們的神話就呈現了農業社會的色彩。」「在曆法尚未發明以前，農人從祖宗手裡接下耕種的方法，遞相傳授。不是說『春耕』和『秋收』，或是說十二月下種則成無用；他們卻是把耕種的方法造成了神話。數世以來，都是依據神話以從事農作。」「但同時的山居而以游牧為生

〔註11〕《民間文學》1981年第5期，第83頁。
〔註12〕《神話研究》，第63頁。

的民族，卻因經驗不同，故而有了極不同的神話。」

　　對這些說法，茅盾既作了解釋，又作了發揮。最充分的是 1930 年《西洋文學通論》中下面這段話：「我們的老祖宗……每天『勞動』所得，只夠養活他自己，……他沒有功夫用腦筋，……然而在他腦子裡卻也有些問題，……這些自然現象很使他的幼稚的頭腦覺得詫異。但是因為他太忙，……隨隨便便滑過去了。」後來「一個人的勞動的結果可以養活幾個人，……這使得我們的老祖宗可以空手舒服一下，然而他的腦筋卻不得不忙了。他一定要留心自然界的現象，防他的農作物收成不好，刮風下雨，都得使他的眉頭皺一皺。他不得不運用他的不熟練的頭腦，替那些風雷雨雪胡謅出一些故事來，作為他的觀察自然界的心得，並且教育他的後輩，使他們知道農作物和天時的必要關係。」「這些『故事』，在當時是實用的『科學』；漸漸地又成為原始的宗教；最後，由一代一代的人們增飾上許多想像和情緒，便形成了『神話』。」

　　在論述神話的保存與修改時，茅盾多次分別就不同時代的歷史家、哲學家、文學家及宗教家根據自己的「當代意識」及這意識賴以產生的當代生活方式與生產方式改變神話面貌的種種情況，證明了正是科學與生產的日趨現代化，不僅改變了神話賴以產生的條件，而且最終導致神話的滅亡。

　　茅盾的這些論述，包含著下面的帶普遍理論意義的重要原則：一、神話是社會分工的產物；二、神話的形成不僅和初民的心理、思想意識形態有著制約被制約的關係，而且更重要的是和逐漸成形、日趨發展的畜牧經濟與畜牧文化、農業經濟與農業文化等經濟的（特別是生產方式的）與文化的因素有極密切的關係；三、各民族的神話之所以有同有異，同一民族不同時間和地點其神話或同或異，也取決於上述客觀因素的同或異；四、也正是這些主客觀因素制約著歷代的歷史家、哲學家、文學家甚至宗教家對神話的存留與修改，不斷發生各自的作用。這一方面是文明漸進之標誌，另方面也說明：神話的變質與神話時代的逝去，帶歷史必然性。

　　這一切顯然與歷史唯物論和馬克思主義神話觀一脈相通，並且也溝通了人類學派的「遺形說」。

（四）

　　茅盾是這麼表述「遺形說」的：「最初的原始形式的神話，尚必十分簡陋；後經古代詩人引用，加以修改藻飾，方乃譎麗多趣。但那些正足代表原

始人民之思想與生活之荒誕不合理的部分，古代詩人雖憎厭之，而因是前人所遺，亦不敢削去，僅略加粉飾而已。這便是文明民族如希臘、北歐、中國的神話裡尚存有不合理部分的原因。據此理論，則神話的不合理質素大都是『遺形』（Survival）。這便是蘭所謂人類學的方法與遺形說的理論。」「故據遺形說，一切神話無非是原始的哲學、科學與歷史的遺形。」〔註13〕1934年茅盾在《讀〈中國的水神〉》中，正式把這類神話定名爲「原始神話」。把摻雜了「後世的方士們的思想」或「混淆了更後的變形的佛教思想」在內的諸如《神仙宗鑑》、《神仙列傳》、《西遊記》、《封神榜》之類，定名爲「次神話」。連同他在《中國神話研究ABC》結論部分定名的「變質的神話」，構成了他的三種分類。他認爲只有原形神話才是科學意義的神話，「變質神話」、「次神話」不能算神話。但如不偏信其「史料的價值，能夠處處用科學手腕去解剖它」。「用歸納方法來尋求其根源，闡明其如何移植增飾而演化」，也能從中搜剔出原形神話來。可見茅盾的態度與方法何等嚴謹！它大體上是合乎馬克思主義的。可以說，由他奠基，創立了以狹義的神話爲研究依據的現代中國神話學派。其所使用的方法，包括了借鑑於人類學派神話學的「取今以證古」的方法，即「研究現代野蠻民族的思想和生活，看他們所傳述的，是否有幾分吻合」。其研究結果證明它們是「吻合」的，因此可以據現代野蠻民族的思想與生活，推知或證明原形的神話。當然茅盾除借鑑「取今以證古」的方法之外，還廣泛適用了搜剔、分析、歸納等邏輯方法；特別是由他開始，廣泛使用了比較研究方法。正如李岫在《茅盾比較研究論稿》一書中所說：茅盾是我國「比較研究的倡導者和開拓者」。其比較研究方法的形成與神話比較研究成果之取得，也和借鑑人類學派特別是比較人類學有關的。當然，這一切都爲其20年代逐漸確立的辯證唯物論與歷史唯物論的世界觀與方法論所統攝，形成了其文化考察色彩很濃的馬克思主義的神話觀。

　　和他的世界觀質變的過渡期長相適應，茅盾的馬克思主義神話觀也是在逐漸汲取並超越所借鑑的人類學派神話觀中的科學成分的較長的發展過程中逐漸實現的。這從他給神話所下定義的發展變化、逐漸完善的過程中看得很清楚。

　　1925年他剛開始發表論著，在首篇論文《中國神話研究》中所下的神話定義是：「神話是一種流行於上古時代的民間故事，所敘述的是超乎人類能力

〔註13〕《神話研究》，第13頁。

以上的神們的行事，雖然荒唐無稽，可是古代人民相互傳述，卻確信以爲是真的。」這定義確立的僅僅是神話的外部特徵，所以是淺層次的；它一直沿用到 1928 年刊於《文學週報》第 6 卷第 22 期的《神話的定義與類別》。但在 1929 年出版的《中國神話研究 ABC》中，卻首次提出了把握內部特徵的科學的神話定義：「所謂『神話』者，原來是初民的知識的積累，其中有初民的宇宙觀，宗教思想，道德標準，民族歷史最初期的傳說，關於自然界的認識等等。」〔註 14〕次年出版的《西洋文學通論》又進一步加以豐滿，並作出縱向發展的表述：「這些『故事』，在當時是實用的『科學』；漸漸地又成爲原始的宗教；最後，由一代又一代的人們增飾上許多想像和情緒，便成了『神話』。」〔註 15〕這前面就接上了上文我引過的神話之形成與社會生活、生產方式及其水平之關係的那段話。由茅盾這一再豐富著和充實著的神話定義可見，他是把神話作爲原始社會初民綜合意識形態來界定的；對它與經濟基礎之關係的界說，則指出了後者對前者起決定與制約作用。而它一旦產生，就又對後者起反作用（如茅盾所說的用以「教育他的後輩」，「依據神話以從事農作」）。至此，茅盾儘管當時沒讀過馬克思的《〈政治經濟學批判〉導言》，但其神話觀及其神話定義，和馬克思所說的「一切神話都是在想像中和通過想像以征服自然力，支配自然力，把自然力形象化；因此，隨著自然力在實際上被支配，神話也就消失了」這些觀點，總體看來是一致的。因此，說茅盾的神話觀「還不是眞正歷史唯物主義的」，顯然不合事實，所以很難成立。

（五）

茅盾借鑑並發展了人類學派神話觀，形成了有自己特色的馬克思主義的神話觀與研究方法，其重大建樹主要是兩個方面：一、初步確立了中國神話研究的原則、途徑、方法，並對中國神話體系作了初步的系統性的描繪。二、對神話價值觀（含本體價值觀、歷史價值觀、哲學價值觀、宗教價值觀、特別是文學價值觀與審美價值觀）作了廣泛的理論闡述。

1934 年他發表的《讀〈中國的水神〉》一文，具有重大的方法論意義。文中肯定的該書作者黃芝岡根據水神神話的複雜情態所「找出」的三個原則，其實也正是茅盾已逐步發現、運用、並作了理論闡述的「治中國神話的人應

〔註 14〕《神話研究》，第 126～127 頁。
〔註 15〕《西洋文學通論》，世界書局版，1930 年，第 23～25 頁。

當取法的」普遍適用的原則:「一、水神傳說的紛歧龐雜是『不同的神的力量所起的爭持,不相同的力量是因為不相同的時代地點,有它們相同的水災和治水的人物』;」概括地說就是:同一自然力(如全球性洪水泛濫,毀滅了人類,並且出現了治水的人物)作用之結果,形成了共同的或類似的神話;又因為民族不同,地區不同或時代不同,使這類似的神話體系的具體內容又有差異。「『二、不但四川神話移來江西,江西神話也有時移來四川』;所以長江一帶的水神傳說有相當的溝通痕迹」。概括地說就是:不同地區的神話在流傳過程中可以相互溝通。「三、楊將軍(或二郎神)的威靈和神話的產生是因為有夔巫峽江的灘險」。概括地說就是:自然環境的獨特性是產生獨特神話的重要原因。這三條原則,使茅盾面對複雜紛歧的中國神話世界,保持了清醒頭腦,掌握了搜剔整理使之有序的武器。

茅盾總結出神話流傳的規律,並把神話流傳過程分為兩大階段:一是巫祝、樂工等民間文學家的口頭流傳與加工階段;二是文學家、歷史家、哲學家、宗教家的文字記錄與加工、修改甚至篡改的書面流傳與加工階段。二者有時是並行或交叉進行的。此外他還發現了一條規律:愈是原始、落後的民族,其原形神話保存得愈多,愈完整;愈是文明、先進的民族,其原形神話愈少,而變質神話與次神話卻愈多。據此,他把中國神話與希臘、北歐神話作了對比,結論是:由於中國歷史形成過早,原形神話「歷史化」的程度分外嚴重,這是中國的原形神話殘缺不全的根本原因。茅盾對此持「兩點論」態度:一、「因為歷史總是人群文明漸進後的產物,那時風俗習慣及人類的思想方式已大不同於發生神話的時代,所以歷史家雖認神話為最古的史事,但又覺其不合理者太多,便常加以修改。」遂使神話失傳或變質。這當然是重大損失。二、他認為這「並不是不合理的」,〔註16〕因為這畢竟是「文明漸進」的標誌。根據這些認識,茅盾把中國留傳至今的書面神話資料區分為三類:一類是保留原形神話最多、最真者;茅盾最看重的是《山海經》、《楚辭》和《淮南子》。他特別著力撥亂反正,批倒了「地理書」之謬說,獨尊明朝胡應麟《少室山房筆叢》中「《山海經》:古今語怪之祖」說,並加以發展,說它是「一部含神話最多的書」。〔註17〕另一類是也保留了原形神話,但多以變質神話形式出現者;這包括最早的歷史(特別是野史)、哲學及部分文學著

〔註16〕《神話研究》,第91頁。
〔註17〕《神話研究》,第143、128頁。

作。第三類是屬於「次神話」的雜書。如《神仙傳》、《封神榜》、《西遊記》之類。

根據這種情況，茅盾選擇了兩條治中國神話之路。「其一，從秦漢以前的舊籍中搜剔中國神話的『原形』。」「其二，從秦漢以後的書籍乃至現在的民間文學中考究中國神話的演變。」他說「這裡的『兩條路』，不是平行的，終結要有交叉點（所以也不妨說是兩個步驟）。」〔註18〕這交叉點就是從總體上復原神話原貌，盡量恢復中國神話體系的本來面目。

茅盾研究中國神話所得出的最重要的結論是：儘管「中國神話之系統的記述，是古籍中所沒有的：我們只有若干零碎材料」，但據此「足以表現中國的神話原來也是偉大美麗」的〔註19〕。它足以和世界上神話最豐富的文明國家希臘及北歐諸國的恢宏的神話系統相媲美。這一結論與他的「文學爲人生」的主張相吻合；並且也與「五四」愛國主義精神，與其青少年時代即孕育萌發的民族自豪感相呼應、相一致的。這對教育後代，宏揚民族文化，有不可估量的重大意義。

第二，他篳路藍縷，探源索流，以漢族神話材料爲依據，總結出中華民族的神話系統，是由北部、中部、南部三個子系統組成。一、北部神話：「中國北部的神話，大概在商周之交已經歷史化得很完備，神話的色彩大半退落，只剩了《生民》、《玄鳥》的『感生』故事。」但在《淮南子‧覽冥訓》中存有洪水神話片斷；《列子‧湯問》中有北山愚公移山的片斷；《山海經》中有黃帝神話的多種片斷；《楚辭》中則有女媧補天的片斷。二、中部神話：以楚爲代表，是「沅湘文化的產物」，集中反映在《楚辭》這部神話文學總集中；《山海經》中也有大量存留。如果說茅盾考釋《山海經》時曾推翻了所謂「地理書」的誤說，而確立了神話總集的立場；那麼茅盾對《楚辭》的考釋，則幾乎很大程度上證明了「以爲是屈原思君之作」這論斷的「格格難通」。他認爲「楚辭」是以中國神話爲來源的「南方文學總集」。茅盾還對其主要篇什一一作了新解，借此描繪了相當完備的自然界的神話系統。三、南部民族神話：以盤古開天闢地的神話爲代表，認爲這神話流傳到中部，被保留在三國時吳國人徐整的《三運歷年紀》和《三五歷紀》中。由此茅盾作出結論：「現存的中國神話只是全體中之小部，而且片斷不復成系統；然此片斷的材料……可

〔註18〕《茅盾文藝雜論集》（上），第452頁。
〔註19〕《神話研究》，第143、128頁。

分為北中南三部，或者此北中南三部的神話本來都是很美麗偉大，各自成為獨立的系統，但不幸均以各種原因而歇滅，至今三者都存了斷片，並且三者合起來而成的中國神話也還是不成系統，只是片斷而已。」但是他相信「用了極縝密的考證和推論，也許我們可以創造一個不至於十分荒謬武斷的中國神話系統。」〔註20〕

茅盾靠自己的獨力搜剔，僅表述在《中國神話研究 ABC》一書中的，就是一個相當可觀的中國神話系統。包括「宇宙觀」、「巨人族及幽冥世界」、「自然界的神話及其他」、「帝俊及羿、禹」等。他用這長達四章的篇幅作了簡要描述。這裡「有許多意見是作者新創的，如言帝俊、羿、禹這一章，又如第六章對於《大司命》、《少司命》、《山鬼》等篇的解釋。還有解釋蚩尤為巨人族之一；」「『終北』『華胥』之為中部人民的宇宙觀」刀，等等。例如關於禹，茅盾就認為他不是歷史人物而是神話人物；而且「禹以前的歷史簡直就是歷史化的古代神話」。〔註21〕這觀點足以發聾振聵！

當然，茅盾承認，由於他客居東京，「有些看法尚屬推論，並不曾多找書本上的考據」。我也必須指出，茅盾的有些推論，下得也有些輕率。如推論盤古神話屬南部，靠傳到中部保留在吳人徐整的著作中，就顯得過分大膽了些。但就總體來說，茅盾的中國神話系統的研究，是有史以來第一個中國神話系統的相對完整、且具較強的科學性的生動描繪。

限於條件，這個中國神話系統主要的還是漢民族的，而非中華民族各兄弟民族神話系統的完備體系。但是茅盾的視野已經關注到這個遠景。他說：「至於西南的苗、瑤、僮各族，還有神話活在他們口頭的，也在搜探之列。這個工作就更繁重了。」〔註22〕這裡他沒提到北方和西北的蒙古、維吾爾、藏等民族，但這些民族顯然也不可能不在茅盾的關注之中。目前這個工作已有很大發展和建樹，但其成就，也還是建立在茅盾六十年前舖下的基石上。

（六）

茅盾神話研究的另一個重大建樹是對神話價值觀作了深入廣泛的理論闡述，包括神話的本體價值觀、歷史價值觀、哲學價值觀、宗教價值觀、審美價值觀與文學價值觀等層面，限於篇幅，這裡只綜合而扼要地論述其審美價

〔註20〕 《神話研究》，第 139 頁。
〔註21〕 《神話研究》，第 225、161 頁。
〔註22〕 《神話研究》，第 224 頁。

值觀與文學價值觀。

首先，茅盾對神話作了總體審美評價。1930 年在《西洋文學通論》中，他批評歷來存在的文學「超然說」與文學是「自我表現」說，總是以自身來源於「希臘精神」，「希臘精神」又源於希臘神話以自我標榜。茅盾簡明扼要地揭示了實質：「畢竟文學的潮流不是半空中掉下來的，也不是在夢中拾得的，而是從那個深深地作成了人類生活一切變動的源的社會生產方法的底層裡爆發出來的上層的裝飾。」「自來的文學家都是——而且以後也是，只反映了他所在的那個社會裡的最有權威的意識，就是支配階級的意識。」「從初民時代而來的文學屬於公眾的精神產物。」〔註 23〕這就從整體上對神話及以神話為源頭形成的文學之性質，作了馬克思主義的總體確定。上文所引同書的茅盾的神話定義，就是以此論旨為據的。而且茅盾的「為人生」的文學主張，也是由此發軔的。早在 1921 年問世的《近代文學體系的研究》中，茅盾就指出：「不朽的文學總是關切著人生而富於創造精神的。西洋文學所以能成為世界文學，是靠著此二種特點。」這認識貫串著茅盾外國文學研究之始終。

茅盾從神話研究做起對此作了文化的審美的分析。他認為希臘神話極豐富優美，是希臘古代文學裡最可寶貴的一部分材料，我們現在讀它，不但可借此「知道古代希臘的社會狀況，並且可以感發我們優美的情緒和高貴的思想。我們借此可以知道古代希臘人的起居服用，雖然遠不及我們的文明，然而他們那偉大高貴的品性，恐怕我們還不及他們呢！」這番話說透了神話的認識作用、教育作用、特別是審美作用等多種價值。茅盾特別強調了其高貴的思想、偉大的品性恐為我們所不及；這裡特別強調的，當然是神話的審美的教化的現實效益。這番話寫在他改編的希臘神話「普洛米修斯偷火的故事」的開頭，〔註 24〕此文通篇謳歌的就正是令人難以企及的犧牲自己偷火以造福人類的偉大的普羅米修斯精神。

茅盾還指出不同環境的民族有不同的人生，因此其民族精神也各不相同。「希臘的神們都是永生的，萬劫不壞的」，「永遠安居享福」，「沒有危害再跑到他們身上」。當然這就代表著希臘民族的享樂的人生觀。北歐人可就不同。他們的人生觀是嚴肅的、悲劇的；他們想來即使是神，也不免要受到危

〔註23〕《西洋文學通論》，第 14、15、20 頁。
〔註24〕《茅盾全集》第 10 卷，第 323～324 頁。

難和不可避免的結局。因此北歐的神們長日在和「『惡的勢力』爭鬥。」〔註25〕故「以勇敢為無上之美德，以戰死為無上之光榮的北歐人，因而亦視奧定為勝利及戰爭之神。」他也是「北歐戰士們最愛的一位神。」〔註26〕茅盾通過比較指出，這兩個民族的神話及其民族精神之不同，是其不同的自然環境與社會環境的曲折反映。不同的客觀環境決定了不同的民族習性與人生，也決定了包括神話在內的文學的不同的人生價值觀與審美價值觀。

第二，茅盾指出：「就文學的立點而言，神話實在即是原始人民的文學；迨及漸進於文明，一民族的神話即成為一民族文學的源泉。此在世界各文明民族，大抵皆然，並沒有例外。」「在我們中華古國，神話也曾為文學的源泉，從幾個天才的手裡發展成了新形式的純文藝作品，而為後人所楷式；這便是數千年來艷稱的『楚辭』了。〔註27〕由此茅盾提出一個創見：「《詩經》可以說是中國北部的民間詩歌總集，而《楚辭》則為中國南方文學的總集。」他批評「歷來文人都中了『尊孔』的毒，以《詩經》乃孔子所刪定，特別的看重它，認為文學的始祖」，「所以把源流各別的《楚辭》也算是受了《詩經》的影響」；結果「抹煞了《楚辭》的真面目」。「但是其來源卻非北方文學的《詩經》，而是中國的神話」。茅盾這個立論建築在他對《楚辭》的許多作品、特別是《天問》、《九歌》、《九章》的精闢而科學的解釋之基礎上。所有上面的論斷通過《〈楚辭〉與中國神話》〔註28〕一文作了系統的表達。

與指出《楚辭》源於神話，建立了「騷體」形式，並開後世文人文學之先河的同時，茅盾還以更為細緻的考釋，說明了希臘文學的源頭也是希臘神話；它生發出許多文學形式，並開希臘文人文學之先河。本文開頭曾引用茅盾關於研究神話旨在追溯希臘史詩《伊里亞特》、《奧德賽》之源頭的自述，現在到了交待其研究結果的時候了。

茅盾研究的結論是：「文學最初的形式只是詩」。希臘最初的文學是荷馬的史詩《伊里亞特》、《奧德賽》。他引證許多學者的論證結果說：並無荷馬其人。這兩部史詩是由許多無名詩人利用關於戰爭的歷史的傳說與希臘神話相結合，通過口頭加工流傳而成為英雄史詩的形式。「《伊里亞特》講的是希臘聯軍攻占特洛亞城（Troy）的故事。《奧德賽》是講打下了特洛亞城後，希臘

〔註25〕 《西洋文學通論》，第26頁。
〔註26〕 《神話研究》，第246頁。
〔註27〕 《楚辭與中國神話》，《茅盾文藝雜論集》上卷，第265頁。
〔註28〕 此文本是《楚辭》（選讀本）的緒言，單獨發表時改為此題。

聯軍中一位最有智謀的伊大卡國王俄底修斯（Qdyssus）航海遇險，十年方得歸家的故事。這兩件事都發生在希臘有史以前，其中保存著希臘民族最古代的史實。」〔註 29〕這「史實」保存在其「『超人』的性格亦頗近於『神』的「英雄」「傳說」中。但其戰爭的雙方均有神來相助。其神的材料就來源於希臘神話；是無名詩人們「從『神話』中挪用」〔註 30〕的。這就有了兩部史詩的內容，同時在演唱與口頭流傳中把神話與英雄傳說生發爲「英雄史詩」的形式。這種情況，在我國的少數民族史詩中也是相類似的。如蒙古族史詩《蒙古秘史》、《江格爾傳》，藏族史詩《格薩爾王傳》等都是這麼形成的。

　　茅盾還論證了古希臘的戲劇與希臘神話的淵源關係：「希臘的戲曲——悲劇或喜劇，都起源於宗教祭儀」——「酒神條尼騷司之祭」。「唯悲劇發源於……冬祭，喜劇則發源於葡萄收獲後之祭。」悲刻是扮成羊以取媚酒神的合唱隊中之一人向音樂隊長提問題，隊長則「照著詩人預先寫好在手卷上的話語回答，這樣便有了『對話』。」這便是悲劇的雛形。喜劇則是「在合唱詩的間歇，穿著奇怪化裝的遊行隊中人便說一些笑話，或是獨白，或是對話，以引起觀眾的笑樂、這就是遊行隊，興起了喜劇。」〔註 31〕茅盾逐一分析了希臘三大悲劇家埃斯庫羅斯、索福克勒斯，特別是歐里庇得斯以及希臘喜劇家阿里斯托芬及其劇作；從思想內容、題材來源與戲劇形式等許多方面，論證了其與希臘神話的密切淵源關係；比較圓滿地解決了他探源索流研究西洋文學的問題。其問題之解決過程，長達十多年之久；充分體現出茅盾十分執著的治學態度。

　　1921 年茅盾還一度認爲神話和傳說是短篇小說的「雛形」。神話和傳說中「有一種短篇的，此類以神話的寓言爲多，到後來發達完成了，便稱短篇小說」。〔註 32〕1928 年他放棄了這個觀點。認爲「這些初民的『創作』，在當時既未形諸筆札，全賴口頭傳述，直到後來方由文人筆述下來；所以增飾修改之處，一定是很多的了。故嚴格言之，神話和傳說畢竟不能算是小說（廣義的，Fiction）的最早的形式。」〔註 33〕可見，茅盾的研究愈後愈深入；其全部過程及其階段性與文化考察特徵，都體現了堅持真理，修正錯誤的嚴肅的科

〔註 29〕茅盾：《世界文學名著雜談》，百花文藝出版社版，第 5 頁。
〔註 30〕《西洋文學通論》，第 28～30 頁。
〔註 31〕以上引自《希臘文學 ABC》，世界書局版，1930 年，第 49～50、66～67 頁。
〔註 32〕《中國文學變遷史》，第 12～13 頁。
〔註 33〕《小說研究 ABC》，世界書局初版，1928 年 8 月，第 15 頁。

學態度。而其文化考察視角的運用，則充分說明了他的神話觀與東西方文化思潮的密切關係。

　　茅盾的神話研究建樹是多方面的，本文難以盡述。我的任務只是證明，總體看來，茅盾的神話觀毫無疑問是「真正歷史唯物主義的」，而不是人類學派或進化論性質的。

茅盾的魯迅觀

魯迅逝世以後，當時已成爲中國文壇中流砥柱的茅盾，懷著滿腔激情這樣寫道：

> 魯迅先生是思想家，同時也是藝術家。在現代中國，沒有人能像他這樣深刻地理解中國民族性，也沒有人能像他這樣受到中國人民的熱愛與擁戴。……正在成長途上的文藝青年固然從魯迅的文學遺產中得到教益，即使在某種程度上已經成長的既成作家，也正在從魯迅的文學遺產中繼續得到教益。比他年輕十六歲的我，不消說，是從他那裡吸取了精神食糧。
>
> ——《精神的食糧》，日本《改造》雜誌
> 第 19 卷第 3 號，1937 年 3 月 1 日

這是茅盾對魯迅的基本估價，應該說，這種評價是不低的。但它有幾十年紮實的觀察與研究爲基礎，因而也是有充分根據的。

茅盾的魯迅觀的形成，是和魯迅文壇地位的逐步形成相適應的。如果說魯迅作爲偉大的思想家和藝術家的形象在中國文壇上的出現，好像一個由遠而近的推鏡頭，那麼茅盾對魯迅的評價，就像配合畫面，充滿激情，精闢深湛的解說辭。茅盾的魯迅觀的形成，也是和茅盾自己作爲偉大作家特別是偉大的理論家由幼稚到成熟的發展過程相適應的。這好比一個淡入的電影鏡頭，在由隱而顯的過程中，光華四射地顯出了偉大的魯迅，同時無意中也映出了偉大的茅盾自己。

在這部由遠而近、由隱漸顯的「歷史影片」放映過程中，驚濤駭浪，雨雨風風！魯迅和茅盾也像同舟共渡的弄潮兒，共同經歷了搏鬥的過程。今天

兩位偉大人物已相繼作古，我們回過頭來研究茅盾的魯迅觀，當然會懷著歷史的感覺，去追溯那風雲激盪的歷史過程。

（一）

茅盾的魯迅觀的形成，大體可分五個階段。每個階段各有特點，合起來則有一條始終一致的貫穿線。

第一個階段是 20 年代，他的研究側重在魯迅作品的分析及對其文學史地位的維護。

茅盾自登上文壇到投身中國共產黨的懷抱並作為黨的創始人之一，一開始就把文學與革命緊密連結，並以其「文藝為人生」的現實主義理論為宗旨。當他參與發起成立文學研究會並主持《小說月報》的改革時，魯迅已經先他一步戰鬥了十多年。魯迅的文學活動和後來茅盾的文學活動極為相似，他們都是先著手理論、批評、譯介而後進行小說創作的。魯迅小說創作伊始，茅盾的理論批評剛剛冒頭。不過共同的追求產生了共鳴，魯迅小說的深湛內容使茅盾的耳目為之一新，茅盾 20 年代評魯迅的文章理所當然地充滿了發現的喜悅！儘管刊登《狂人日記》的《新青年》「幾乎是無句不狂，有字皆怪的，所以可怪的《狂人日記》夾在裡面，便也不見得怎樣怪，而未曾能邀國粹家之一斥。」「於是遂悄悄地閃了過去，不曾在『文壇』上掀起了顯著的風波。」但在年青的茅盾看來，這篇「極新奇可怪的」小說是「前無古人的。」他感得了「一種痛快的刺戟，猶如久處黑暗的人們驟然看見了絢麗的陽光。這奇文中冷雋的句子，挺峭的文調，對照著那含蓄半吐的意義，和淡淡的象徵主義的色彩，便構成了異樣的風格，使人一見就感著不可言喻的悲哀的愉快。」茅盾嘲笑「國粹派」們沒有看懂因而也未作出強烈的反響，在茅盾自己，則除了看重這藝術上的創新外，更看重它「頗有些『離經叛道』的思想。傳統的舊禮教，在這裡受著最刻薄的攻擊，蒙上了『吃人』的罪名了。」〔註1〕當然，這時的茅盾還不可能像後來那樣，作出《狂人日記》是魯迅「小說作品的總序言」〔註2〕這種宏觀的結論；但他也並非就事論事，而是站在時代的制高點，指出了它實際是對準封建制度發動攻擊的。

這種「發現的喜悅」一直在持續，並且沿著由微觀到宏觀的方向前進。

〔註 1〕 《讀〈吶喊〉》，《文學週報》第 91 期，1923 年 10 月。
〔註 2〕 《論魯迅的小說》，香港《小說月刊》第 1 卷第 4 期，1948 年 10 月。

他先是在綜合評論文壇現象的《評四五六月的創作》中卓有見識地指出了《故鄉》的深刻主題：「悲哀那人與人之間的不了解，隔膜」。指出「造成這不了解的原因是歷史遺傳的階級觀念。」接著就寫專論《讀〈吶喊〉》（1923年10月）。及至「五四」新文學運動告一階段的1927年，他寫了洋洋大觀的著名論文《魯迅論》。這篇論文縱橫開闔，全面論述了魯迅的小說和雜文，把《讀〈吶喊〉》中重在微觀而時有警策之論的評析推到綜合的系統的深入研究階段。這篇論文確定了魯迅的中國文壇主將的地位，也奠定了茅盾本人權威評論家的基礎。它顯示了茅盾文學評論的重要特色：聯繫著特定歷史和時代看作家全人和作品全文；聯繫著作家作品激起的社會反映看其文學史地位和社會價值。茅盾針對的首先是《現代評論》派的正人君子們。針對所謂攻擊個人的「刀筆吏」的污蔑，茅盾指出：魯迅雜文是「反抗的呼聲和無情的剝露」。它「反抗一切的壓迫，剝露一切的虛偽！」正當那些正人君子和北洋軍閥政府眉來眼去時，「攻擊老中國的國瘡的聲音，幾乎只剩下魯迅一個人了。」針對所謂「思想界的權威」和「青年叛徒的領袖」的嘲諷，茅盾也給予痛斥：他說魯迅「從不擺出『我是青年導師』的面孔，然而他確指引青年們一個大方針：怎樣生活著，怎樣動作的大方針。」正是從這個立足點上，他特別看重魯迅雜文的教育意義與文學價值，成為把魯迅雜文請上大雅之堂的第一人。

　　茅盾還聯繫著別人的評價作取捨，展開有益的論爭。通過論爭進一步論定和維護了魯迅的文壇地位。和成仿吾所代表的否定魯迅小說的時代性與民族性的錯誤論點針鋒相對，茅盾認為魯迅小說的不朽價值恰恰在於其鮮明的時代性與民族性。他著重強調：魯迅的《吶喊》成功地描寫了照理本應過去，實則仍然普遍存在的「老中國的兒女」的「灰色人生」；《彷徨》則反映了現代青年幾經奮鬥終於妥協之後發出的「疲茶的婉轉的呻吟。」通過他們使我們反省：究竟是否完全卸脫了幾千年傳統的重擔？茅盾宣告：「魯迅只是一個凡人，安能預言；但是他能夠抓住一時代的全部，所以他的著作在將來便成了預言。」〔註3〕對照一年之後錢杏邨所寫的《死去了的阿Q時代》，顯然，當時真正攀上時代高峰的，是魯迅和他的權威評論家茅盾。

　　30年代是茅盾的魯迅觀形成與發展的第二階段。這期間他寫了十四、五篇文章，是前一時期所寫數量的三倍半。這時茅盾不再側重評論作品而是著

〔註3〕《魯迅論》，《小說月報》第18卷第11期，1927年11月。

重闡述魯迅精神，特別吃重地闡述魯迅的「一口咬住」的韌性戰鬥精神；這個焦點具有鮮明的現實針對性。在寫法上，他很少用評論文章形式，而採用千字左右的雜文和短論。由於這時茅盾已進入思想成熟期，其立論之精闢，鋒芒之犀利，使這些文章和魯迅的雜文極為相近，也成為匕首、投槍般的政論和雜文。

30 年代是硝烟彌漫的殘酷鬥爭的年代，左翼文藝運動在重壓下卻有長足的發展。如果說國民黨反動派的軍事「圍剿」矛頭集中在蘇區，那麼文化「圍剿」矛頭則集中在上海。作為左翼文藝運動領導人之一的茅盾，和魯迅一起堅持了上海灘頭一場又一場的惡鬥；他們心貼著心，背靠著背，迎戰四面八方圍攏來的敵人；還要提防自己營壘不時射來的暗箭！在戰場上，茅盾分外感到魯迅大無畏的戰鬥精神和「一口咬住不放」的韌性鬥爭精神之可貴。特別在 1936 年魯迅溘然長逝之後，在險惡的處境中肩負著魯迅留下的重擔，茅盾更加體會到應該繼承魯迅的戰鬥傳統，進一步發揚魯迅的韌性戰鬥精神！時代的需要，體驗的加深，使茅盾集中闡發這個主題，環境的緊迫使他放下宏篇巨製去寫這一篇篇匕首投槍般的雜文和短論！

這時茅盾很少論及魯迅的具體作品，僅有的兩三篇是談魯迅的歷史小說或結合阿 Q 精神抨擊國民的劣根性。除了時代的緊迫使評論家來不及構築宏篇巨製外，也因為 20 年代茅盾關於魯迅的論文和 30 年代瞿秋白等的論魯迅的文章基本上成為魯迅研究的定論。人民群眾對魯迅的認識也漸趨統一。打擊敵人和教育群眾的戰鬥需要評論家進一步闡述魯迅偉大的精神。所以茅盾 30 年代論魯迅的這組短文，不僅烙上時代的印痕，也充分體現了理論批評家那深謀遠慮、面對現實的策略用心。

茅盾 40 年代的「魯迅論」，相對說來要從容得多，這個階段兼具前兩個階段的特色，並顯示了新內容——他已來得及就學習與研究魯迅的方法論問題作深入探討，藉以指導研究工作了。而且茅盾注意魯迅研究的方法論探討，出發點在進一步把魯迅傳統發揚光大。他特別著力於向人民、向青年們普及魯迅。

茅盾指出：「我們讀一個思想家的著作，主要是為攝取精華，化為自己的血肉，以增長我們對事物的理解力、觀察力，以及分析批評的能力。倘若這一點辦不到，則記誦雖多，亦只能流於捃摘章句，為行文之裝飾而已。」〔註4〕

〔註4〕《最理想的人性——為紀念魯迅逝世五周年》，《筆談》第 4 期，1941 年 10 月

他指出：魯迅著作「大部分是隨時隨地爲了反抗惡勢力、爲了闡揚眞理而寫成的，他沒有時間關起門來寫一部有頭有尾有間架，如古人所謂『一家言』的著作。」然而「魯迅著作自成一家言，自有其思想體系」，不能「孤立起來研究」，更不能搞尋章摘句的「語錄」式研究；而應結合魯迅的時代作系統的全面的整體的綜合的研究。茅盾又指出：正面攻擊魯迅的時代總地說已經過去了，敵人換了一套手法：「盡量想把戰鬥的魯迅變成化石，盡量想法歪曲他的思想，模糊他的面目。」「企圖用讚美魯迅的手段來僵化魯迅。」而我們應該針鋒相對：把魯迅當作「活在我們中間的戰士，他的著作是我們鬥爭的指南針，是幫助我們了解這社會，了解這世界，認明了敵和友的方法」，〔註 5〕他還再三強調爲了學習魯迅，必須研究魯迅，這二者之間存在著必然的內在的關係。

在這一時期茅盾寫的《論魯迅的〈吶喊〉和〈彷徨〉》〔註 6〕、《論魯迅的小說》和《最理想的人性——爲紀念魯迅先生逝世五周年》三篇著名論文，是茅盾實踐上述主張的典範。後一篇文章的立論是：「古往今來偉大的文化戰士，一定也是偉大的 Humanist；〔註 7〕換言之，即是『最理想的人性』的追求者、陶冶者、頌揚者。」他們的事業「一句話可以概括，拔出『人性』中的蕭艾，培養『人性』中的芝蘭。」茅盾從這個角度把魯迅和伏爾泰、羅曼·羅蘭以及高爾基相比，並指出魯迅超過前人的一些特點。在《論魯迅的〈吶喊〉和〈彷徨〉》、《論魯迅的小說》中，茅盾綜合論述了魯迅小說的思想基礎是無產階級人道主義，它不同於西歐的舊人道主義，而是同於「高爾基的人道主義。」茅盾認爲，魯迅小說的現實主義創作方法，「可以歸入於批判的現實主義」，但「和巴爾扎克，狄更司，托爾斯泰的批判的現實主義仍有本質上的不同。」他不是「據過去以批判現實」，魯迅「對於過去卻一無所取」。「它是比巴爾扎克他們的批判現實主義更富於戰鬥性，更富於啓示性的。」「我們有理由說它是中國的社會主義的現實主義文學的先驅。」〔註 8〕茅盾還用比較方法論述了《吶喊》與《彷徨》思想與藝術的一貫性，論述了後者對前者的

　　　16 日。
〔註 5〕《研究·學習·並且發展它》，《大眾生活》新 23 期，1941 年 10 月。
〔註 6〕《論魯迅的〈吶喊〉和〈彷徨〉》，《文藝新哨》第 1 卷第 5 期，1942 年 6 月
　　　15 日。
〔註 7〕即人道主義。
〔註 8〕《論魯迅的小說》，香港《小說月刊》第 1 卷第 4 期，1948 年 10 月。

發展和各自與時代的聯繫，以及與魯迅思想發展的聯繫。這一切與二、三十年代相比，說明茅盾的魯迅觀有了長足的發展。它更具整體感，更加理論化，也更具綜合性了。

50 年代茅盾的魯迅研究，達到了他的魯迅觀的頂峰階段。由於特殊的歷史環境中存在的「左」的思潮，個別文章的個別地方留有「配合政治」的明顯的痕迹，這和頂峰階段的魯迅觀不大相稱。然而只要是這個歷史階段的過來人，對此是不難理解的。除此之外統觀這第四階段的茅盾的魯迅觀，可以說達到了爐火純青的境地。

從廣度看，茅盾這時涉及到此前很少論到的魯迅的文藝觀的全部重要方面，特別著重地論述了魯迅對文藝與生活、文藝與政治、世界觀與創作、「積習難忘」的舊思想的改造及改造思想的長期性、艱苦性，需要有嚴於解剖自己的態度等等一系列重大問題。對魯迅作品的研究也擴大了新領域，提出了新課題，例如「魯迅作品的民族形式與個人風格」，魯迅創作積累的「博與專」等等，都是茅盾以及魯迅研究界此前所未曾論及或較少涉及的。他還進一步針對現實闡述了魯迅研究的方法論問題，批評了 50 年代魯迅研究的不良傾向：把魯迅作品當「總結」讀，當「推背圖」看；以尋求「微言大義」的形而上學方法導致「明察秋毫而不見輿薪」﹝註9﹞的不良後果。

從深度看，茅盾這一時期論魯迅的文章更加理論化、更具系統性；所談問題，大都能把魯迅的實踐經驗加以昇華，顯示出理論深度和規律性。如論及魯迅作品的民族特點與個人風格時，茅盾不僅闡明了二者之關係，而且論述了其與借鑑民族文化和外來文化之關係，指出其特點是：既能「目光四射，取精用宏」，又是「源出本土，並非移植」。﹝註 10﹞茅盾認爲魯迅創作的這一特點又是他的「拿來主義」的文藝思想的成功體現，茅盾把魯迅的個人風格的統一性概括爲「洗煉、峭拔而又幽默」八個大字，同時又指出了統一風格的一貫性與不同作品風格的多樣化，多側面地顯示出魯迅的創作個性。並且認爲，這充分體現出魯迅善於繼承，勇於創新的精神。這就不僅僅是魯迅風格論，而且也是魯迅文藝思想論，甚至也是關於推陳出新論，古爲今用、洋爲中用的宏論！

﹝註 9﹞《如何更好地向魯迅學習？》，《文藝月報》10 月號，1956 年。
﹝註10﹞《在魯迅誕生八十周年紀念大會上的報告》，《人民日報》，1961 年 9 月 26 日。

從高度看，這一階段茅盾把魯迅放到世界文化史、中國革命史和中國現代文藝運動思想鬥爭史的宏觀背景上來研究，他那篇洋洋大觀的長文《魯迅——從革命民主主義到共產主義》〔註11〕是茅盾畢生研究魯迅的光輝總結。他把魯迅和蕭伯納、羅曼·羅蘭、德萊塞這些「世人共知的偉大的文學家、思想家、社會活動家」的「光輝的名字」並列，指出了他們共同走過「漫長而崎嶇的道路」。茅盾又指出魯迅的「朝聞道，夕死可矣」的「一邊戰鬥，一邊追求真理」的充滿實踐性的獨特精神；這是一條「中國的愛國主義知識分子經過事實的教訓以後所選擇的道路。」魯迅是「引導著萬千青年知識分子走向戰鬥，走向這樣的道路的旗手。」顯然，站在這個歷史高度來看魯迅，是飽和著茅盾本人四十年的文學道路的實踐體驗的。作為「五四」新文學旗手之一的茅盾，這麼評價最偉大的旗手魯迅，顯然發言權是最充分的。

在「四人幫」統治文壇，拉魯迅的大旗作為「虎皮」包著自己去嚇唬別人時，茅盾對魯迅不著一字，這是意味深長的！但從「四人幫」倒台的 1976 年起，茅盾又提筆著述，這第五個階段也就是最後一個階段的魯迅研究，茅盾是有意做撥亂反正和填補空白工作的。他在《答〈魯迅研究年刊〉》中尖銳指出：「魯迅研究中有不少形而上學，把魯迅神化了，把真正的魯迅歪曲了。」「神化」問題學術界有不同看法，歪曲了魯迅是大家有目共睹的「四人幫」的罪行之一。茅盾在《我和魯迅的接觸》一文中，在他的長篇回憶錄《我走過的道路》中，澄清了不少歷史公案，恢復了魯迅及魯迅精神的本來面貌。而他的長文《學習魯迅翻譯和介紹外國文學的精神》則填補了魯迅研究的空白，展開了茅盾的魯迅觀的一個新的側面。遺憾的是偉大如茅公，也無法逃脫自然規律的制約，巨星殞落的重大損失之一就是最權威的魯迅研究者茅盾難以再繼續他偉大的事業。

即或如此，茅盾留下的這筆魯迅研究遺產，至今尚無人可以超越。茅盾的魯迅觀，至今仍是魯迅研究領域中最高的山峰。他雄踞論壇，啟迪和指引著後人繼續探索前進。

（二）

茅盾的魯迅觀中最重要的內容是他對魯迅戰鬥道路與魯迅革命精神的精闢概括與深刻論述。疾風知勁草，茅盾是「五四」以來雨雨風風的體驗

〔註11〕《魯迅——從革命民主主義到共產主義》，《人民日報》，1959 年 10 月 20 日。

者，當然能體會到魯迅及其偉大的精神！實踐出眞知，茅盾是魯迅同代人，當然能從自己的人生經歷中倍感親切地認識和理解魯迅的道路！茅盾又是和黨一起誕生的中國現代文學史上第一個黨員作家和理論批評家，當然更易於站在歷史的高度，從革命發展中來評價魯迅的革命道路和戰鬥精神的巨大意義。

茅盾認識和論述魯迅的道路，既注重外在世界的影響，又強調魯迅內在的人格因素的決定性作用。他是按照馬克思主義認識論關於外因是條件，內因是根據，外因通過內因起作用的原則，根據唯物辯證法的發展觀來認識和論述魯迅道路的。這是一條貫串線，儘管茅盾的思想和魯迅的思想同樣隨著中國革命的發展和個人各自的社會實踐也在不斷發展，不同時期認識的全面性和眞理性有所差異，但這條紅線卻或隱或顯、始終貫穿著茅盾的魯迅觀。

茅盾接受日本革命作家竹內次郎對魯迅的崇高評價：「魯迅是東方一位最偉大的作家，而且像每個偉大作家一樣，也是一位偉大的思想家。」〔註 12〕他認爲「如果把魯迅和羅曼‧羅蘭相比較，很有相同之處。」羅曼‧羅蘭談他的人生旅途是「從巴黎走到莫斯科。我已經走到了。這個旅程並不平順，然而完結得很好。」「魯迅也經驗過『寂寞和空虛』的重壓，而魯迅的『旅程』好像比羅曼‧羅蘭的更爲艱苦，因爲他不但背負著三千年封建古國的『因襲的重擔，肩住了黑暗的閘門』，而且還得和近百年的半殖民地社會所形成的『買辦文化』作鬥爭。」〔註 13〕因此茅盾特別強調魯迅思想發展的艱苦性、長期性、複雜性和自覺性。他注意到自魯迅誕生前 40 年的鴉片戰爭到蘇聯十月革命發生不久的中國歷史發展的分水嶺「五四」運動，這長期革命變革過程對魯迅的種種影響；注意到從西歐資產階級民主主義思想到隨著十月革命在中國廣泛傳播的馬克思列寧主義的思想影響；他重視魯迅接受外界影響時注意實踐體驗，注意獨立思考，認眞，踏實，經過充分檢驗才肯接受，一旦接受就堅定不移，始終不渝的種種特點；同時也強調魯迅思想發展內在的個人因素：「第一，是他觀察的深刻與透徹；第二，是他對人類的熱愛與悲憫；第三，是他的從偉大的人格所發出來的一生的戰鬥工作，最後，第四，是他把以上

〔註12〕《一口咬住……》，原載上海英文雜誌《中國呼聲》第 1 卷第 18 期，1936 年 11 月 1 日，譯載於 1981 年《文藝報》第 18 期。

〔註13〕《魯迅——從革命民主主義到共產主義》，《人民日報》，1959 年 10 月 20 日。

三點融合在他的天才的藝術創造之中。」〔註14〕茅盾把這條道路概括爲：「書香人家的子弟，幼誦孔孟之言，長習聲光化電之學，從革命民主主義走到共產主義：魯迅所走過的這樣的道路，使我想起了我們的許多前輩先生。這是中國的愛國的知識分子經過事實的教訓以後所選擇的道路。」〔註15〕茅盾以1927 年作爲魯迅思想發展的分水嶺。他把此前的魯迅思想概括爲革命民主主義。並把其具體內容概括爲三大特徵：「偉大的愛國主義者」，「革命的人道主義者」，「反帝國主義和反封建的戰士。」〔註16〕其實，茅盾自己所走的，也是這樣一條路，不過他有幸經歷社會主義新階段。

　　茅盾深刻地指出魯迅的「革命愛國主義思想」的形成始自本世紀頭幾個年頭，它早於以「五四」運動爲標誌而成爲文學家、思想家和革命家的魯迅思想，它作爲其思想胚芽主宰著魯迅早期的文學活動。至於他的人道主義思想，則經過了一個不斷追求的、由量變到質變的過程。在中國現代史和文學史上，人道主義是個重要的複雜的極有敏感性的問題。茅盾的高明之處在於，他結合著魯迅的實際情況和當時的歷史條件作了比較分析和階段分析。他毫不掩飾地承認魯迅早期倡導的是以「個性解放」爲核心的資產階級的人道主義。他承認魯迅 1903 年在日本開始探求的「最理想的人性」和爲此提出的三個相關聯的問題：「(1)怎樣才是最理想的人性？(2)中國國民性最缺乏的是什麼？(3)它的病根何在？」茅盾以爲這思想是屬於資產階級範疇的。他也不否認直到 1907 年魯迅提出的「所謂『非物質』即是『反對偏重物質文明』；所謂『重個人』即是『要求思想解放』」〔註17〕既有其反封建的進步意義，也有其受尼采思想影響的消極因素。但從「五四」運動起，此後魯迅的人道主義思想的性質卻逐漸地發生變化。

　　十月革命之後馬克思主義在中國的傳播使之和「五四」運動的徹底的反封建的精神在當時社會思潮中得到結合，它也必然在魯迅的思想裡得到結合。而魯迅的革命人道主義精神和徹底的反帝反封建的革命民主主義思想一旦獲得了馬克思主義的因素，情況就大爲改觀。在「五四」以後儘管它暫時

〔註14〕《精神的食糧》，原載於日本《改造》雜誌第 19 卷第 2 號，1937 年 3 月 1 日，譯載於《人民日報》，1981 年 9 月 23 日。

〔註15〕《魯迅——從革命民主主義到共產主義》，《人民日報》，1959 年 10 月 20 日。

〔註16〕《魯迅——從革命民主主義到共產主義》，《人民日報》，1959 年 10 月 20 日。

〔註17〕《學習魯迅翻譯和介紹外國文學的精神》，見《茅盾近作》，1977 年 7 月 8 日。

還是次要的因素，但這是起決定作用的因素，而且從「五四」到大革命，中間以「五卅」前後作爲轉捩點，馬克思主義因素逐漸由次要地位轉化到起支配作用的主導地位。因此茅盾特別看重它！

他懷著欣喜的心情關注著它在魯迅的揭露「國民性」的偉大努力中所起的作用。茅盾也看到由於有了馬克思主義的因素，魯迅的人道主義思想中逐漸出現了前所未有的新質。那就是：第一，魯迅揭露國民性的出發點，不同於西歐的人道主義者所追求的「人性的復歸」，他的出發點是人性的改造。其二，魯迅在鞭撻剝削階級身上的、以及在其影響下部分勞動人民身上所表現的「國民劣根性」之同時，還目光四射地在勞動人民身上甚至在革命的知識分子身上尋求人性美和反抗精神，其終極目的在於：多方面發掘革命的動力；到了後期，他終於發現了「地火」，挖掘出從古至今一而貫之的「中國的脊樑」所體現的那種美好的精神。

茅盾發現，即或在早期的魯迅的人道主義思想裡，也是有階級界限、並作了階級分析的。因此茅盾論及魯迅的人道主義思想時，也作同樣的甚至是更爲深刻的階級分析，從而劃清了革命人道主義和資產階級人道主義思想的階級界限。茅盾指出：魯迅對勞動人民的態度和對剝削階級的態度顯然不同。「他愛的是被侮辱者與被損害者，他憎恨的是剝削者和壓迫者。」茅盾認爲：「這樣的『仁者』也一定是偉大的愛國主義者」。〔註18〕他能夠看到歷史的趨向是前進的。顯然，魯迅思想具有視野開闊、一向往前看的特點。這裡邊決不僅僅是進化論在起作用；更重要的是十月革命以來蘇聯的社會主義影響和馬列主義在中國的傳播使魯迅頭腦中具有了明顯的革命理想主義的因素。茅盾清醒地看到這點，並把魯迅這種被革命理想主義充實了的人道主義思想和高爾基的革命人道主義思想作了對比。茅盾發現，「他們倆是相似的」。〔註19〕這種相似處很多，茅盾著重概括了兩點：其一是著眼於高爾基所說的在「人的價值，人的莊嚴，人的力量」之下「建成了新一代人的教養和成長。」其二是既然舊社會制度在人性上留下污點，社會制度改革便成了人性改造的前提。於是魯迅的反帝反封建的徹底革命精神及其人道主義精神匯合爲一，而通向了高爾基的革命人道主義，也就是無產階級人道主義，用今天的語言來表述，便是社會主義的人道主義。當然茅盾也指出了魯迅的不足：它還沒有

〔註18〕 《魯迅——從革命民主主義到共產主義》，《人民日報》，1959 年 10 月 20 日。
〔註19〕 《論魯迅的小說》，香港《小說月刊》第 1 卷第 4 期，1948 年 10 月。

完全擺脫唯心史觀的樊籬，其表現一個是「沒有指出社會制度的改革是基本的前提」〔註20〕，另一個是把人民群眾身上的因襲的重擔看得過重，對落後群眾面估計過大，對先進的人民力量估計不足。一句話，即或是革命的人道主義，它也只是倫理原則和道德規範，它也無法代替馬克思主義的世界觀，和通過階級鬥爭實現無產階級專政的社會革命觀。而前期魯迅由於還沒有確立這樣的世界觀，也就不能把握革命發展的基本規律。

茅盾清醒地指出：面對曲折複雜、充滿反覆的中國革命現實，僅僅從改造人們的精神的途徑尋求變革的途徑，顯然是不夠的，而且是不可能的。因此魯迅常常陷入思想苦悶期。這是資產階級民主主義思想家、革命家常常會經歷的。他的個人苦悶反映了時代的苦悶。實際上，偉大的革命先行者的這種思想歷程，也是一面歷史的鏡子，它反映了由從事思想革命到從事經濟和政治的社會制度的革命，由著重改變上層建築，到致力於改變經濟基礎特別是改變生產關係這一歷史的進程。魯迅正是通過了這一歷程，才完成了從革命民主主義到共產主義的飛躍，建立了唯物史觀。

辛亥革命的失敗，和「五四」運動的退潮，導致魯迅兩次苦悶的來臨。茅盾作了深刻比較之後發現，這兩次苦悶期由於時代不同，魯迅當時的思想狀況和社會實踐經歷不同，它們「性質上有相同之處，而也有不同之處。相同之處，在於他把『五四』運動右翼分子的日趨反動，以及本來反對『五四』運動的人們那時也掛羊頭賣狗肉，企圖篡奪領導權等等這些事實，和他所目擊的辛亥革命時期的敗象，加以比較，因而痛切地感到『世道仍然如此』的悲哀。」「而不同之處，則在於他也目擊著或至少感覺到動蕩的時代中有一股頑強的潛流，『好像壓於大石之下的萌芽一樣，在曲折地滋長』，在於他自己的思想中除了素所信奉的進化論以外，又『擠』進了新的東西──階級鬥爭的理論以及第一個社會主義國家的出現。這不同之處，標誌了魯迅思想的發展。而反映了他的這一時期的思想鬥爭和憤激的情緒的，便是《野草》。」〔註21〕

在茅盾看來，魯迅的苦悶和他的希望與追求，這是對立統一的。一方面他對不斷分化的革命隊伍中的舊的、假的成分的現形表示慶幸，慶幸之餘也帶來一定程度的孤獨感；這種分化使他深深地失望。另一方面，他也逐漸發

〔註20〕　《論魯迅的小說》，香港《小說月刊》第 1 卷第 4 期，1948 年 10 月。
〔註21〕　《魯迅──從革命民主主義到共產主義》，《人民日報》，1959 年 10 月 20 日。

現了自己並未認識或者估計不夠充分的力量，特別是從國內看，他目睹了中國共產黨領導下的工農革命彼伏此起，前仆後繼，艱苦卓絕的鬥爭顯示了中國革命的主流；從國際看，十月革命後社會主義蘇聯取得的輝煌成就顯示出共產主義的燦爛前景。他終於打消了懷疑，確立了「唯新興的無產者才有將來」的信念，他把共產主義作爲中國革命的前景來追求。

茅盾特別強調魯迅思想轉變的特別環境：他是在革命遭受挫折並進入低潮時轉變爲共產主義者的，而且一旦確立了政治信仰之後就從未動搖。這和那些曾經唱足了高調在革命低潮期卻落荒而逃者形成了鮮明的對比。這是因爲魯迅接受馬克思主義世界觀是在長期的艱苦探索、不斷實踐不斷檢驗中，經過實際檢驗和親身的體察才建立起來的。對他說來這不僅僅是理論，而且是實踐經驗。把握魯迅思想發展的這一實踐性特點，驗證了茅盾研究魯迅的一個非常正確的基本出處點：思想影響較之社會實踐畢竟是第二位的。在這裡，魯迅的世界觀和茅盾的魯迅觀，都以實踐第一性作爲前提，而顯示出共同點。

於是，茅盾把魯迅總結的實踐經驗當作一個普遍性的命題：「魯迅曾屢次強調指出：小資產階級出身的作家如果不在實際鬥爭生活中經過鍛煉，就不可能獲得無產階級的思想意識，不可能改變他的小資產階級的根性。」〔註22〕這是一切知識分子必經的歷史道路。因此，魯迅的道路就成了知識分子必須經過的歷史必由之路。可貴之處在於，魯迅「不肯以耳代目，在未有深刻的認識以前就有所表示，這和他『後來又由於事實的教訓』而堅定其信念的精神，是一致的。」這「一致」統一在魯迅思想發展的突出特點上：「它的客觀實踐性。」這也是偉大的務實精神。

茅盾還特別看重魯迅的另一個特點：嚴於解剖自己的精神。「他常常說，『積習難忘』；又說，他雖然經常無情地解剖別人，但是經常更無情地解剖自己。他不信世界上有人能於旦夕之間，聽過一次講演、看過一二本書，就從非工人階級的思想意識轉變爲工人階級的思想意識。」這是魯迅的「親身的長期體驗。」因此他「比同時代的人更能認識到自我思想改造的長期性和艱苦性」。〔註23〕茅盾並未看輕學習馬列主義和黨的教育與幫助這兩個外因，茅盾也不只一次談到它們。但茅盾同時又強調這兩個外因只有通過魯迅親身實

〔註22〕《魯迅談寫作》，《人民日報》，1951年10月19日。
〔註23〕《魯迅——從革命民主主義到共產主義》，《人民日報》，1959年10月20日。

踐的檢驗，通過魯迅嚴格批判自己的自覺行動，才能在量變到質變過程中發揮能動作用。茅盾對這些基點的強調和看重，其實又是以他個人的思想發展歷程的深刻體驗爲基礎的。茅盾學習馬克思主義和接受黨的教育與幫助，較魯迅爲早，而且也更爲直接。他甚至在建黨伊始就成了共產黨員。但他世界觀的質變卻在其後，而且晚了好幾年，而且還出現過 1927 年的思想反覆；這反覆較魯迅的苦悶期更劇烈，搖動的幅度也更大。俗話說：智謀之士，所見略同。茅盾和魯迅在思想轉變上持同一「見」解，皆因他們的「智謀」是在痛苦的實踐中取得的，又怎能不具備紮紮實實的特點呢！

茅盾指出：「要善於學習魯迅，必先明白魯迅思想發展的道路。」〔註 24〕這是茅盾的經驗之談。從 1927 年寫《魯迅論》時強調魯迅在「老實不客氣的剝脫」世人之同時也「赤裸裸地把自己剝露了給世人看」始，到茅盾晚年寫《學習魯迅翻譯和介紹外國文學的精神》這一長文，強調魯迅的譯介工作「表現了始終一貫的高度的革命責任感和明確的政治目的性」終，茅盾是把魯迅的徹底革命精神和嚴於解剖自己的精神提到無產階級必須在改造客觀世界之同時改造自己的主觀世界的高度來認識的。正是在這裡，茅盾找到了魯迅精神的一貫性；找到了魯迅打擊敵人、教育人民和改造自己的一致性；找到了「魯迅思想發展的道路」和他終生爲之奮鬥的反帝反封建的革命事業的一致性。茅盾在魯迅思想發展與戰鬥生涯的宏觀研究上所達到的這一高度和辯證法深度，至今我們的重視和評價、學習與效法，都還很不夠！

學習和發揚魯迅精神是茅盾的魯迅觀的重要出發點。在他看來，「魯迅精神」是我們「行動上最可貴的指南針！魯迅先生的偉大的人格與堅卓的事業始終給予我們以勇氣，以光，熱，力！」茅盾認爲：「『魯迅精神』如果可以用一句話來代表」，那就是「一口咬住了不放」〔註 25〕的「韌性」戰鬥精神。用魯迅自己的話說，就是「對於舊社會舊勢力的鬥爭，必須堅決，持久不斷」。茅盾對此加以引申：「『凶猛的闖將』而又能韌，這才是眞正的戰士。」他總結了魯迅能成爲這樣的「眞正的戰士」的原因。茅盾仍然從辛亥革命以來特別是「五四」以來魯迅的長期革命實踐中找根據，他發現魯迅「諄諄以韌戰爲言，是針對著文壇的一些現象的。」「每當政治社會發生變動，青年們意氣

〔註 24〕《學習魯迅與自我改造》，《人民日報》，1949 年 10 月 19 日。

〔註 25〕《以實踐「魯迅精神」來紀念魯迅先生》，香港《立報・言林》，1938 年 10 月 19 日。

洋洋，認爲『明天便要完全不同』」時，魯迅便警告說：「不要笑得太早」。「因此被譏爲『悲觀』」。但「當譏笑者遇到了頓挫而消極的時候，魯迅先生卻在堅韌地鬥爭下去！」於是茅盾發出號召：我們必須「謹記而且溫習這一遺範——韌性的戰鬥。」〔註 26〕聯繫到茅盾在《幻滅》、《動搖》、《追求》中對小資產階級革命青年搖擺性的生動而深刻的描寫，不難理解兩個偉大的作家和思想家爲什麼在這一點上特別容易發生共鳴。茅盾說得好：「我們需要堅守崗位，從容不迫的韌性的戰士！」「只有對於最後勝利有確信，而又能夠正確地估計到當前的困難的，方始能作韌戰。」〔註 27〕

茅盾把魯迅的這種「韌戰」作兩方面的剖析。首先「是他的戰鬥精神」。包括以下三點：一是「奮力搏擊」的持久性。「一口咬住就不放！」二是「對準敵人的要害投戈一擊」的準確性。三是「叭兒狗非打落水中又從而打之不可」的徹底性。這三點合起來構成一面：魯迅的戰鬥精神。茅盾剖析的另一方面是韌戰的策略。茅盾也總結出三點：一是戰前的充分準備：研究的透徹，理解的成熟，瞅準要害與弱點然後出擊。因此，即或寫「千把字的雜感」，也能「閃耀著他的豐富的學識，深湛的修養，和縝密的觀察」。二是戰時的清醒與韌性。「他反對輕率躁進」，他「主張有計劃地進攻，主張韌戰的」。三是注重實戰的效果。「他反對憑血氣之勇的『赤膊上陣』的戰術」，「他主張看清了地形，找好了掩護，然後沉著接戰。」〔註 28〕魯迅把「沉著接戰」和韌性戰鬥「配合起來」的目的是兩個：既要消滅敵人，又要保全自己。二者統一，才是魯迅的韌戰精神和韌戰策略的實質。

魯迅這種韌性戰鬥精神的現實針對性，一方面是敵人的頑固與狡猾，一方面是敵我雙方都有人鼓吹的所謂「恕道」和「中庸之道」。他們內外配合夾擊魯迅的韌戰精神。茅盾當然要挺身而出保衛魯迅。茅盾同樣也有他的現實針對性。他針對魯迅逝世後國難當頭的新的現實，他以宣傳魯迅的韌戰精神來抨擊敵我雙方持「中庸」論調的人。他駁斥所謂魯迅「太不能容人」的謬論；對抗戰以來打出「國難當前，大家應當互相寬容啊」的招牌者的險惡用心作了毫不留情的剖析。茅盾以極爲讚賞的語氣說：「魯迅先生一生就與這些僞裝的大公無私的第三者，一手在打人而滿口主張『寬容』的『正人君

〔註 26〕　《韌性萬歲》，《文藝陣地》第 2 卷第 1 期，1938 年 10 月 16 日。
〔註 27〕　《韌性萬歲》，《文藝陣地》第 2 卷第 1 期，1938 年 10 月 16 日。
〔註 28〕　《學習和研究魯迅》，《文學》第 7 卷第 6 號，1936 年 11 月 12 日。

子』，以及氣概非凡的儼然的戰士，作過無數次的鬥爭；他堅決地說：『不能寬容！』」茅盾認爲我們從魯迅著作中既要學習「如何去對付那些『寬容不得』的人」，又要學習「如何去分辨出哪些人不能和他們講寬容。」〔註29〕茅盾精闢地概括爲五個「決不」：「他對於敵人決不寬容；對於巧妙地掩攏著敵人的人，也決不寬容；對於居心混淆『是』『非』界限的人，也決不寬容；對於披著各種僞裝來欺世欺人引誘青年的傢伙，也決不寬容；對於翻雲覆雨，毫無操守，而偏偏儼然自居的丑角，也決不寬容！」不寬容又怎麼辦？魯迅有「他的戰術，一是攻刺，二是剝露。」〔註30〕具體的武器用諷刺，也用幽默。但這又不僅僅是「歐美人」所作的皮毛的理解，說魯迅是「諷刺家」和幽默家。對此茅盾說得好，魯迅「不僅僅是一位諷刺家」或幽默家；因爲他首先「是一個『一口咬住就不放』的人」〔註31〕。

　　以上所述雖僅是茅盾的魯迅觀中關於其思想發展和戰鬥精神的幾個要點，但也足可以證明茅盾透闢地把握了魯迅的思想體系。迄今爲止這是較爲系統較爲充分的論述。茅盾不愧是魯迅的知音。魯迅有知，當欣慰地說：「知我者，茅盾！」

（三）

　　對魯迅文藝思想和文藝創作的精湛理解，構成茅盾的魯迅觀的最重要的部分之一。茅盾所作的考察依據這樣兩個前提：魯迅的文藝思想和創作實踐，是對立的統一，是同一問題的兩面。他的創作實踐經驗的昇華是構成其文藝思想的基本因素；反之，他的文藝思想又指導和制約著其創作實踐。另一個前提是：魯迅的時代決定並制約著他的思想和創作，因此，隨著時代與現實生活的不斷發展，也推動著其創作的發展；反之，他的文藝創作又是現實生活的反映，並且是能動的反映，因而他產生著巨大的反作用。這兩個前提決定了茅盾採用比較的方法從發展中研究魯迅的創作，把他的創作與其時代（寫作的時代和作品所反映的時代）作比較；把他的文藝創作與文藝思想甚至政治思想作比較。這一切保證了茅盾研究成果所達到的綜合性、系統性。因此茅盾也就較充分地把握了規律性，使他的魯迅創作研究成果「立體」地反映

〔註29〕　《「寬容」之道》，《文藝陣地》第 2 卷第 1 期，1938 年 10 月 16 日。

〔註30〕　《「寬容」之道》，《文藝陣地》第 2 卷第 1 期，1938 年 10 月 16 日。

〔註31〕　《一口咬住……》，原載上海英文雜誌《中國呼聲》第 1 卷第 18 期，1936 年
　　　　　11 月 1 日，譯載於 1981 年《文藝報》第 18 期。

出魯迅的全人和其創作的全貌與精神。

從這個基本點出發，茅盾開宗明義地指出：「魯迅毫不隱蔽他的作品的政治傾向性，和為當時的政治服務的目的性」，魯迅宣稱他寫的是「遵命文學」，「就是遵革命之命的文學，也就是反映了人民鬥爭和時代精神的文學。文學是革命鬥爭的武器之一，魯迅最善於靈活地運用這個武器從多方面來為革命的政治服務。」〔註32〕今天看來，茅盾的這個提法自有不合乎當前所提口號「為人民服務，為社會主義服務」的地方，但茅盾的提法在當時是個真實的歷史現象，而且也反映了當年魯迅的文藝思想與文藝創作的實際情況。

茅盾最珍視的是魯迅小說徹底的反封建的戰鬥精神和「揭除病苦，引起療救的注意」的現實主義教育意義。他理解魯迅，清醒而深刻地估計了魯迅小說批判性主題的廣闊視野和歷史深度。準確地把握這為數不多、以質取勝的作品思想的一貫性，和主題的多樣性，以及不同作品挖掘和表現共同主題的獨特性。他認為《狂人日記》「主題絕不含糊而戰鬥性異常強烈」的表現是：一、猛烈反對「人吃人」的社會制度；二、雖然人人互吃；心思卻不一樣；三、預言將來容不得吃人的人，並大聲疾呼「救救孩子」！茅盾把這篇小說視為魯迅創作的反封建總序言，「標誌了中國近代文學，特別是小說的新紀元，也宣告了中國的現實主義文學的發軔」〔註33〕。茅盾的評價如此之高，並非他對此有什麼偏愛，而是基於小說從制度上著眼所作的猛烈抨擊，動搖了幾千年來統治中國的封建思想體系，無情地揭出「封建思想和帝國主義文化侵略所造成的『國民性』痼疾。」〔註34〕它所打擊的是中國封建社會的總體！（這實際上是《吶喊》、《彷徨》甚至《故事新編》的總主題。）此後各篇則是魯迅把槍口對準各個角度作連續的攻擊。《故鄉》的中心思想是悲哀那人與人中間的不了解，隔膜。造成這不了解的原因是歷史遺傳的階級觀念。」「作者對於將來卻不曾絕望」，他堅信「走的人多了，也便成了路」，這也是魯迅盼望的新生活理想。〔註35〕《藥》的意義更為深遠而痛切。」「在這裡，魯迅的悲憤是雙重的。他既痛心於民眾之受封建思想的毒害而未

〔註32〕 《在魯迅誕生八十周年紀念大會上的報告》，《人民日報》，1961年9月26日。

〔註33〕 《論魯迅的小說》，香港《小說月刊》第1卷第4期，1948年10月。

〔註34〕 《魯迅——從革命民主主義到共產主義》，《人民日報》，1959年10月20日。

〔註35〕 《評四五六月的創作》，《小說月報》第12卷第8期，1921年。

覺醒，也批評了當時（辛亥革命前夕）的革命運動之脫離了民眾。」「而要使群眾接受革命思想，就先得打開他們思想上的枷鎖」，「改變他們的精神。」〔註36〕正是對魯迅這一總的創作意圖，亦即對他從事啟蒙運動總的精神有著深切的理解，使茅盾對此特別重視。而且，當時作為現代文學史上第一個黨員作家的茅盾，又是從中國革命的歷史高度看問題，自覺地用評論來引導文藝在革命軌道上奮進；所以茅盾理所當然地看重發動農民運動和啟發農民覺悟的問題。這就可以理解為什麼在魯迅小說評論中他把最多的筆墨奉獻給魯迅的代表作《阿Q正傳》的基本原因。茅盾論《阿Q正傳》是一個宏大而極端重要的課題，限於篇幅這裡只強調茅盾對阿Q性格的兩個重要側面的研究所作的貢獻。他配合魯迅鞭撻阿Q的精神勝利法，並從階級的分析著眼，指明其根源是在封建士大夫階級及其封建思想體系。茅盾也從中看出阿Q的精神勝利法始於阿Q朦朧的反抗要求，而終結於不得已的屈服。這就和阿Q性格的另一個側面——革命反抗性發生了內在的血肉聯繫。於是在阿Q參加革命問題上茅盾和魯迅達到了一致！到了50年代末，茅盾修改了他關於阿Q是落後農民典型的觀點，認為在當時歷史條件下阿Q是「普通農民、一般農民的典型」。〔註37〕到此為止，茅盾的評論實際遠遠超過了評價魯迅的作品本身，而是描繪出了整個的魯迅前期的思想政治主張和他追求的理想。揭示出在魯迅揭露「國民性」的努力中，體現著挖掘革命動力，抓起啟蒙運動，以構成一個廣泛的群眾的反帝反封建戰線的深謀遠慮！

　　茅盾認為，魯迅的作品是時代的產物，它深深紮根於古老的中國土壤之中。它的鮮明的時代性，深沉、廣泛的社會現實性和普遍概括性，是不容否認的鐵般的事實。任何否定其時代性、現實性和普遍性的觀點，都在茅盾批評反駁的範圍之內。魯迅作品的時代性、現實性和普遍性內容又不是一成不變的，它隨著時代發展和魯迅思想發展及生活閱歷的逐漸開闊而發展變化著；但時代性、現實針對性和普遍概括性則是一條貫穿始終的紅線。茅盾從《吶喊》、《彷徨》的比較研究中精闢地論述了這一點。

　　他認為《吶喊》從中國農村取材，真實地表現出「現代中國的人生」，其間有「封建社會崩坍的響聲，有粘附著封建社會的老朽廢物的迷惑失措和垂死的掙扎」，也有生活在「不知有漢，無論魏晉」的「老中國的暗陬的鄉村」

〔註36〕《魯迅——從革命民主主義到共產主義》，《人民日報》，1959年10月20日。
〔註37〕《關於阿Q這個典型的一點看法》，《上海文學》1960年10月號。

中的「老中國的兒女們。」這一切統一「在攻擊傳統思想這一點上」,「表現了『五四』的精神」。〔註38〕茅盾甚至認為,「如果我們是冷靜地正視現實的,我們也應該承認即在現在,中國境內也存在著不少《吶喊》中的鄉村和那些老中國的兒女們。」〔註39〕「並且以後一定還會常常遇見」〔註40〕。這些話說在1927～1929年。當時毛澤東同志在《湖南農民運動考察報告》中熱情歌頌的農村大變動興起之後又已落潮,但井岡山道路同時也已經開闢。儘管如此,放眼古老而廣袤的中國大地,這畢竟是無可否認的事實。對這些事實和反映這些事實的魯迅小說作如是觀,體現出茅盾和魯迅共同具備的清醒、客觀的唯物主義和現實主義的態度。如果說茅盾的評論還是事後的驗證,寫這些作品時的魯迅為什麼能夠預見?因為在「五四」當時魯迅持這樣的出發點:「作者在一方面雖然覺得那時『新文化運動』的主張未能『徹底』,但另一方面又認定在反封建這點上應給與贊助。」而當魯迅提筆「吶喊」助戰,其立足點就不僅是時代精神,而且首先是雙腳踏在現實生活和祖國大地上的。在這裡時代性和生活真實性成了魯迅作品的藝術真實性的可靠基礎。生活發展的歷史規律性自然也就寓於其中;而規律的再現,當然經得起時間的檢驗。

茅盾還肯定《吶喊》的狂飆突進的衝鋒精神。它反映著在革命高潮中,即或冷靜如魯迅,也不免受到革命熱潮的衝擊和革命氛圍的感染。茅盾也不為賢者諱,反之他尖銳地指出《吶喊》的不足:從廣度看,它沒有寫出「都市中青年們的心的跳動」。從深度說,它「沒有反映出『五四』當時及以後的刻刻在轉變著的人心。」〔註41〕從這個意義上說,茅盾覺得《彷徨》前進了一步。如果說《吶喊》是進軍途中助戰的擂鼓,《彷徨》則是鏖戰之後重整旗鼓以利再戰的閱兵。它帶著深沉的思索,飽和著痛定思痛的教訓。表面看似乎冷落了激戰時的意氣;但透過那悲涼的氛圍,就感到更為堅定、深沉、更加執著、堅韌的風骨。《彷徨》也「大都是描寫『老中國的兒女』的思想和生活」,以便使我們「凜凜地反省自己的靈魂究竟已否完全脫卸了幾千年傳統的重擔。」〔註42〕所以開篇的《祝福》裡祥林嫂就提出挑戰性的問題:人死了

〔註38〕 《讀〈倪煥之〉》,《文學週報》第8卷第20期,1929年5月4日。

〔註39〕 《讀〈倪煥之〉》,《文學週報》第8卷第20期,1929年5月4日。

〔註40〕 《魯迅論》,《小說月報》第18卷第11期,1927年11月。

〔註41〕 《讀〈倪煥之〉》,《文學週報》第8卷第20期,1929年5月4日。

〔註42〕 《魯迅論》,《小說月報》第18卷第11期,1927年11月。

究竟有沒有靈魂。《離婚》表面好像熱情歌頌敢碰宗法制度的反抗女性愛姑，茅盾則獨具慧眼，認為小說的主題是：「敵人之所以還有力量，由於人民之尚信它有力且對於自己的力量無信心。」〔註 43〕茅盾說魯迅「對於那時的革命力量沒有作過無條件的過高估計」，同樣，對敵人「他也並沒把它估計過高，他不止一次指出，敵人的殘暴是由於它感到了力量削弱而命運不久。」〔註 44〕於是在《彷徨》寫作期中，魯迅理所當然地關注人民群眾對敵鬥爭中的主觀態度；於是茅盾欣喜地告訴我們：「《彷徨》突破了《吶喊》，「表現了『五四』時代青年生活的一角」——這是經歷過「五四」運動洗禮的下一代的「老中國的兒女們。」「但是我們聽到的，不是被壓迫者的引吭的絕叫，而是疲茶的婉轉的呻吟」〔註 45〕；《傷逝》和《幸福的家庭》從主人公幻滅的悲哀中著重指控了反動的經濟制度，表明魯迅的目光從上層建築轉向了經濟基礎，這是一個很大的進展！《在酒樓上》和《孤獨者》則從主人公幻滅的悲哀中探索什麼是革命青年應持的態度和應走的道路。茅盾認為在革命低潮期面對統一戰線的分化的魯迅肩起了更重的擔子：「社會的力量需要有人引導！」對上述四篇小說所寫的「這樣的人們」，魯迅有鞭撻也有鼓勵。因為他們「將是革命工作者和組織者」〔註 46〕。魯迅不信也不允許他們永遠這樣，作家滿腔熱情地激勵他們總結教訓，振作精神，奮起前進！這一切反映了「五四」落潮期的生活真實和時代特點，體現出中國革命任重道遠，所以急需倡導堅韌不拔、持久抗爭的時代精神。「路漫漫其修遠兮，吾將上下而求索。」這就是《彷徨》和《吶喊》一而貫之的精神。

如果用「波」來比喻「五四」前後，那麼《吶喊》和《彷徨》分處於波峰和波谷。「峰」和「谷」有區別也有聯繫，其連續性和一致性，首先是由魯迅的革命民主主義思想和魯迅作品所反映的時代生活制約著的。魯迅深深了解中國是封建制度統治了兩三千年的古老的大國，要在這個廢墟上建立新社會，確立新制度，不清理廢墟不行；不清除舊東西，新社會、新制度難以確立；即便建立起來也難以長期紮根。魯迅自覺地擔當革命的清道夫的重任，茅盾深深地理解魯迅。能這麼看待和評價魯迅小說的，當時文壇上沒有幾個

〔註 43〕《論魯迅的小說》，香港《小說月刊》第 1 卷第 4 期，1948 年 10 月。

〔註 44〕《論魯迅的小說》，香港《小說月刊》第 1 卷第 4 期，1948 年 10 月。

〔註 45〕《魯迅論》，《小說月報》第 18 卷第 11 期，1927 年 11 月。

〔註 46〕《論魯迅的〈吶喊〉和〈彷徨〉》，《文藝新哨》第 1 卷第 5 期，1942 年 6 月15 日。

人，只有青年們比較敏感，他們從社會各個角落鼓起熱烈的掌聲！反之，連一向以鼓吹革命文學相標榜的創造社、太陽社的理論家們，也在魯迅小說的時代性和現實性以及其教育意義的普遍性上持否定的態度。敢於公開站出來糾正駁難他們的，茅盾幾乎是唯一的人！因爲他和魯迅都站在時代的制高點，同時又在中國社會底層深深紮根。茅盾當時又是傑出的黨員理論批評家。革命事業使他自覺地站在引導革命群衆運動和文藝運動的立場上，用文藝批評的武器促使文藝事業健康發展、順利前進。從這個意義上講，他又是魯迅創作道路上的清道夫。共同的基點連結著他們。何況他們還有藝術上的共同點，因此茅盾又從現實主義角度來評價魯迅！

由於茅盾和魯迅都是經歷了從「文藝爲人生」到「文藝爲無產階級和工農大衆」的創作思想的轉變，又共同倡導現實主義創作原則與方法，茅盾對《吶喊》、《彷徨》創作方法的理解當然就分外深切。如前所說，茅盾最早提出了這樣的見解：《吶喊》與《彷徨》既屬於批判的現實主義，又有別於西歐的批判的現實主義，「我們有理由說它是中國的社會主義的現實主義文學的先驅」。這個見解體現了辯證法的發展觀點。在茅盾看來，魯迅小說屬於批判現實主義的原因在著重於揭露黑暗而不能具體指出光明的前景；其區別性則在於魯迅不像西歐批判現實主義者那樣「據過去以批判現實。」魯迅對資本主義不存在幻想，他的目光看到較此更遠的未來。儘管這未來還較朦朧，但和十月革命展示的前程相通，因此說它是「中國的社會主義的現實主義文學的前驅」，茅盾認爲是「有理由」的。何況到了《故事新編》，「批判的範圍較之前二書爲廣闊，而且時時閃爍著『積極的（動的）浪漫主義』的光芒。」〔註47〕茅盾這裡作了精闢而獨到的理論分析，但卻未完成理論的概括。面對這介於批判現實主義和社會主義現實主義之間的魯迅小說那獨特的現實主義，茅盾也並未正名。歷來學術界對此說法不一，稱之爲清醒的現實主義、戰鬥的現實主義等等。當然也有稱「革命的現實主義」的，這導致了概念的交叉或混淆。大量事實證明，在文藝思潮發展史過程中，中國有許多區別於外國的獨特性。與此相適應，我們的文藝理論也有獨特的內容，應該採用獨特的範疇。把西方的文藝思潮現象及其理論概括和相應的範疇引進中國，有的適合，有的並不適合，有的則難以包括和概括。魯迅小說的現實主義就屬於這種情況，有待於我們努力探索。不過迄今爲止這仍然屬懸而未決的問

〔註47〕《論魯迅的小說》，香港《小說月刊》第 1 卷第 4 期，1948 年 10 月。

題，我們的腳還踏在當年茅盾奠定的基石上。

當然，魯迅的現實主義發展得尚不充分，如果他不是過早地殞落，如果共產主義者魯迅還能繼續其現實生活題材的小說創作，他勢必通向革命現實主義或社會主義現實主義。茅盾也遺憾於魯迅現實題材小說創作的中斷。並指出其難以爲繼的原因：緊迫的戰鬥需要使他「忙於寫雜感」，險惡的政治處境又使他失去「接觸新生活的自由」。〔註48〕魯迅又一貫堅持「創造的基礎是生活經驗」〔註49〕的原則，沒有生活魯迅也難於創作，這造成了中國現代文學史上永久的遺憾！

論及魯迅創作的藝術風格，茅盾也是對照著魯迅的文藝思想來研究的。因爲「魯迅自己的作品也證明了他是能夠十分完善地實踐他的理論的。他的小說和論文，都有獨特的風格。這風格正是在中國文學的優秀傳統的基礎上，吸取了外國的優秀文學的精華，通過他個人的氣質而形成的。」因此，它是「全新」的，「又完全是民族的」。〔註50〕就是說，魯迅的藝術風格的形成是他對待中外文學遺產的「拿來主義」的文藝理論的具體實踐的產物。「『拿來主義』對於魯迅作品的獨特風格的形成，無疑地是起了重要的作用。」〔註51〕

茅盾論及魯迅的創作個性，既吸取別人概括的「沉默的旁觀」和「老實不客氣的剝脫」所形成的「冷靜」的提法，又指出魯迅不僅剝脫別人，而且更無情地剝脫自己，對人不僅有冷，而且有熱，火熱，熾烈的熱！不過他是寓熱於冷！他認爲，在這種創作個性主宰下，形成了魯迅藝術風格的統一性和風格表現形式的多樣化。「無論是他的小說、雜文、題詞，乃至書信，一眼看去，便有他的個人風格迎面撲來。這種風格，可以意會，難以言傳，如果要勉強作概括的說明，我打算用這樣一句話：洗煉，峭拔而又幽默。」茅盾用比較的方法精彩地概括了這統一風格下的藝術意境的多樣性：「金剛怒目的《狂人日記》不同於談言微中的《端午節》，含淚微笑的《在酒樓上》亦有別於沉痛控訴的《祝福》。」《風波》「在幽默的筆墨後面跳躍著作者的深思憂慮和熱烈期待。」《傷逝》「則如萬丈深淵，表面澄靜、寂寞，百無聊賴，但透過此表面，則龍蛇變幻，躍然可見」。《故事新編》的「八篇亦不相同：例如

〔註48〕 《論魯迅的小說》，香港《小說月刊》第1卷第4期，1948年10月。
〔註49〕 《魯迅談寫作》，《人民日報》，1951年10月19日。
〔註50〕 《魯迅——從革命民主主義到共產主義》，《人民日報》，1959年10月20日。
〔註51〕 《魯迅——從革命民主主義到共產主義》，《人民日報》，1959年10月20日。

《補天》詭奇,《奔月》雄渾;《鑄劍》悲壯,而《采薇》詼諧。」〔註52〕

　　如果說風格的形成是作家思想和藝術上成熟的表現,那麼能夠準確地概括剖析作家作品的藝術風格,則是評論家思想和藝術上成熟的標誌。魯迅和茅盾在思想和藝術上不僅是成熟的,而且達到爐火純青境地。因此,用精闢的語言概括魯迅的鮮明的藝術風格,茅盾顯然舉重若輕,從容裕如!他採用中國自《文心雕龍》和《詩品》以來傳統的概括風格的方法,用精煉的修辭和形象的比喻把「可以意會、難以言傳」的魯迅風格三言五語就說透了。讀來使人發出會心的微笑;微笑的同時,不能不陷入陶醉的沉思中。

　　當然茅盾的魯迅觀內容十分豐富,成功之餘也並非沒有不足。例如,如果在 20 年代茅盾是最早地肯定魯迅雜文思想藝術上的重要價值者,相對說來,30 年代以後對雜文卻較少論及。偶有涉獵,也多是從思想發展和文藝鬥爭角度的立論。對其雜文藝術本身的研究則不夠充分,也有可以商榷之處。但金無足赤,人無完人,偉大如魯迅,尚有不足,我們怎能苛求於他的傑出評論者茅盾呢?

(四)

　　在魯迅研究領域裡佼佼者不乏其人,他們各有自己的魯迅觀。既共同反映了魯迅的偉大面貌,又反映了這些研究者各自的藝術個性。茅盾是魯迅研究領域佼佼者中的佼佼者。他的魯迅觀最接近於魯迅本身。茅盾的藝術個性在其中也反映得相當充分。

　　茅盾的魯迅觀是宏觀研究的成果,體現了茅盾視野恢宏、氣勢磅礴的個性。他充分估計到魯迅是歷史的巨人,恰如其分地放到自舊民主主義到新民主主義的中國革命發展的長河中,顯示其中流砥柱的作用。他充分估計到魯迅是文化發展史的巨人,恰如其分地把他放到中國文明史和世界文明史的悠久源流中,探索其來龍去脈,展示其承前啓後的地位。於是我們面前站立著兩位巨人,魯迅和他的研究者茅盾!

　　茅盾是繼承和發展了人類歷史上唯物論哲學思想精華的傑出理論批評家,他的研究生活中又貫穿著馬克思主義的紅線,他當然能充分認識並且認真學習魯迅的實事求是的精神。他的魯迅觀的方法論特點,就是「好就說好,

---

〔註52〕　《在魯迅誕生八十周年紀念大會上的報告》,《人民日報》,1961 年 9 月 26日。

壞就說壞」的實事求是態度。他也不迴避矛盾，既不迴避魯迅成就之外還存在不足，也不迴避魯迅研究領域中的不同看法。他把這些問題提到對立統一的發展觀和認識論的範圍實事求是地對待。在戰友內部也勇於作有益的論爭。他反對「捧殺」，也反對「罵殺」，他主張立論持平，由於他的實事求是的努力探討，提高了魯迅研究的水平，也樹立了一種優良的學風。

茅盾和魯迅一樣，是形而上學和教條主義的天然的敵人。他們的文藝觀都是以唯物辯證法為靈魂的。因此他考察魯迅作品，是從思想和藝術相統一，內容和形式相統一的觀點立論的。他還善於運用思想分析和藝術分析結合進行的方法，不僅在魯迅研究，而且在一切文藝批評中別開了蹊徑。基於同樣出發點，茅盾較早地運用比較的方法研究魯迅，比較鑑別的顯著成果是真知灼見的形成。於是我們有幸領受偉大的理論批評家研究偉大作家時留下的碩果，這是一筆寶貴的遺產。在魯迅研究史上，這無疑是一座必須仰視的高峰！

在世界文學史上，偉大的理論家和偉大的作家相伴而生的佳話是引人注目的。但這種情況並不多見。在 19 世紀的俄國，隨著普希金、果戈理、奧斯特羅夫斯基等偉大作家一起產生的，有別林斯基、車爾尼雪夫斯基和杜勃羅柳波夫。在 20 世紀的中國，伴隨著偉大的作家魯迅一起誕生的，則是茅盾。不同的是茅盾本人同時又是偉大的作家，其創作成就遠非車爾尼雪夫斯基所可企及。因此他以文學創作的形象思維實踐經驗和馬克思主義理論武器的雙重優勢來研究作家，就能在許多方面超過了古人和外國人。

在振興中華的今天，我們必須進一步樹立民族自信心和自尊心。因此我們要永遠記住偉大的魯迅和偉大的魯迅研究家茅盾！

茅盾的丁玲觀

在中國現代文學史上著名作家與權威理論批評家中，對丁玲的觀察了解為時最久、最完整者，當首推茅盾；在茅盾一生的許多「作家論」著述中，占重要地位、有一定「跟蹤性」研究色彩的，丁玲是比較重要的一位。

丁玲的文學道路及其革命生涯，坎坷很多，悲劇色彩極濃，除了時代的社會的特定環境原因外，其主觀上的特殊基因，關係也甚大。而這些特殊基因，早在 30 年代初，就被茅盾的《女作家丁玲》（1932 年 7 月 15 日《文藝月報》1 卷 2 期）、《丁玲的〈母親〉》（1933 年 9 月 1 日《文學》1 卷 3 期）兩文所把握，並作了較為充分的論述。嗣後《丁玲的〈河內一郎〉》（1938 年 8 月 16 日《文藝陣地》1 卷 7 期）續作點染。到了茅盾晚年，又在長篇回憶錄巨著《我走過的道路》中總其大成。後者限於總體布局（截止到 1949 年）雖未續論丁玲解放後的經歷和創作，但對解放前丁玲及其創作個性特徵，又多有畫龍點睛之筆。所以對丁玲這一特殊基因的主觀內容，茅盾把握得準確而又集中，即：自「五四」始丁玲及其創作始終貼近時代和人民；因此，她不可能脫離社會思潮而避免沾濕；她的道路和她的作品，始終是一位時代女性以大手筆所做的充滿時代性、昂揚著時代精神的時代的剪影。在多歷史曲折與時代坎坷的中國，在將近一個世紀的漫長歷程中，丁玲生活道路的坎坷，帶有歷史的必然性。丁玲適應與改造環境的特徵，在於同步地不斷變革自我與強健自我。它，造就了一位偉大的女性強者。這，幾乎就是茅盾論丁玲時所把握的主調。

本文試圖沿著這個歷史線索，去探索兩位偉大的共產黨人、兩位偉大的文壇巨匠那心的律動、和靈的戰叫。

（一）

　　茅盾考察丁玲的思想嬗變與創作發展，一反其多數情況下「宜粗不宜細」的分期原則，他細緻地把握著微妙的人生觀、審美觀的急劇變化，採用「短截法」作較細的分時期劃階段考察。以致其所劃階段之短，遠甚於目前的幾本丁玲傳記。這就是：一、1928 年以前，取代表作為《夢珂》，《莎菲女士日記》；二、1929～1930 年：取代表作為《韋護》、《一九三〇年春上海》（一）（二）；三、1931～1932 年：取代表作為《水》、《奔》；四、1932 年以後：取代表作為《母親》。此後茅盾專論過丁玲的劇本《河內一郎》，但沒再劃分此後的時期。至此結束了他的跟蹤研究，留下了難以彌補的缺憾。

　　茅盾把丁玲的創作初期界定於 1928 年之前，是因為那時的丁玲及其作品，帶有承襲「五四」時代精神，又有別於「五四」女作家如冰心等；以其陽剛之氣等個性特徵，使文壇耳目一新。這是很有見地的劃分和界定。

　　茅盾把握丁玲的特質，始自對成為作家之前的丁玲的觀察與了解。他們的結識，是在 1922 年丁玲入上海平民女子學校之後。茅盾當時執教於該校，結下了師生情誼。他們的再度相遇，則是 1923 年在上海大學。所以，丁玲兩度做過茅公的學生，先後從師學習英文與小說研究。丁玲當時對茅盾的認識是：「會講故事」，「但是不會接近學生。」「一個比我高大」，「是我佩服的」「但不能平等談話的人。」茅盾感到丁玲性格比較「沉默」；丁玲則「以為不打擾他最好」（《丁玲散文集》236 頁）。及至讀了丁玲的《夢珂》（1927）和《莎菲女士日記》（1927～1928），並經過長達三四年的思考，茅盾寫道：「在謝冰心女士沉默了的那時」，丁玲「以一種新的姿態出現於文壇。」她是「滿帶著『五四』時代的烙印的：如果謝冰心女士作品的中心是對於母愛和自然的頌讚，那麼，初期的丁玲的作品全然與這『幽雅』的情緒沒有關涉，她的莎菲女士是心靈上負著時代苦悶的創傷的青年女性的叛逆的絕叫者。」「是一位個人主義，舊禮教的叛逆者。她要求一些熱烈的痛快的生活。」茅盾這裡主要說莎菲，但差不多也是在說當時的丁玲。那時他當然無從看到後來丁玲關於那時的自己的許多自白性文章，但嗣後問世的那些文章，卻成為茅盾論丁玲的這些文字的歷史客觀性的佐證。

　　茅盾所肯定於丁玲創作初期的，是其既體驗著時代苦悶，又把握著時代黑暗，卻勇敢地喊出反封建的絕叫的青年女性的叛逆精神；而並非其個人主義的盲動與追求。丁玲闖上文壇時，已帶著遠遠超過冰心的相對廣闊而豐滿

的社會體驗。她的「主人公，常常是女人」。(《我的創作經驗》)她所關注的，是自己般的從封建社會中分化出來、承受過「五四」雨露洗禮的小資產階級知識女性的命運。借小說中對她們的描寫，「代替自己來給這社會一個分析」(《我的創作生活》)。這當然比冰心要深刻一層。實際上丁玲一開始就超越了冰心的「第三部曲」。(參看茅盾的《冰心論》)茅盾把握著這個特徵。他把《夢珂》和《莎菲女士日記》作為此期的代表作。我想他實際上已經看出，從夢珂到莎菲，這些女性的性格之間有血緣關係。夢珂是難以苟同醉生夢死、爾虞我詐的上層社會，乍涉社會底層又弱不禁風的前期的莎菲；莎菲是飽經風霜、看透塵世黑暗、已經頗為厭倦、但又未失去追求未來的後期的夢珂。她們出污泥而不染，孤芳自賞但又難以自拔。苦悶和掙扎使其發出「叛逆的絕叫」，但「心靈上負著時代苦悶的創傷」卻難以解脫。她們是經歷「五四」思想解放運動後「夢醒了卻無路可走」的時代女性群中頗有個性特色的一組。在茅盾筆下，特別是《野薔薇》和《宿莽》中，就有這類時代女性典型。她們不同於《蝕》中靜女士、慧女士之經歷了大革命而再度幻滅的這又一種典型。她們的性格內涵中，多了一層革命動盪落下的風霜。茅盾對自己筆下這兩種類型的女性都不滿意。他對丁玲筆下的時代女性，從夢珂到莎菲(更不用說冰心筆下的溫室花朵般的女性了)的人生態度及其發展，當然也不會滿意。因此才作出「個人主義」這一批評性審美判斷。

　　冰心、丁玲和茅盾都屬於文學研究會所代表的「為人生」而藝術的現實主義派。其不同處是其思想境界與創作個性有明顯的差異。儘管如此，也掩蓋不了他們和他們的二十年代的作品異中有同。他們和他們筆下的時代女性，有的是孿生姐妹；有的是堂兄堂妹；有的則是表兄妹。這也許因為藝術品的產生取決於時代精神和周圍的風範。何況他們都是走在「為人生」的現實主義道路上的同路人。

(二)

　　經歷了大革命的興起與失敗，處在國際共產主義運動深刻地影響中國、中國共產黨人在慘敗中踏著血迹捲土重來的革命轉折期，丁玲和她的評論家茅盾，都在跟蹤革命變革之同時，深刻地改變著自己。茅盾推出了《虹》，丁玲則推出了《韋護》和《一九三○年春上海》之一和之二。1929年至1930年這兩個年頭，丁玲和她的評論家相應地都產生了突變。其總體趨勢，是走出

了思想苦悶的低谷，勇敢地匯入左翼文藝隊伍，與無產階級革命文學的大潮中去。在他們筆下的人物，自然也跟隨著作家，找到一條新生之路。

丁玲創作的第二期（1929～1930），大體上也和茅盾同步。

茅盾對丁玲本時期的總體審美判斷，是開始投入「正在勃發」的「普羅革命文學運動」中去，其標誌則是以「革命與戀愛」的「流行」題材與主題，取代了其初期的「女性的精神苦悶」的描寫。茅盾看到了這一發展建立在原有基調的連續性上。《韋護》的女主角麗嘉雖以丁玲的好友王劍虹為原型，但其「思想性格，多少有些和莎菲女士相像。」所似者何？我以為在：也「是一位個人主義，舊禮教的叛逆者。」「她要求一些熱烈的痛快的生活；」不同者何？其一在她那「浪漫的情熱」遠超過莎菲，卻基本擺脫了莎菲那憂鬱的氣質，她老到而深沉；她的朝氣也要大得多。其二則是她逐步擺脫了無政府主義的狂熱，由反對「康敏尼斯特」，到不反對以至同情，終於在韋護以「革命戰勝戀愛」離她而去時，脫開其原型王劍虹憂病而死的悲劇結局，她「方始覺悟，也說要決心投身於實際的革命工作了」。對這最後結局的判斷，茅盾的說法多少有點拔高；原作中只是「我們好好做點事業出來」一句朦朧的話，並沒有明確到「投身於實際的革命」之程度。

這明確性實際上是在《一九三〇年春上海》（之一）中，借助美琳離棄自由主義者、小資產階級文學家子彬，而去追隨左翼共產黨員作家若泉的革命事業才完成和實現的。因此，儘管具備這些性格側面的麗嘉突破了莎菲的性格框架；但其最突出的審美成就的最準確的概括，則是茅盾所說「麗嘉那種熱情的猙傲的個性以及模糊的政治認識」這句話。這離「接受了社會主義」當然還有一段距離。

茅盾對男主人公韋護的性格塑造評價不高。但他並未解釋所謂「表現得並不好」的「表現」在什麼地方。我想關鍵在於：寫韋護來自書香門第的名士型的小資產階級意識相當充分，寫其與「老牌的社會主義者」身分相稱的意識與行為卻不充分。其革命追求的主動性遠小於受動性，所以，所謂「革命」與「戀愛」的衝突，來自革命同志（德娃利斯）的壓力即外衝力的成分，遠大於來自韋護革命追求的內驅力。於是韋護性格的「和諧統一」程度就差得多：其性格基調比性格基礎規定也低得多了！從丁玲的主觀努力看，不論他對韋護還是對其原型瞿秋白的理解，其透徹程度和表現力度，都更多地在矛盾性格之消極面，而不在其積極面。然而無論使革命戰勝戀愛也好，準確

地展現瞿秋白或韋護的合乎身分、合乎性格基礎的主觀規定性也好，兩者都要求對其積極面有更充分的展現。也許這又和茅盾指出的《韋護》的另一個缺點：對「那時候（大約是一九二三～二四年罷）的社會情形沒有真切的描寫」有關罷？

　　茅盾對《一九三〇年春上海》（之一）的思想評價，顯然高於《韋護》。其「知識分子的主角是懶惰的不革命者，鬧烘烘的左翼」一語，也頗具高度概括性。最可貴的是，茅盾及時把握並指出了丁玲「努力想表現這時代以及前進的鬥爭者——這種企圖，卻更明顯而且意識的。」應該說這準確地評價了丁玲本時期小說創作的最高成就和自我突破的主要表現。意味深長的是，茅盾隻字不提發表已經兩年的《一九三〇年春上海》（之二），不論從哪方面說，《之二》都是《韋護》的深化和拓展，望微比韋護的革命性加強了；社會活動及其背景的描寫明朗了也深刻了；他和瑪麗的「革命與戀愛」的衝突及其解決，其邏輯性（社會層面的和內心層面的）也更自然和更有力度了。但是，《之二》並沒有提供較《之一》和《韋護》更新的東西。而且，它在審美表現上部分地失去了丁玲本時期小說審美追求的注重內心開掘等長處。

　　本時期以及創作初期，丁玲的人物塑造重性格描寫，而不致力於思想傾向的表現；重內心世界的開拓，而不重外部世界（社會環境、人物關係）的描寫；茅盾雖不一定支持丁玲這兩個審美表現特點中的後一個層面，但他顯然非常看重這兩個特徵的前一層面。因此他雖然不一定為後者的加強而喜，卻不能不為前者的削弱而憂。和《韋護》與《一九三〇年春上海》（之一）比，《一九三〇年春上海》（之二）恰恰是後者略有加強而前者明顯地弱化了。思想內容的重複與藝術審美的弱化，也許就是茅盾避而不談的原因罷？

（三）

　　不過進入 1931～1932 年這個創作第三階段後，丁玲的小說的思想強化、審美表現弱化的趨勢更加明顯了。出乎意料之外的是：茅盾對本時期丁玲的代表作《水》、《奔》等的評價卻很高。認為《水》「是一九三一年大水災後農村加速革命化在文藝上的表現。」「不論在丁玲個人，或文壇全體，這都表示了過去的『革命與戀愛』的公式已經被清算。」

　　茅盾這麼評價，有他的道理；也有其特定的文學思潮背景。從 1923 年的革命文學倡導，到 1928 年的「革命文學」論爭，再到 30 年代初左翼文學從理論到創作，從創作傾向之形成到左翼創作隊伍的形成與組織，都在集中解決一個世界文學史上最重要的大課題：由資產階級民主主義文學到無產階級社會主義文學的轉變。這是一個全方位、多層次的偉大變革；衝擊著作家及其創作的整體定勢。這個轉變是脫胎換骨的演變，當時多稱為「奧伏赫變」。如果說由於長期追隨革命大潮，有社會經驗的積累與體驗，使思想相對說來還易於跟得上理論上的、審美觀念上的馬克思主義學習，理性與心智的改變還相對容易的話，那麼，要把這些思想成果用創作體現出來，可就難得多了！

　　這裡邊固然有審美感受與審美表現的藝術規律與藝術技能的變革在內，但更重要的卻是新的生活、新的人物、新的社會矛盾的認識、積累、把握的難度。這大於思想藝術的變革。因此，在二、三十年代之交，「五四」文學向「左翼文學」過渡期中，包括魯迅、茅盾等大作家在內，都在其創作中留下了脫胎換骨期的時代烙印。在魯迅，是放棄了現實題材轉而寫歷史題材的小說，後來則乾脆擱下小說的筆專寫雜文了。茅盾除寫《大澤鄉》等與現實題材小說比並不成功的歷史小說外，還出現了《路》、《三人行》等較之《野薔薇》中的精彩短篇可稱之為滑坡的一組作品。就是轉變期的《虹》，寫梅女士性格發展的前、中期，也遠勝於思想轉變的後期。此作的續篇《霞》之難以為繼，與生活積累不足不能說毫無關係。葉聖陶的《倪煥之》的後半部呈蒼白色，其原因也與此相類。在茅盾是 30 年代初重新積累生活後才寫出《子夜》這樣題材主題與思想傾向都發生突變的成功作品。即便如此，其中工廠、農村場景遠不如都市場景描寫那樣成功。至於其計劃一再縮小，也和生活積累不足大有關係。蔣光慈的《短褲黨》、《田野的風》固然是率先轉變主題與題材的基本成功之作。但其生活的淡薄和概念化傾向也是一目了然。而今這些作品的藝術生命已經很弱了。這給美學研究提出了重大課題：對思想轉換期如何調整審美能力與補充生活的客觀規律如何認識並自覺把握以避免滑坡問題。

　　茅盾在肯定這個特定時期丁玲的《水》和《奔》的長處之同時，也指出丁玲「多用觀念的描寫」的局限性。這局限性的出現，是以上述時代的文學思潮的以至個人創作道路的歷史嬗變為大背景的。茅盾沒有專門指出丁玲以

群像代替了個體人物形象的典型化過程這個重大變化，我們作歷史考察時，卻難以避免此問題；並且也應該指出其根本原因：與其說是由於小說審美觀念帶來的典型化取向的變化（放棄個性鮮明的個別典型人物的內向開拓以求典型性的加強，轉而注重人物群像的外在活動的共性描寫的採擷），不如說是由於作家轉換題材與主題時，其所長（諸如靜女士、吳蓀甫、莎菲、麗嘉這類人物和生活積累的優勢）已不能滿足創作新取向的需要；同時對作家所要描寫的勞動人民的苦難與反抗鬥爭的新生活，缺乏相應的雄厚積累；這就無法作必要的內心世界的開拓。於是，就出現了報告文學式的、單線平塗性的諸如《水》、《奔》那樣類型的小說；這是毫不奇怪的規律性現象。

在《母親》「代序」（據趙家璧回憶，此文是丁玲在《大陸新聞》連載《母親》時同時發表的丁玲致該報主編樓適夷的一封談《母親》之寫作的信，趙家璧在此書重版時用作「代序」）中說：「去年（指 1931 年）……雖說在家裡只住了三天，卻聽了許多家裡和親戚間的動人的故事。完全是一些農村經濟的崩潰，地主、官紳階級走向日暮窮途的一些駭人的奇聞。這裡面也間雜有貧農抗租的鬥爭，也還有其他的鬥爭消息」。「那是包含了一個社會制度在歷史過程中的轉變的」。「當中只取了一點，便寫了那篇《田家衝》」（《母親》，第 2 頁，人民文學出版社版。以上所引趙家璧的話也見此書第 114 頁。）

《水》和《奔》的題材也是這麼聽來的；而非親身的經歷或真切的直接體驗之所得。因此，作品出現了茅盾所批評的「多用觀念的描寫」這樣的弊端，實在是帶必然性的。茅盾的《路》、《三人行》以及《子夜》中描寫農村騷動以至工人罷工等部分的弊端，也均出於同一原因。所以茅盾對教訓的自我總結，也同樣適用於丁玲：「徒有革命的立場而缺乏鬥爭的生活，不能有成功的作品」（《茅盾選集》自序）。因此，茅盾在文章中肯定這批作品的思想成就，同時又指出藝術上的弊端，實在是頗有分寸、且頗實事求是的。

（四）

丁玲在轉換期中寫了幾個並不成功的現實題材的短篇之後，轉而寫歷史題材的《母親》，實在是揚長避短的明智之舉。這說明丁玲也許已經意識到自己應該如何把握轉換期中的過渡規律。她仍堅持其創作思想中的兩個重要原則：重視生活積累的豐厚根基；重視審美表現的真情實感。二者缺一，就不

宜動筆。這些原則，顯然有普遍性指導意義。

《母親》的直接創作動因，是中共江蘇省委委託樓適夷主編《大陸新聞》時需要一個連載的長篇。其原因則是丁玲對其母親一生的敬愛與了解，以及她意識到借母親一生的經歷，可展示「一個社會制度在歷史過程中的轉變的。」所以她「就開始覺得有寫這部小說的必要」。「這書裡所包括的時代，是從宣統末年寫起，至最近普遍於農村的土地騷動。」據作者回憶：此書寫作時，兼顧了《良友文學叢書》的篇幅要求，「原打算寫成三部」，「可能第一部寫她從大家庭裡走出來完成她的學習。第二部寫她從事教育後的一些建樹，直到 1927 年。第三部寫她在大革命失敗後，對革命的緬懷和向往，以及也頻犧牲後又如何爲我們撫育下一代。」但此書第一部還差二三萬字，丁玲就遭國民黨特務綁架並轉南京軟禁。是魯迅提議先出版這八萬多字並大事宣傳；借以擴大丁玲的影響，並揭露國民黨政府。這就是留存至今，作家一直未能續寫的《母親》未完稿。

丁玲 5 月 14 日被綁架，魯迅的建議 5 月 17 日由鄭伯奇轉達給趙家璧，趙家璧「立即把原稿重讀一遍，五月二十日發排了。」「書於六月二十七日出版。」茅盾的《丁玲的〈母親〉》則於 9 月 1 日刊於《文學》一卷三期，這一切快節奏都扣緊魯迅先生「營救丁玲，揭露國民黨」的總立意。所以文章劈頭就說丁玲現在「的蹤跡，還是一個『謎』」。接著就承接《女作家丁玲》一文，概要描敘丁玲的創作道路和寫《母親》的立意與背景，之後單刀直入地批評那些挑剔此書的種種議論。這，顯然含有當時的功利目的。在茅盾，恐怕是有意爲之的。

茅盾最肯定《母親》處，是其「獨特的異彩」：「表現了『前一代女性』怎樣艱苦地在『寂寞中掙扎』。」這是對的，他批評犬馬把《母親》看作「仿《紅樓夢》」或「辛亥革命的史詩」（假如犬馬確實這麼要求的話，這也並不錯）。他指出曼貞的性格描寫，「轉變」和「艱苦掙扎」「太少了一點」，「沒有寫得十分成功」，這也卓有見地。事實上丁玲囿於真人真事，確實放不開手腳，但茅盾批評犬馬的關於時代背景寫得不充分的意見，就有些欠妥了。因爲犬馬並沒有要求丁玲寫「辛亥革命的史詩」，此語是茅盾「外加」上去的。犬馬只是嫌「時代描寫」「不大顯明」，「對於辛亥革命那一時代的描寫太模糊了，太不親切了。」寫大家族用的是「細寫」，寫時代背景用的是「大寫」，相形之下，「不能把握住那一時代，爲那一時代的運動與轉變劃出一個明顯的輪廓」

（犬馬：《讀〈母親〉》，《申報·自由談》1933 年 6 月 30 日）。客觀地平心而論，犬馬的意見是有道理的。第一，丁玲的立意就包括了這個內容：于曼貞的生活道路「包含了一個社會制度在歷史過程中的轉變。」這是作家的創作動機之一，並非單純依據良友文藝叢書主編「第一部寫辛亥革命時代」這句話。即便這句話，丁玲在致樓適夷信中，也有同樣的意思，並非犬馬格外提出的「過苛」的要求。第二，茅盾指出的「曼貞的轉變，也沒有寫得十分成功」這缺點，也和沒有充分寫出時代環境、革命進程對他的衝擊與推動大有關係。可見時代環境作為典型環境其典型性是否充分、典型化是否充分，這對人物性格的典型性與典型化大有關係的。犬馬要求環境描寫更多一些典型性，典型化也更充分些，這顯然是對的。而且，在丁玲的《母親》之前，茅盾在《讀〈倪煥之〉》中肯定葉聖陶，首先也立論於這一點，並且還提出了時代性原則並作了精闢的界定。他自己寫《虹》，寫梅女士的生活道路與性格發展，也恰恰像犬馬要求丁玲那樣，異曲同工、不謀而合地要求了自己。也因此，《虹》的環境描寫遠比《母親》充分，梅女士性格的「轉變」，也比于曼貞「寫得十分成功」。但在批評犬馬時，茅盾卻放棄了一貫的尺度，這是為什麼呢？我想，唯一可能的原因，就在於茅盾此文的特殊功利目的。鑑於營救丁玲之需要，為丁玲辯護而否定犬馬，是當時特定條件之所需。但從科學性言，茅盾此舉，竊以為並不可取。不可取者何？為賢者諱是也！

（五）

茅盾對丁玲進入解放區以後的作品，只評論過她的不算成功的話劇《河內一郎》。應該承認，丁玲長於小說散文，而不長於戲劇創作。她一生留下的劇作，僅有獨幕劇《重逢》，多幕劇《河內一郎》和《窯工》，以及電影短片《戰鬥的人們》。其中《窯工》與逸斐、陳明合作，相對說來藝術上稍堅實些，其他各劇多以思想性強取勝，均像應政治宣傳之急需的應時之作。看來丁玲不以為戲劇是得心應手的形式，所作遠少於小說與散文，就說明她確有自知之明。茅盾的評論《丁玲的〈河內一郎〉》，全文都在介紹內容，以分幕評說方式，介紹得極為詳盡。所作評價也僅限於闡說教育意義，並未著力評價作家的審美深度。至於戲劇藝術之成敗，都隻字未提。這說明茅盾對此是有保留的。

對丁玲的扛鼎之作《太陽照在桑乾河上》，茅盾也未寫專論，對其進入解

放區所寫的短篇他也未遑涉及，這是意味深長的。眾所周知，舉凡涉及黨內鬥爭和政治問題，茅盾一向謹慎從事。丁玲在 1942 年文藝整風中的遭際，建國後在文壇上的複雜處境，由於同在領導崗位上，且深知 30 年代左聯內部矛盾底細，茅盾決非毫無所見。因此，他的避而不談的態度，反倒說明他可能對丁玲的不幸遭際及其成因，是有一定保留的。

從 1954 年以後，圍繞《文藝報》的工作問題（丁玲自該刊創刊到 1952 年第一期擔任主編；從該年第二期起馮雪峰接手任主編）；丁玲的處境日趨困難。直到 1957 年反右鬥爭，茅盾在公開場合始終未置一詞。直到反右鬥爭高潮，在作協黨組擴大會議上，茅盾才發表了題為《洗心革面，過社會主義關》的發言（見《文藝報》57 年第 20 期）。

他在開頭說他原本「有些話要講」，但在會上聽了丁玲的「交代」之後「覺得原來想說的話，有些是不合適了。」因為「丁的態度卻依然如故」，「我實在很失望。」可見，茅盾原估計丁玲會作些檢討，而他多半是要說些歡迎與鼓勵的話的。即便如此，茅盾這篇發言，仍未就所謂「丁玲問題」本身說什麼話。他的發言要點只是：一、原來同丁玲「是老朋友」，「向來很尊敬她」。對她的作品與在左聯的工作也評價很好。二、現在覺得新中國的「丁玲同志的靈魂深處還有一個莎菲女士在！」三、以下的發言則是批評丁玲態度不夠老實，原因是出於愛面子，然後就面子問題大加發揮，並「以三十年的老朋友的資格懇切地忠告丁玲同志，趕快從思想上解決這個問題」，趕快「坦白後並不會對你歧視，也許比以前更尊敬你，而你的前途也就在這裡。」這顯然有點「明打暗保」的味道。

此後，茅盾再未就丁玲問題置一詞。可見，處於當時情況下，作為作家協會主席不得不談話，茅盾的態度，應該說是比較有分寸的。因此，在丁玲的冤案中，茅盾並無多大的責任。至於他對丁玲後期作品沒有寫份量重的評論，確實是有其難言之隱。

因此，丁玲對茅盾也從無芥蒂。在茅公逝後，丁玲回憶道：「一九四九年至一九五三年，我們又在新中國的作家協會共事，他是主席，我是副主席。但我一直把他當作老師，他的態度也始終是我的老師，我們相處非常融洽。一九七九年五月我回到北京，第一次去看茅盾同志，他親熱地留我坐在身旁。」「我們要告辭了，他不肯放，一再留我坐下；直到外國友人要來了，他才依依不捨地讓我去了」（《憶茅公》，第 22 頁）。這些文字說明：兩位文學

宗師，在政治風浪中處境儘管不同，形勢迫使他們兩度被阻隔在不同的境地，但他們的心始終是相通的。國民黨綁架丁玲後，茅盾盡最大的力量聲援與支持，以致評論丁玲批駁非難她的文章時話都過了頭。解放後丁玲又身處逆境，茅盾迫不得已，就只好「小罵大幫忙了」。兩次失「度」的茅公，其言行雖不無可議之處，但他確實用心良苦；因此對丁玲，茅盾是問心無愧的。

第三編　主題人物論

知識分子的人物畫廊
——論茅盾小說的主題的連續性與人物的系列性特徵

　　「五四」時期茅盾一度相當推崇的法國哲學家、文學史家、和文藝批評家丹納（又譯泰納，1828～1893）在其皇皇鉅著《藝術哲學》一書中，開宗明義提出了這樣一個觀點與方法：

　　　　我的方法的出發點是在於認定一件藝術品不是孤立的，在於找出藝術品所從屬的，並且能解釋藝術品的總體。

　　　　第一步毫不困難。一件藝術品，無論是一幅畫，一齣悲劇，一座雕像，顯而易見屬於一個總體，就是說屬於作者的全部作品。這一點很簡單。人人知道一個藝術家的許多不同的作品都是親屬，好像一父所生的幾個女兒，彼此有顯著的相像之處。你們也知道每個藝術家都有他的風格，見之於他所有的作品。……倘是作家，他有他的人物，或激烈或和平；他有他的情節，或複雜或簡單；他有他的結局，或悲壯或滑稽；他有他風格的效果，他的句法，他的字彙。這是千真萬確的事，只要拿一個相當優秀的藝術家的一件沒有簽名的作品給內行去看，他差不多一定能說出作家來；如果他經驗相當豐富，感覺相當靈敏，他還能說出作品屬於那位作家的哪一個時期，屬於作家的哪一個發展階段。

　　　　……第二個，藝術家本身，連同他所產生的全部作品，也不是孤立的。有一個包括藝術家在內的總體，比藝術家更廣大，就是他

所隸屬的同時同地的藝術宗派或藝術家家族。……

這是第二步。現在要走第三步了。這個藝術家庭本身還包括在一個更廣大的總體之內，就是在它周圍而趣味和它一致的社會。因為風俗習慣與時代精神對於群眾和對於藝術家是相同的；藝術家不是孤立的人。……

由此我們可以定下一條規則：要了解一件藝術品，一個藝術家，一群藝藝術家，必須正確的設想他們所屬的時代的精神和風俗概況。這是藝術品最後的解釋，也是決定一切的基本原因。

——《藝術哲學》，人民文學出版社，1963 年版，第 4～7 頁

請原諒我破例地大段引證，因為這三方面的總體聯繫和由此引出的這條原則，以及從這些聯繫與原則出發確定的不是孤立地而是總體性考察的研究方法，不僅對茅盾及其作品、理論批評說來影響極大，就是運用它來觀察茅盾的創作及理論批評，以及考察茅盾與流派與時代的聯繫，也是至關重要的。

在中國現代文學史上，最早對作家的作品中人物作系列研究的似乎要推楊晦先生一九四四年寫的《曹禺論》〔註 1〕；建國後樂黛雲同志較早地研究了茅盾小說的人物系列。但按丹納的要求，作家的許多作品「都是親屬」，「好像一父所生的幾個女兒」，那就不僅限於人物，就是主題等其他因素，也具有血緣關係了。都應該看成是一個總體，一條總的系列，都可以作綜合的親族考察，都可以放到流派的與時代環境的宏觀範圍中去尋求其各個方面的血緣關係。這將是一個相當可觀的大命題，需要一部皇皇鉅著去作專門處理。

在這種種血緣關係中，人物系列和主題系列的關係最為密切。在抗日戰爭最艱苦階段，在「一九四二年五月二十六日警報聲中」寫完的《有意為之——談如何收集題材》一文中，茅盾談到「挑剔材料」時這樣寫道：

不過我們的挑剔，絕對要有原則。一、主題至上，一切服從主題。二、小巧之處，從嚴取締。一篇作品有一個故事，這故事無論怎樣複雜，總有一個中心；這個中心，從「事」這方面看，它是負有透過了現象而說明本質的任務的；從「人」這一方面看，它是表現著某一宇宙觀，或兩個以上不同的宇宙觀的衝突，決鬥。但此兩

〔註 1〕《青年文藝》新 1 卷第 4 期，1944 年 9 月 25 日。

　　者，「事」與「人」的關係，不是平行的：「事」由「人」生，故二
　　者又在「人事關係」中統一起來。

茅盾這裡所說的「中心」，就是作品的主題，因此這段話實際上談了主題、
人物、故事情節三者之間的關係。這就是：主題是制約人物與故事情節的；
情節又是由「人」生並受人物制約的。可見，作品構成因素最本質的關係，
是主題和人物的統一與人物和情節的統一，以及主題與人物和情節的有機
統一。

　　在茅盾的一系列小說創作中（在一定意義上還包括了茅公自認為具有中
篇小說性質的劇本《清明前後》，因此當四川人民出版社出版其中篇小說集
時，他同意把《清明前後》收進去），其時代性、歷史性很強的主題思想具有
明顯的「連續性」。其眾多人物中，在包括時代女性在內的知識分子、民族資
產階級、農民階級等人物中間，明顯地具有「系列性」。而且，具連續性的主
題決定了具系列性的人物。連續性主題和系列性人物的時代性和歷史性，又
決定了故事情節與時代、與歷史之間的緊密聯繫。

　　因此，綜合考察茅盾小說的連續性主題與系列性人物及其相互關係，揭
示其時代的歷史的意義，從中尋求茅盾小說創作的總體性規律，顯然是十分
必要的。

（一）

　　在資產階級舊民主主義和新民主主義革命時期，中國小資產階級知識分
子，特別是知識婦女、時代女性的生活道路問題，是茅盾小說兩大基本主題
之一。和民族資產階級及與其相關係的中國是否能夠走資本主義道路這另一
基本主題相比，前者即或不是壓倒一切的，起碼可以說是與後者同等重要的。
而在茅盾創作的前、中、後三個時期，在前期創作中毫無疑問是壓倒一切的。
不過作為系統地反映中國知識分子的生活道路，還得從後期即抗戰以後的力
作《霜葉紅似二月花》談起。此作寫了兩代知識分子。第一代就是從維新變
法到辛亥革命時期的典型錢俊人和朱行健。

　　從晚清到「五四」，中國小資產階級知識分子絕大多數人，是從地主階級
家庭中裂變出來的。茅盾的歷史筆觸伸展到這一縱深裡去：他從地主階級中
具有初步民主主義思想的青年知識分子開始，探索這條具有典型意義的生活
道路。從一定意義上說，這是時代的歷史的道路的能動的反映。他在《霜葉

紅似二月花》中，寫了錢俊人和朱行健這兩個與維新變法以及辛亥革命的總潮流結下不解之緣的出身地主階級的民主主義的知識分子形象，作爲探索中國知識分子生活道路的一個點起；是大有深意的。

錢俊人作爲藝術形象，是個沒有出場就死掉了的「影子」，他只活在作品中其他人物的口頭，他的靈魂則附在他的兒子錢良材和他的老友朱行健的身上。在張老太太口中，他是個「進過革命黨」的不安分分子〔註2〕。在瑞姑太太口中，他「是我們錢家的第一個新法人，也還是縣裡第一個新法人。」〔註3〕在他的舊友也可以說戰友朱行健口中，他「是個新派的班頭，他把家財花了大半，辦這樣，辦那樣」，「到頭來還是一事無成。」只是在臨終的「上一年」留下對朱行健所談的一個問題：「從戊戌算來，也有二十年了，我們學人家的聲光化電，多少還有點樣子，唯獨學到典章政法，卻完全不成個氣候，這是什麼緣故呢？」

朱行健「是縣城裡一個最閑散，同時也最不合時宜的紳縉，而他的不合時宜之一端便是喜歡和後生小輩廝混在一道。」〔註4〕他眼下只能做做實驗，說說閑話，他回答不了錢俊人提出的這個歷史性問題。因爲他和錢俊人一樣，都是資產階級改良主義者。而資產階級民主主義革命，是要推翻地主階級專政、建立徹底的資產階級專政和資本主義制度。這就不是錢俊人生前就辦、其子錢良材繼之的那種「佃戶福利會」〔註5〕之類行動所能奏效的。茅盾在1921年4月7日《共產黨》第三號上發表的《自治運動與社會革命》一文，就指出迄今爲止中國的紳縉運動所謂「德謨克拉西政治」只是「狐媚外國資本家」，和從軍閥手中「分一些賊贓」的運動；他還在1919年12月5日《學生雜誌》六卷十二號上發表的《探「極」的潛艇》前言中，指出了資本主義制度對發展科學、發展生產力的限制性。既然如此，錢俊人的托爾斯泰式的改良主義和人道主義，又如何能鏟除封建主義數千年的統治，建立他們那不切實際的烏托邦呢？通過這組新派人物的藝術塑造，茅盾展示的是：中國老一輩知識分子改良主義的道路，是一條無助於歷史發展的歧路。除了說明封建制度之強大，和中國民主主義知識分子的軟弱，以及他們衝擊封建勢力的行爲反映了一定歷史要求之外，沒有更多的積極的意義。

〔註2〕《茅盾文集》第6卷，第19頁。
〔註3〕同上，第166頁。
〔註4〕《茅盾文集》第6卷，第29頁。
〔註5〕《茅盾文集》第6卷，第173頁。

　　他們的下一代也就是茅盾筆下第二代知識分子們，並不更好些。茅盾塑造了從歷史時序來看算是第一組「三人行」，來反映這個問題。這就是《霜葉紅似二月花》中對比映照地寫的那組男性「三人行」：錢良材、張恂如和黃和光。

　　如果說茅盾把第一代知識分子形象放在擁護維新變法、參加革命黨並自發地作些改革的自發政治鬥爭的格局裡，那麼第二代知識分子中的錢良材已經脫離了自發政治鬥爭的格局，而他的難兄難弟張恂如和黃和光，甚至衝不破封建地主階級家庭內部這個更小的格局，他們和錢良材相比，生活在更為狹小的天地裡。

　　從《霜葉紅似二月花》的主題思想揭示和結構安排來看，錢良材、張恂如和黃和光這三個出身於地主階級的青年知識分子，是相對比、相映襯地顯示其性格的獨立意義的。

　　錢良材出場很遲，但從第一章起，茅盾就採用「下毛毛雨」的辦法，借助各種不同場合，通過各種不同人物之口，介紹和評述這個人物，開台鑼鼓敲得很足，為他出場造的氣氛也很濃。著力點是兩個方面：其一，寫錢良材子繼父業，在莊園裡推行類似托爾斯泰式的「佃戶福利會」活動。這種改良主義的資產階級民主主義傾向，對封建社會有一定衝擊；唯其如此，那些封建正統思想頗濃的人物（親友、家人）把他看成是不務正業、揮金似土的大闊少。這倒反襯出他的行為在當時確有一定的進步意義。其二，寫錢良材和張恂如在許靜英的婚姻問題上構成的微妙關係。張恂如的包辦婚姻使他無法同所愛的表妹許靜英結合；包括類似《紅樓夢》中的賈母的張老太太在內，「撮合」著要把許靜英給錢良材「續弦」。但這填補不了他喪偶的空虛。因為一方面他對亡妻曹氏尚有深深的懷念；另方面他對恂如的姐姐，類似《紅樓夢》中的鳳姐的黃和光之妻張婉卿，似乎又懷著微妙的感情〔註6〕。這樣，在錢良材未出場前，作品對他的政治地位和感情世界已經作了「定性」分析。

　　於是從第九章起，作者連續用了九、十、十一、十二和十四章共五章的篇幅（占全書的三分之一），寫錢良材在王伯申、趙守義「鬥法」過程中的立場，態度和相應的行動。作者借助他說服並施加壓力（包括和朱行健聯名上公呈的辦法在內），使王伯申接受出資疏浚河道主張的種種努力，著重突出了

────────────

〔註6〕參看《茅盾文集》第6卷，第244～248頁。

錢良材伸張正義、主持公道、熱心公益事業、關心百姓疾苦的基本性格特徵。但也正是在這裡，埋伏著他軟弱妥協的性格基質。及至等到他勸阻小曹莊鄉民不要上當鬧事，強行按住自己莊上的農民不參與砸船鬥爭，而以築堤防水辦法縮小損失，這一系列行為，固然展示了錢良材具有某種政治家風度，既能洞察陰謀權術而採取防止中計的辦法，又能屈能伸地持較為克制的態度；但也正在這裡，顯示出改良主義者特有的妥協與軟弱。他畢竟不如乃父，不具備硬碰硬的堅強性格。這是一種托爾斯泰式的「自我完成」的性格：

> 一方面，無情地批判了資本主義的剝削，揭露了政府的暴虐以及法庭和國家管理機關的滑稽劇，暴露了財富的增加和文明的成就同工人群眾的窮困、野蠻和痛苦的加劇之間的深刻矛盾；另一方面，狂猖地鼓吹「不用暴力抵抗邪惡」。
>
> ——列寧：《列夫·托爾斯泰是俄國革命的鏡子》，
>
> 《列寧論文學與藝術》（一），第282～283頁

錢良材對農民的不幸僅限於同情，同時又把他們看成愚魯不堪的群氓與庸眾。這種資產階級人道主義立場，當然不會取得農民的共鳴。他的興利除弊行動的無濟於事，和他們言行之不被理解，使他的內心充滿了寂寞和苦悶。茅盾對他內心衝突的這種挖掘，和對他那青年喪妻、與幼女縈縈孑立、相依為命的淒涼情懷一起，使這個人物從形體到內心，頗具厚度和立體感。

這個人物的思想傾向和在作品中所占的重要地位表明，在《霜葉紅似二月花》的全局構思中，作者可能在1927年大革命風雲變幻的描寫中，派他充當重要的角色。但其具體內容如何，據現有的描寫看尚難預測。儘管如此，錢良材作為一個出身地主階級而頗具資產階級民主主義傾向的青年知識分子形象，出現在20年代的中國時代舞台上，其典型意義是迄今為止任何一個作家所未提供的。前瞻後顧，很難有別的作家能作類似的甚至有過於此的藝術雕鏤，因此我們有理由感謝茅盾：他提供了一個絕無僅有的典型。

特別是作為茅盾筆下時代最早的一組「三人行」中與張恂如、黃和光對比映襯的正面形象，他有其無法取代的作用。

小說第九章和十四章中對比地描寫了錢良材和張恂如；第二章和其他幾章中對比地描寫了張恂如與黃和光。錢良材的興利除弊的改良主義固然無濟於事；但張恂如連這點點改革舊秩序的行動也不具備。他胸無大志，不尚

實踐，但又不滿現狀，頗思變革。及至採取行動，他又什麼也幹不了，最大的舉動是搬搬住處。十足一個闊少爺作風！這是一個圍於地主階級家庭控制，而又衝不出牢籠的半新不舊的青年知識分子。他最大的苦悶是婚姻的包辦與愛情的不幸。作者把他安置在恂少奶奶（胡寶珠）和表妹許靜英的三角糾葛裡，寫他的精神苦悶與空虛：能共同生活者他不愛；所愛者又不具備任何共同生活的可能性。他具有《家》中覺新般的婚姻處境，卻不具備覺新那種行動能力。封建氣味極濃的環境壓力造成的有情人難成眷屬的感情的折磨，少奶奶的嫉妒、干涉，都使他陷於苦悶中難以自拔。家庭的封建禮教約束又使他的行動動輒得咎。加之長期的封建束縛，使他失去了搧動翅膀的力量與本能。他自己已不可能再具備實行哪怕一點一滴的改良計劃的決心和毅力了。他這種帶有封建色彩的「奧勃洛摩夫」氣質，使他成為 20 年代舊中國這個特定時代的「多餘的人。」他的內心的苦悶，集中在他的一個疑問和一聲喟嘆之中。他的疑問是：「我們，為人一世，嘗遍了甜酸苦辣，究竟是為了什麼來，究竟為了誰？」〔註 7〕他的喟嘆是他用打麻將所作的比喻：「我早就打得膩透了」，「十二分的厭倦了；可是那三家還不肯歇手」，「我硬被拖來作陪！」他說的「那三家」指的是「祖母，母親，還有，我那位賢內助！」〔註8〕「路呢，隱約看到了一條，然而，我還沒有看見同伴，──，唔，還沒找到同伴」〔註9〕。事實上茅盾的布置是：即使找到同伴，張恂如是否能隨著時代邁步，這也大成問題。這個人物和曹禺的《北京人》中塑造的曾文清的形象屬於一種類型；階級局限和性格弱點，都決定了他們只能作個「多餘的人」。

　　假如說張恂如作為「多餘的人」其心還未死，那麼，他的姐夫黃和光連他這點在矛盾、苦悶、徘徊、彷徨中時時想作些追求的主觀意願也沒有。「哀莫大於心死」，黃和光的心已經死了！同屬「多餘的人」，是他們的共同點；張恂如心還未死，黃和光已經「死了心」，是他們的不同點。茅盾準確地把握了這兩個悲劇人物的性格的分寸。

　　黃和光的幸運在於，他的「賢內助」張婉卿是個鳳姐式的能幹人物。她不像鳳姐那麼壞，那麼毒辣，卻具有鳳姐般的才幹與男子般的氣魄。因此黃

〔註 7〕《茅盾文集》第 6 卷，第 172 頁。
〔註 8〕《茅盾文集》第 6 卷，第 174 頁。
〔註 9〕《茅盾文集》第 6 卷，第 173 頁。

和光大樹底下好乘涼，樂得什麼也不想，什麼也不做了。他像紹興諺語所說：「提，提，提不起；放，放，放不下」。他這一生最大的追求是克服生理缺陷生個一男半女；他這一生最大的痛苦則是，爲克服生理缺陷抽上了大煙。然而即便他眞的戒了大煙，克服了生理缺陷生個一男半女，他能夠不像葉聖陶在小說《朋友》中所寫的那樣：「他無意中生了個兒子，還把他嵌在自己的模型中」嗎？

這組「三人行」反映了地主階級出身的青年紳士身分的知識分子在「五四」前後共同的歷史地位與命運，也反映了他們由於處境有別，教養不同，在「五四」前後面臨的不可避免的歷史篩選與歷史分化：張恂如和黃和光代表著屈從地主階級腐朽命運所走的沒落道路；錢良材則代表著力圖叛逆地主階級的腐朽命運所作的民主主義的追求之路。前者的沒落不可避免；後者如果能把好了生活的舵桿，則有可能走上新生。然而錢良材即使比較開明，有所進步，其新生之路也不會是法蘭西、英吉利式的資本主義政治坦途；擺在他面前的是兩條路：或者大跨一步像梅女士那樣走到新民主主義革命營壘，甚至站在中國共產黨的紅旗之下；或者依附買辦資本主義，及其政治上的代表蔣介石的右翼勢力，而與人民爲敵。這兩條路錢良材會走哪一條？1927 年便見分曉。可惜茅公一直到作古只留下迄今我們還無機緣看到的數萬字遺稿殘篇。全書的計劃終未實現。這是中國現代文學的歷史性遺憾。後人難以具備茅公的閱歷與筆力；恐怕難以彌補這個歷史遺憾了！不過《蝕》中有個方羅蘭，使人感到從錢良材到方羅蘭以至《色盲》中的林白霜，其面影總有些相似之處，這倒是意味深長的！

《霜葉紅似二月花》中還有一組女性的「三人行」。這和上述這組在事業上作對比描寫的男性「三人行」有相同的一面，也有不同的一面。不同的是，她們的命運是在婚姻遭際上有對比作用。如果說前者面臨的愛情與婚姻的不順與不幸，只是其生活道路中悲劇因素之一；那麼後者的不幸，主要是婚姻悲劇所造成。

不過這組女性「三人行」，每個人的追求與遭際不盡相同。恂少奶奶胸無大志，她是維持一夫一妻制的典範。她認爲自己的不幸在於丈夫用情不專。她並不尋求突破封建婚姻制度。其實這才是她眞正的不幸。和《家》中的瑞珏比，她欠厚道，太尖刻；難以像瑞珏那樣婚後仍可培養起與覺新的愛情。所以她只能仰仗長輩對封建禮教的維護來尋求庇護。這恰恰加深了她和恂如

的隔膜，也就是進一步親手造成自己的不幸。許靜英的不幸比較一般，停留在包辦的封建婚姻破壞了戀愛自由的描寫上。她不是個叛逆的女性，她對悲劇命運逆來順受，並從《聖經》中尋求解脫，這就使她難以和「五四」時代精神相匯合，儘管她已走出家庭，她最終還是難以飛出封建的牢籠。

　　和恂少奶奶、許靜英不同的是張婉卿。她既不同於黛玉般的許靜英，也不同於寶釵般的恂少奶奶胡寶珠。她有鳳姐般的才幹，而無鳳姐那種毒辣的心術和壞的思想感情。她的不幸也不單單是包辦婚姻使他嫁了那個廢物一般的窩囊丈夫黃和光，而且還在於在封建家庭中不足以施展其才能。如果她是錢良材的少奶奶，她也許可以滿足於一夫一妻的小家庭；如果她是許靜英，她也可以海闊憑魚躍，天高任鳥飛。然而她沒有擺脫封建家庭，施展才華，幹些事業的條件。儘管她可以實際上也已經成為一個好主婦、好閨女，但她內心的苦悶仍難消除。她事實上並未了解自己悲劇命運的實質，因此也沒有擺脫舊制度束縛的自覺性。年青的沈雁冰早在一九一九年就曾寫道：「婦女解放這要求，是根據什麼思想來的」。「是根據人類平等的思想來的。」「在舊禮法底下」，婦女「『人的權利』，剝奪淨盡，現在要恢復這人的權利，使婦女也和男一樣，成個堂堂底人，並肩兒立在社會上，不分個你高我低，這便叫婦女的解放。」〔註 10〕婉卿恰恰得不到這種解放，她不缺愛情，也不缺家庭中的自主權、她缺的是她那廢物丈夫所有的自由，黃和光有權幹番事業而幹不了；張婉卿如走上社會定能幹一番大事業，但她卻沒有這種權利和機遇。這就是她的悲劇。從這個意義上講，這組女性「三人行」和那組男性「三人行」有一個共同點：封建制度導致人人具有的病態：或者有事做而無能力；或者有能力做事而無權利，這一代青年男女知識分子都是封建制度造就的「多餘的人」。他們的生活道路受阻於社會制度，唯一的出路只是《虹》中所寫「梅女士」的那條路：我行我素，突破封建制度的束縛：向前衝！但是，從總體說屬於《蝕》中靜女士型的許靜英，雖走上社會卻衝不出去；倒是屬於慧女士型的張婉卿，一旦走上社會，就有衝上去的可能。至於難以判定屬於哪一型的恂少奶奶，很難預料其何去何從！但封建制度扼殺了這組女性「三人行」的任何好的出路，因此她們的悲劇只能是安於現狀而難於成「行」了！作者在藝術構思上把兩組「三人行」交匯於一點：是做舊制度的殉葬品，還是衝

〔註10〕《解放的婦女與婦女的解放》，《婦女雜誌》第 5 卷第 11 號，1919 年 11 月 15 日。

出這牢籠？

（二）

　　從這個意義上說，《虹》所塑造的梅行素和《霜葉紅似二月花》的這組女性，客觀上有對比作用。她們分別代表著「五四」前後兩類知識女性的兩種截然相反的生活道路：梅行素的路才是與時代洪流相匯合的中國知識分子和時代女性真正應走的歷史必由之路。

　　從中國知識分子特別是時代女性的生活道路考察，梅女士最可貴的典型意義在於：她既是一個必須出走的娜拉，又通過自己的經歷回答了「娜拉走後怎樣」的問題。在茅盾所塑造的知識分子與時代女性中，梅女士是最堅強的一個。作為正確的生活道路的代表者，她又是最完整、最具歷史必然性、最能體現時代動向的一個。

　　「五四」新思潮使她覺醒，並給她的性格注入了堅強與毅力。她既維護並繼承了孝順父母的民族傳統道德，又改變了民族傳統的兩性關係間道德觀念。她向社會挑戰的第一步就是勇敢地闖入「柳條牢籠」，與毫無愛情卻頗有金錢的表哥結婚以代父還帳；又克服了中國女性特有的弱點：家庭安逸導致的安於現狀的感情羈絆。她毅然拋棄安定富裕的小家庭，在囊中空空的情況下鋌而走險，闖到危機四伏的黑暗社會。

　　在梅女士闖向社會的近三年之後魯迅寫道：

> 　　自由固不是錢所能買到的，但能夠為錢而賣掉。人類有一個大缺點，就是常常要飢餓。為補求這缺點起見，為準備不做傀儡起見，在目下的社會裡，經濟權就見得最要緊了。第一，在家應該先獲得男女平均的分配；第二，在社會應該先獲得男女相等的勢力。可惜我不知道這權柄如何取得，單知道仍然要戰鬥；或者也許比要求參政權更要用劇烈的戰鬥。

> ——《娜拉走後怎樣》，十卷本
《魯迅文集》一卷 271 頁

魯迅說這話時，梅女士闖入社會已經兩年多了。她是在囊空如洗且「不知道這權柄如何獲得，單知道仍然要戰鬥」的情況下，堅持「戰鬥」了兩年多，自己取得了「經濟權」卻不肯賣掉那自由，面臨惠師長的魔掌，她正在進行「比要求參政權」更「劇烈的戰鬥。」

　　梅女士的這段經歷，坐實了魯迅在同一文章中所說的另一段話：

　　　　娜拉走後怎樣？……從事理上推想起來，娜拉或者也實在只有
　　兩條路：不是墮落，就是回來。因爲如果是一匹小鳥，則籠子裡固
　　然不自由，而一出籠門，外面便又有鷹，有貓，以及別的什麼東西
　　之類；倘使已經關得麻痺了翅子，忘卻了飛翔，也誠然是無路可以
　　走。還有一條，就是餓死了，……

　　　　　　　　　　　　　　　　　　　　　　——同上，第 269 頁

梅女士沒有餓死，沒有墮落，沒有回去，她也沒有「關得麻痺了翅子」，面臨
著「夢醒了無路可走」的問題，她依靠堅毅潑辣的性格靠教書以自立。但她
面臨著兩個問題：其一是俗社會的婦姑勃谿及其後面掩蓋的爭權奪利；其
二是鷹和貓的吞噬和襲擊。她珍惜自己的自由，靠著對生活的透剔認識和居
高臨下的豁達氣質，以及敢於直面歪風邪氣的正義態度，她擺脫了婦姑勃
谿；靠著對人格的自重，對自由的珍惜，她沒有屈從惠師長而用肉體換取優
越的物質生活和飛黃騰達的境地。她貧賤不能移，威武不能屈。她屬於魯
迅所說的「樂於犧牲，樂於受苦的人物。」正像耶穌赴釘死的十字架那樣，
在她看來也是「走是苦的，安息是樂的」，她「何以不安息呢？」她也是「覺
得走比安息還適意，所以始終狂走」，因爲只有「這犧牲的適意是屬於自己
的。」〔註11〕

　　她憑著智慧，利用矛盾，閃展騰挪，終於逃出了惠師長的魔掌，在魯迅
說上邊那些話的兩年多之後，終於找到了眞正的出路：她甚至比魯迅還早了
兩年多站到共產主義紅旗下，置身「五卅」群眾運動的洪流中。梅女士性格
最大的典型意義就在於此：以她的從個人主義到集體主義的奮鬥道路，展示
出中國革命知識分子必須經歷的歷史必由之路。

　　根據作者的計劃，她前面的路還遠，還崎嶇曲折而不平坦。但《虹》沒
有按計劃寫完，作者只把藝術構思設想告訴了我們：

　　　　原來的計劃，要從「五四」運動寫到一九二七年大革命，將這
　　近十年的「壯劇」留一印痕，所以照預定計劃，主角梅女士還將參
　　加大革命。但是此書最後只寫到梅女士參加了五卅運動。……我寫
　　散文《虹》的時候還說：「虹一樣的希望也太使人傷心。」但長篇小
　　說《虹》的意義是積極的，主人公經過許多曲折，終於走上革命的

〔註11〕《娜拉走後怎樣》，10 卷本《魯迅全集》第 1 卷，第 273～274 頁。

道路，⋯⋯

——《我走過的道路》中冊，第 36 頁

但茅盾設置的梅女士道路仍相當曲折：「她參加了革命，甚至入了黨（我預定她到武漢後申請入黨而且被吸收）：但這只是形式上是個共產黨員，精神上還是她自己掌握命運，個人勇往直前，不回頭。」她的思想感情還未「純化。」「思想情緒之純化（此在當時白色恐怖下用的暗語），指思想情緒之無產階級化，亦即小資產階級知識分子的思想改造。這是長期的，學到老，改造到老。轉移到新方向即指思想轉變的過程。」

《虹》的姐妹篇《霞》「是寫梅女士思想轉變的過程及其終於完成。」「在《霞》中梅女士還要經過各種考驗，例如在白色恐怖下在南方從事黨的地下工作，被捕；被捕之日，某權勢人物見其貌美，即以爲妾或坐牢任梅女士二者擇一，梅女士寧願坐牢。在牢中受盡折磨，後來爲黨設法救出，轉移到西北某省仍做地下工作。霞有朝霞，繼朝霞而來的將是陽光燦爛，亦即梅女士通過了上述各種考驗。有晚霞，繼晚霞而來的，將是黃昏和黑夜，此在梅女士則爲通不過那些考驗，也即是她的思想改造似是而非，仍是『幻美』而已。」〔註12〕

這一切創作構思，實際上是「五四」以來知識分子和時代女性與工農群眾結合，經受革命衝擊，終於走上革命的生活道路的真實、曲折而又完整的形象概括。有其歷史真實基礎，也反映了「五四」以來時代發展的必然趨勢。儘管《霞》未動筆而《虹》也未寫完。但已經寫的「五卅」潮中梅行素的性格發展趨勢，可信地預示出上述未來前景的總體設計。

梅行素的生活道路，不僅與其前期和「五四」前後《霜葉紅似二月花》中那組女性「三人行」是個對比，而且其中期和後期又和《蝕》中所描寫的一系列時代女性和知識青年「追求——動搖——幻滅」的生活道路，也形成鮮明的對比。

和《蝕》中大多數知識青年相比，梅女士顯然屬於茅盾筆下第二代知識分子中的左翼。在他們當中，有較她走前若干步並早已加入共產黨的梁剛夫，有較她稍早些時的黃因明（《虹》），有大革命中疾風勁草、雖出場不多但頗有砥柱中流之概的李克（《蝕·動搖》）。有大革命失敗後，或能保持積極的精神狀態如徐女士（《陀螺》），或能投身並領導學潮如雷、杜若，在一定意義

〔註12〕《我走過的道路》中冊，第37～38頁。

上還得包括在雷和杜若影響下逐步走上革命道路的火薪傳（《路》）。到了 30年代，有深入到工人運動中去代表正確路線的瑪金，代表「左」傾盲動路線的克佐甫（《子夜》）。到了抗日戰爭爆發，則有站在抗日愛國鬥爭第一線、以辦雜誌團結革命青年拯救國家與民族於危亡之中的陳克明（《鍛煉》）。這批人物有的時代較早，是「五四」運動的時代青年和時代女性，有的則是大革命前後的時代青年和時代女性，到了抗日戰爭爆發，他們已「人到中年」，因此如陳克明般地更加堅定、更加沉穩的方式繼續戰鬥下去。他們前仆後繼，構成茅盾筆下第二代知識分子形象中的左翼。他們當中有的始終堅定、沉穩，有的遇風浪後呈現搖擺狀態，但就生活道路的主流說，始終居於左翼地位，大體代表著與工農革命正確方向相一致，甚至成為工農革命運動前驅的勢力。可以說，這是茅盾筆下知識分子正確的生活道路的標誌。

但茅盾筆下第二代知識分子的形象群體中，大多數屬於和梅女士構成鮮明對比的中間狀態的知識分子與時代女性。（最突出的是《蝕》中的一群知識男女）屬於時代女性的有靜女士、慧女士（《幻滅》）、孫舞陽、方太太（陸梅麗）（《動搖》）、章秋柳（《追求》）、趙筠秋（《色盲》）、張韵（《曇》）、和王小姐（《陀螺》）。這是一度置身革命洪流之中，由於種種原因，首先是由於大革命失敗後辨不清政治方向而「走出陣線之外」的一群。還有的是本就沒置身革命之中的邊緣狀態的人物。他們隨著時代洪流或前進，或進一步退兩步，或進兩步退一步，或根本沒有意識到個人命運與時代洪流之間的密切關係。他們之隨波逐流是不自覺的，因而有時積極，有時消極，有時退坡甚至走上絕路。如果說困在家庭之中終於出走的嫻嫻（《創造》）是其中較具自覺意識者，那麼困在家庭之中未能出走，只執著現在，圖一時情欲之追求的桂少奶奶（《詩與散文》）就呈渾渾噩噩的不自覺的狀態。至於李慧芳（《色盲》）卻是個天之驕子，她並不關心革命卻享受「五四」以來革命的成果：為婦女奪得的一切自由及社會地位。再就是較有自覺的反抗意識的環小姐（《自殺》）了。她不像李慧芳那樣處在資產階級家庭，她寄居在封建色彩較濃的親戚家中，特別是她頭腦中殘留的兩性間封建意識仍占主導地位，所以和所愛男子春風一度之後，即患得患失，時有所懼，而終致自殺。

（三）

在男性知識分子青年中，情況大致相同。一度置身革命而終於消沉的有張曼青、王仲昭（《追求》）；並未投身革命一味消極頹廢尋求自戕的是史循

（《追求》）。史循是中間偏右的獨特人物，但他不具備普遍的典型性。

眞正一度置身革命，居於中間偏右狀況而有普遍代表性的是方羅蘭（《動搖》）和林白霜（《色盲》）。方羅蘭在革命關鍵時刻就向右轉，因爲他素有實權，帶來的危害也非同一般！林白霜是革命失敗後由於識別不了方向而終於向右轉。其前景尚有兩種可能性。較之方羅蘭，他在新的革命高潮到來時，尚有回來的可能。方羅蘭就很難說了。在國民黨中，這類政客的前景，多半是每下愈況。想當初有的人還加入了中國共產黨，甚至是早期的黨員，最後淪爲國民黨右翼者也不乏其人！

這一群暫時處於中間狀態的知識青年，對待革命的態度極爲複雜，精神與感情的複雜狀態尤甚。他們在革命落潮中不斷兩極分化。就其中大多數藝術形象論，茅盾談《蝕》的基本主題的下面這段話，可以概括他們在「革命壯潮中所經過的三個時期」其對待革命的基本態度：「(1)革命前夕的亢昂興奮和革命既到面前時的幻滅」；如靜女士們。「(2)革命鬥爭劇烈時的動搖」；如方羅蘭們。「(3)幻滅動搖後不甘寂寞尚思作最後之追求。」如《追求》中的那一群。他們當中有對待革命比較嚴肅者，只是過多看到陰暗面而看不到主流才消沉下來。但多數則是對革命懷著浪漫諦克的不切實際的幻想，革命前和革命中都沒有十分明確的目標，革命失敗後又因看不到出路而消極頹廢；消極頹廢之餘既不肯與黑暗同流合污，又不肯安於現狀，於是就在性愛、酗酒中尋求刺激。作品寫王仲昭和章秋柳的兩段話典型地概括了他們：

> 他（王仲昭）想起過去的多事的一年，眞眞演盡了人事的變幻；眼看著許多人突然升騰起來，又攸然沒落了；有多少件事使人歡欣鼓舞，有多少件事使人痛哭流涕，又有多少件事使人驚疑駭怪幾乎不敢相信自己的眼睛自己的耳朵，……
>
> ……委實是世事太叫人失望了。你聽著哪，到處是不滿意的呼聲，苦悶的呼聲。……我常常想，要不分有這時代的苦悶的，只有兩種人：一種是麻木蒙昧的人，另一種是超過了時代的大勇者。
>
> ——《茅盾文集》第 1 卷，第 264～265 頁

這是王仲昭的心理和自白，章秋柳說得更直白：

> 我們這一伙人，都是好動不好靜的；然而在這大變動的時代，卻又處於無事可做的地位。並不是找不到事；我們如果不顧廉恥的

話，很可以混混。……我們時時處處看見可羞可鄙的人，時時處處
聽得可歌可泣的事，我們的熱血是時時刻刻在沸騰，然而我們無事
可作：我們不配做大人老爺，我們又不會做土匪強盜；在這大變動
時代，我們等於零，我們幾乎不能自己相信尚是活著的人。我們終
天無聊，納悶。到這裡同學會來混過半天，到那邊跳舞場去消磨一
個黃昏，在極頂苦悶的時候，我們大笑大叫，我們擁抱，我們親嘴。
我們含著眼淚，浪漫，頹廢。但是我們何嘗甘心這樣浪費了我們的
一生！我們還是要向前進。

——同上，第 270～271 頁

這的確是一種時代病！

　　每當一次大動盪的革命因失敗而落潮，時代的曲折就會來臨。或者黑暗
的壓力使人難以承受，或者迷霧般的時勢讓人看不清結局與前景。「弄潮兒則
於濤頭且不在意，惟有衣履尚整，徘徊海濱的人，一濺水花，便覺得有所沾
濕，狼狽起來。」〔註 13〕於是就消極、動搖、甚至頹廢起來。文化大革命的
浩劫過後，一度出現了歷史的重複，所以當代青年記憶猶新，頗易理解當年
這些茅盾筆下第二代知識青年之處於中間狀態者的心理心境。這種時代病，
隨著歷史的發展，主流的顯現，而逐漸改變了精神面貌。但相當一部分人，
至今仍留下「傷痕」。茅盾這些小說也可以說是 20 年代末期的「傷痕文學」，
它以其歷史的真實和時代青年的剪影，給今天的當代青年留下了一面可供借
鑑的鏡子。

　　和第一代知識青年以及第二代知識青年中出世較早者如梅女士等相比，
他們雖然也面臨著兩性關係的種種難題，但其內容對多數人說來已改變了性
質。「五四」運動的成就之一是打破了封建包辦婚姻加給青年男女的桎梏。他
們的道德觀、戀愛觀以及精神領域裡的價值觀念，隨著時代的推移而改變了
性質，打上了新的時代的烙印。少數人固然仍被外界的以至心靈深處的封建
禮教意識所扼殺（如《自殺》中的環小姐），多數人則勇敢地步梅女士的後
塵。嫻嫻不再理會半封建式的丈夫君實的「創造」，而毅然離家出走（《創
造》），桂少奶奶也不再恪守封建節操觀念，她放棄了「詩」意，急劇地「散
文」化了！這是一個靈與肉既衝突又統一結合的特殊時代。說它衝突，那是
所謂革命與戀愛的衝突；說它統一與結合，則指的是革命的失意與情場的追

〔註13〕魯迅：《柔石作〈二月〉小引》，10 卷本《魯迅全集》第 4 卷，第 118 頁。

求（如林白霜所說：那是一個逃避殘酷的革命現實的綠色的小島）的統一與結合。而感官刺激與肉欲追求無非是用來麻痺內心的苦悶和幻滅情緒。既然封建禮教已經失去了對兩性關係的控制能力，封建倫理觀念，節操道德觀念也就變得一錢不值。兩性的肉體既然屬於自己，情欲的放縱就成為麻痺神經和刺激生活興趣的東西。這是封建禮教倒塌的後果，並非就等於具有反封建積極意義的東西。人類自從結束了原始時代的亂倫群居，一夫一妻制就成了人民生活中不可或缺的道德倫理。任何時候違背這一社會道德的行為，都不可能成為積極的東西。二、三十年代之交與時代病相伴而生的兩性間尋求刺激的風氣，只能在時代病的範圍內去加以解釋。並非說在這個特定的歷史階段，肉欲征服了高尚的精神情操之後，它本身也就可以成為高尚的東西。在知識分子生活道路的典型概括中，只有從這個立足點出發，才可能理解茅盾這些描寫的意義。至於其中或多或少摻雜著自然主義的東西，我們應該公正而毫不含糊地承認是敗筆！

行文及此我應該特別把茅盾塑造的中間偏右、關鍵時刻站在右傾立場的兩個形象方羅蘭和林白霜拿出來單獨提提。我認為他們和茅盾 40 年代打算寫的大革命中「霜葉紅似二月花」式的人物有血緣關係。

在《霜葉紅似二月花》新版後記中，茅盾告訴我們「寫這本書的企圖」：「本來打算寫從『五四』到 1927 年這一時期的政治、社會和思想的大變動，想在總的方面指出這時期革命雖遭挫折，反革命雖暫時占了上風，但革命必然取得最後勝利；書中一些主要人物，如出身於地主階級和小資產階級的青年知識分子，最初（在 1927 年國民黨叛變以前）都是很『左』的，宛然像是真正的革命黨人，可是考驗結果，他們或者消極了，或者投向反動陣營了。」〔註 14〕方羅蘭和林白霜正好是其同類。

方羅蘭是在革命高潮中就妥協動搖了的一個。當時他「正是『跟著世界跑』的人；黨國的事，差不多占據了他的精神時間百分之百以上。」〔註 15〕當他看到「土豪劣紳的黨羽確是布滿在各處」時，「不禁握緊了拳頭自語道：『不鎮壓，還了得！』」〔註 16〕但當土豪劣紳拼命反撲，革命處在危急關頭時，他卻說：「正月來的帳，要打總的算一算呢！你們剝奪了別人的生存，掀

〔註 14〕《茅盾文集》第 6 卷，第 258 頁。
〔註 15〕《茅盾文集》第 1 卷，第 138 頁。
〔註 16〕同上，第 153 頁。

動了人間的仇恨，現在正是自食其報呀！你們逼得人家走投無路，不得不下死勁來反對你們，你忘記了困獸猶鬥麼？你們把土豪劣紳四個字造成了無數新的敵人；你們趕走了舊式的土豪；卻代以新式的插革命旗的地痞；你們要自由，結果仍得了專制。所謂更嚴厲的鎮壓，即使成功，亦不過你自己造成了你所不能駕馭的另一方面的專制。告訴你罷，要寬大，要中和！惟有寬大中和，才能消弭那可怕的仇殺。」〔註17〕這種表面的中間立場，實際上早已是敵對的立場了。這個縣城局勢的逆轉，正是從方羅蘭革命高潮中的這種逆轉的立場開始的。

林白霜的「逆轉」晚於方羅蘭，他是在大革命失敗後發生「逆轉」的。他說：「我看見前面只是一片灰黑。自然我知道那灰黑裡就有紅黃白的色彩，很尖銳地對立著，然而反映在我的眼前，只是灰黑。」這種精神上的「色盲」發展到極點，最終他決定追求單一的色。茅盾寫他最終決定投靠李慧芳，象徵著「這個政治上的色盲者終於想投靠『新興資產階級』或者封建官僚以解除他的苦悶了。」〔註18〕

方羅蘭和林白霜代表了知識分子右翼中的一種政治趨勢，他們的生活道路最終將通向帝國主義或買辦階級。他們如果從政，就可以成為《子夜》中的政客唐雲山，如果教書，就可以成為買辦資產階級和投靠買辦階級後的民族資產階級的文化走狗李玉亭。到抗日戰爭爆發，他們可以成為《鍛煉》中國民黨政客嚴伯謙式的人物。會不會成為漢奸胡清泉呢？也不排除這種可能性！因此，這條右向逆轉道路，始終是茅盾用藝術筆觸無情鞭撻的道路。

到了30年代以後，茅盾多次把知識分子左、中、右的嚴重政治分化趨勢集中在同一部作品裡。在反映「四一二」反革命政變後的學生運動的中篇《路》和《三人行》裡，在反映抗戰爆發後階級矛盾下降、民族矛盾上升的長篇《鍛煉》裡，在反映抗戰前艱苦的階段——1940年皖南事變後政局動蕩、狐鬼滿路、犬牙交錯的風浪的《腐蝕》裡，在反映抗戰馬上就要勝利的劇本《清明前後》裡，都把左、中、右三條不同的生活道路集中在一部作品中加以對比。

在《路》中區別知識青年生活道路左、中、右的標準是對待反動學校當局及其後台：剛確立法西斯地位不久的1930年的蔣介石政權的態度。在這部

〔註17〕《茅盾文集》第1卷，第249～250頁。
〔註18〕《我走過的道路》中冊，第31頁。

小說裡，茅盾塑造了正在大學讀書、其年齡小於梅女士、也稍小於靜女士的三組人物群體。我們不妨從時代歸屬上劃分，把他們看作是茅盾筆下的第三代知識青年。他們的生活道路的選擇儘管仍然面臨著反帝反封建的歷史總任務，但其鬥爭對象或追隨對象，已經是尾隨帝國主義的國民黨新軍閥，而不是北洋舊軍閥。站在新軍閥身後的又有買辦資產階級和原在革命統一戰線內部現已背叛革命投降了大資產階級的民族資產階級。這時的封建勢力仍然是帝國主義的附庸，但已不像「五四」時期占那麼重要的比重。從階級矛盾的主要內容看，反對官僚買辦階級及其政治代表蔣介石新軍閥統治已成為矛盾的焦點了。因此是否具有反帝的民族意識，與反對買辦資本主義與封建主義統治的階級意識，就成了區別其生活道路左、中、右的標幟。

在《路》中，其左翼的核心，是在「四一二」反革命政變中被逮捕了的雷和被殺害了丈夫的杜若，以及在他們引導下拋棄左右搖擺的中間態度，逐步站穩革命立場的火薪傳。站在右翼的是逐步墮落為反動當局附庸的「魔王團」的那一群。暫時處於中間狀態的秀才幫，由於鬥爭形勢的嚴峻，當局壓迫的殘酷而急劇左轉。因為這已經到了「不自由，勿寧死」的嚴重關鍵了。

時代發展了，人們生活道路的選擇的內容變了，茅盾筆下的人物的面貌和時代性、歷史性主題，也相應地變化了，更新了。作家不再單純總結歷史發展的經驗，而著重於當前新的社會問題能動的反映。緊密把握這個時代新主題的作品取得了成功，如《路》就是。把握不準的就失敗，如《三人行》就是。

《三人行》是寫中學生的生活道路選擇的。作者對他們的生活並不熟悉，主觀地認為中學生對學校當局沒有矛盾，又不像大學生那樣緊密地參與社會上的鬥爭。於是作品中對代表三種不同傾向的畢業後選擇什麼道路的學生許、雲、惠的描寫就比較駕空。作品的主題一定程度上因缺乏真切的生活實感，而失卻其主題的強烈時代性與深沉的歷史感。

（四）

進入了30年代，茅盾小說由寫人生道路的第一階段，轉入寫社會問題的第二階段。隨著主題思想軸心的轉移，知識分子的道路問題在作品中所占比重有所降低。例如在《子夜》這部力作中，民族資產階級的出路問題占了壓

倒優勢，「新儒林外史」僅作爲作品的襯景與人物社會聯繫適當插入。其著力點著重於批判和暴露資產階級闊少爺、闊小姐花天酒地、紙醉金迷的腐朽空虛的生活方式，和御用文人在吳、趙兩巨頭「鬥法」火拚中的奔走投機。倒是 1936 年陸續發表的《有志者》、《尙未成功》、《無題》這組被稱爲《創作三部曲》或《文人三部曲》的短篇組篇，卻從文藝工作者的歧路角度，批判地用諷刺筆法反映了不足取的文人道路，可惜這組三部曲始終未引起應有的重視和注意。

　　隨著茅盾小說第三個階段的到來，即抗戰爆發後著重寫民族矛盾占主導地位、階級矛盾降爲第二位、社會矛盾更加複雜化的社會鬥爭主題，中國知識分子的道路問題，隨之以更加廣闊的社會場景被突出出來了。反映抗戰初期鬥爭生活的《第一階段的故事》比較粗疏，這個問題未及展開。另一部寫作時間稍晚，規模原擬寫成「五部曲」的《鍛煉》卻把這個主題和人物系列推到更高的藝術境地。

　　如前所說，這部作品中塑造的基本上屬於第二代知識分子的左翼中堅力量的陳克明教授的形象，特別值得注意。但這部小說更值得注意的是大大擴展與開拓了描寫知識分子生活道路的視角。團結在陳克明周圍的有一大批抗日愛國知識分子形象，其中包括放棄安定生活、主動到傷兵醫院服務的愛國醫師蘇子培；有實際上和資產階級家庭劃了界限，但又尾隨陳克明、利用其家庭地位發揮特殊的抗日愛國作用的學運骨幹嚴季眞；有無黨無派但胸懷一片愛國赤誠，又能平等對待工人弟兄的總工程師周爲新；有較他更爲激進、實際上有可能是地下黨員的周總工程師的助手技師唐濟成。他們或是梅女士的同輩人，或稍晚於他們，可以算作介於第二代和第三代之間的革命知識分子。他們大都以其龍的傳人氣質，熱愛祖國的赤誠之心，在反對日本帝國主義侵略鬥爭中「走上」了自己的「崗位」。

　　特別值得提出的是屬於第三代知識分子中較爲年幼的兩個時代新女性蘇辛佳和嚴潔修的塑造。她們以嶄新的精神面貌走上文壇，在茅盾的時代女性人物系列中占據了閃光奪目的位置。隨著時代的發展，歷史的推移，她們沒有沾染二十年代末《蝕》中那組群像所沾染的時代病：既不浪漫，也不頹廢；既不精神空虛，也無需乎尋求什麼刺激。她們本著愛國的正義立場與人民群眾赤誠相處的向心力，初生犢兒不識虎般地向國民黨反動派的特務政治、阻撓抗戰的行徑無畏地衝擊。以她倆和稍長於她倆的嚴季眞爲代表，構成反映

抗日青年的左翼勢力。

而和她們或爲同學，或爲親戚的趙克久和羅求知，則分別代表著青年知識分子的中間和右翼勢力。趙克久的經歷雖然簡單，在書中出場後的處境卻較複雜。他出於幼稚加入了雖曾一度表現愛國傾向，終究受蔣介石妥協政策控制的國民黨軍隊，由於及早煞車才免去淪落的危途。在以後幾部書中，從作者的大綱手稿看，他在較長時期處於中間狀態中還將走較爲曲折的路。

羅求知則較爲單純，由於私心雜念他一開始就墮落爲國民黨特務政治的外圍爪牙，其前景則必然成爲不齒於人類的狗屎堆。

遺憾的是這五部曲只寫成一部就因奔赴全國解放的新戰線而中途輟筆。這組生活場景極爲寬闊、生活道路將更爲曲折複雜、顛沛流離的知識分子群像的生活道路還未充分展開。這是令人萬分惋惜的。

寫作時間早於《鍛鍊》，所反映的時代卻晚於《鍛鍊》，屬於抗日戰爭最艱苦的年代的《腐蝕》，也提供了一組時代女性群像。她們就是堅持地下鬥爭的萍、墮落爲國民黨特務的趙惠明和淪爲漢奸的舜英。她們是同學，又是站在敵對立場的死對頭。她們也屬於第三代知識分子，卻在一九四○年的複雜場景中各走各的路。由於當時抗日民族統一戰線已經形成，站在敵對立場的三個時代女性的關係也就分外複雜，構成了撲朔迷離的特殊關係。在民族矛盾嚴酷如火的抗戰最艱苦的年代，在皖南事變發生前後的緊要關頭，萍和舜英的傾向是鐵定了的。她們各各給當代青年留下了正反兩面的教訓。茅盾的神來之筆不在於此，而在於塑造小特務趙惠明時採取的「給出路」的英明態度。而且在趙惠明身邊寫了一個屬於第四代知識女性的女大學生Ｎ，通過趙惠明幫助她從陷於泥坑中奮然自拔，提供了一條知識青年迷途知返，浪子回頭金不換的悔過自新之路。這眞是一條獨特的生活道路。但在國難當頭、政局險惡的當年，作家用心良苦：

> 鳴呼！塵海茫茫，狐鬼滿路，青年男女爲環境所迫，既未能不淫不屈，遂招致莫大的精神痛苦，然大都默然飲恨，無可伸訴。我現在斗膽披露這一束不知誰氏的日記，無非想借此告訴關心青年幸福的社會人士，今天的青年們在生活壓迫與知識飢荒之外，還有如此這般的難言之痛，請大家再多加注意罷了。
>
> ——《腐蝕》前記，《茅盾文集》第 5 卷，第 3 頁

（五）

　　在抗日時期知識分子形象行列中，茅盾還提供了兩個奇特的人物：其一是《第一階段的故事》中的大學教授朱懷義；其二是《清明前後》中的黃夢英。就時間論，前者屬於抗戰初期上海抗戰浪潮中受考驗受衝擊的一個；後者是在抗戰結束前夕向社會逆流發起攻擊的一個；就其政治傾向論，黃夢英顯然屬時代女性和知識分子中的左翼，而朱懷義仍是處於上層社會和中間狀態的。不妨按時間的序列先看看這位朱教授。

　　他有個明顯的發展過程。上海抗戰前夕他到處鼓吹抗戰，是主戰派。戰爭方酣，他突然主張「熟權利害」，到處聲言英美不動，戰則必敗，上海之役，意義不大，不如放棄退守別處了。對此愛國資本家陸和通尖銳攻擊他：「你的話要是被不認識的人聽得了，準會當你是漢奸」。先是猶疑，後來漸趨堅定的愛國民族工業家何耀先為他解圍說：「懷義兄向來就是主戰派，不過近來又是熟權利害者了。」待到只剩下他們兩個繼續爭論時，何耀先的評價則要尖銳得多：「想不到你竟這樣悲觀！我還記得蘆溝橋事件發生的時候，你的論調多麼強硬？你那時候，譏諷我是……失敗主義者；萬料不到你今天自己成了一個失敗主義者了！」對此，朱懷義作了這樣的辯解：「耀先，你不能罵我前後反覆。我的意見的改變，這是因為我不肯抹煞政論家應有的良心，我不願說謊。從前，據我的觀察，中國一旦開火，國際形勢就會來一個變化，——自然是對我們有利的變化；可是萬萬想不到打了那許多日子，打得那麼猛烈，各國都還是隔岸觀火的態度。從前，我是根據了從前的觀察而發議論，現在我還是根據了現在的觀察而說話：前後不一致，可不能怪我。客觀事實如此，我只是說老實話。」朱懷義是本著他自稱的社會作用「把我的研究貢獻出來，把一些還未顯明的危機指點出來，喚起大家的注意」才說這番話的。然而密司李對他的評價是中肯的：「朱教授的為人，我很明白；問題是關於原則的時候，他的調子高級了，但是談到具體方針時他意見常常動搖，而且歸根結蒂是什麼都不行，所以什麼也不能做。」〔註19〕

　　這一切顯示出一個複雜的高級知識分子的性格層次和內心狀況。首先，作為搞研究與執教的知識分子，朱懷義給自己規定的任務是無可非議的。第二，根據事實說話，抗戰爆發前和爆發後，英、美盟軍方面一直不開闢第二

〔註19〕《茅盾文集》第 4 卷，第 335 頁。

戰線，使中、蘇獨立對日、德作戰的當時局勢，確如朱所說，是眞實的。第三，他確實看出了國民黨領導上海抗戰既無恆心，又缺乏充分的準備，純屬出於愛國軍民和日軍戰火的雙重壓力，箭在弦上不得不發的。在這些方面，作爲中國知識分子憂國憂民、具有超前感知能力的良好傳統的繼承者之一的朱懷義，其內心世界的這些層次是可取的，因爲這反映了他愛國主義的正義立場。

然而問題也正在這裡：眞正的愛國主義者，其立足點應該是實際上也是立足本國，相信本國人民反抗侵略戰爭的實力。而朱懷義總是把戰爭勝負的決定因素看成爲美、英、法發達資本主義國家對德、日、意是否宣戰，對中國抗戰是否介入。這種外因決定論固然違背了朱懷義一再聲稱的他十分看重的客觀事實與客觀邏輯；而且暴露了他的立場的一個根本弱點：仍然把中國之命運的決定權交給其它帝國主義；這仍然是變相的「以夷制夷」。這就暴露了朱懷義的愛國主義立場是不徹底的。作爲知識分子的歷史必由之路，是對人民的關係的正確處理。在朱懷義那裡，人民不占多大的位置，因此他無法理解民心向背是決定戰爭性質及勝負的最終因素。於是，他的「熟權利害」論，使他陷入戰前與戰時的言論不一；行動不一；言行也不統一！茅盾塑造朱懷義形象，多用諷刺揶揄筆法，原因多半是要更準確把握並形象再現朱懷義的性格基調，就是他那「空談誤國」、「搖擺反覆」的性格素質。

在「清明前後」中塑造黃夢英，茅盾採用的手法除了借社會輿論故布疑陣，借人物言行說明其自身，此外還增加了一重朦朧的甚至多少帶點神秘性的色彩。在太太們（尤其是林永清的太太趙自芳）看來，她是個慣會製造桃色新聞的浪漫女性；在資本家嚴幹臣等看來，她是個不宜得罪的厲害角色——作品對此不作任何解釋；從嚴幹臣們的角度感受，是推測她有大的靠山；從讀者和觀眾的角度感受，除了她性格素質的正義力量外，還應該有更重要的革命勢力作爲背景。她以兩個耳光打了行同掮客幾近漢奸的余爲民，且聲稱是尊重其人格，這已經很出格了，但她的聲明更爲驚世駭俗：「恭賀各位做一萬個好夢，恭賀各位在一切種種的好夢裡升官發財。啃桌子底下的骨頭，舐刀口上的鮮血，可是，恕我不能奉陪了！」說罷她「縱聲長笑」，飄然而逝。這眞是天半神龍，見首不見尾！但如果把她先向嚴幹臣爲不幸的小職員李維勤、唐文君夫婦求情，求情不中即以突然襲擊方式引神經失常的唐文君上場揭露嚴幹臣、金澹庵等操縱炮製「黃金案」內幕的行爲細加剖釋，不難看出

她的行為的多層次性和她的內心世界的單一性了。這是個以交際花身分為掩護混迹牛鬼蛇神之中，來完成革命的特殊使命的時代新女性。作者在她身上塗上的朦朧色彩，固然使運用社會學分析人物的論者增加了困難，但使讀者欣賞過程中獲得了更加廣闊的思考餘地，餘音繞梁，三日不絕，這種美學效果，又有什麼不好呢？

　　總而言之，從《蝕》到《鍛煉》，茅盾展示的中國知識分子及其中占了作者較大注意力的時代女性的生活道路，他自己有個精闢的概括：〔註20〕

　　　　知識分子的道路不能離開人民的道路，如果離開人民，即使你

　　只想「明哲保身」，反動集團還是要拉你去「殉葬」的。

這是歷史必由之路，茅盾連根和土，連空氣帶陽光，一總反映在他這一批鮮花怒放般的知識分子群像中。

（六）

　　在中國漫長的民主主義革命過程，知識分子歷來是首先覺醒的成分。不同歷史時期中許多革命啓蒙者和革命先驅，大都是知識分子。對於知識分子的歷史作用，文學應該有個公正的態度。在中國古典小說中，對知識分子革命作用的估計儘管受正統思想的種種限制，總地說有個真實的反映。鴉片戰爭以後到「五四」運動這段歷史，在現代文學中總體說來沒有給予應有的注意。這個歷史遺留問題，當代文學的鼎盛時期，特別是進入新時期以來的近幾年，才適當地彌補了。相應地現代文學對這一歷史時期知識分子憂國憂民、向西方探求真理的努力，也缺乏應有的熱情態度。

　　魯迅原有寫三代中國知識分子的長篇小說的計劃，可惜限於條件未能實現。葉聖陶、巴金、老舍等寫知識分子的大小說家，更多地集中自己的注意力於生活現實。這是一個看來很奇怪實際也並不奇怪的現象。作為時代先驅的這些文學大師，大都著力於描寫自身的局限，而很少花大力量肯定自己和自己前輩的歷史業績與光輝貢獻。這是意味深長的。究其原因，一方面是現實的要求、歷史的需要使作家不得不寄意於當前急迫的現實生活的再現，無暇兼及歷史的回顧和經驗的總結。另一方面「五四」以後馬克思主義傳播之同時，也伴隨著「左」的思潮的泛濫：知識分子題材總是採用與工農對比觀

〔註20〕見 1948 年 5 月 4 日文協香港分會編的慶祝第四屆「五四」文藝節紀念特刊：
　　　　《知識分子的道路》內收的茅盾同名文章中。

照的方式以顯示其弱點，甚至被籠統地置於批判地位，被劃進剝削階級。這一歷史的偏頗愈演愈劇，它從 1928 年的革命文學論爭和隨之而來的對魯迅、茅盾的圍攻達到了高峰，就中茅盾的《蝕》和《從牯嶺到東京》的被批判，使在這方面筆力最利、勇氣最足的茅盾，下筆前也不能不心有餘悸。

這樣一來，不僅康梁變法中知識分子的革新傾向的歷史作用無人問津，就是伴隨著孫中山先生革命與戰鬥過一生立下汗馬功勞的戎馬書生，在文學中也得不到起碼的反映。在這種條件下，在 40 年代反映辛亥革命前後自發變革的《霜葉紅似二月花》中出現的錢俊人、朱行健和錢良材的形象，儘管也帶著當時對知識分子革命作用估計不足的明顯時代痕迹，總算沒被作家自我抑制態度所淹沒，而承受了若干溫馨的暖意。這不能不說是茅盾的一個歷史功績。即或如此，知識分子的自我反省意識，在作品中仍占據著更大的比重。張恂如、黃和光甚至錢良材這三個難兄難弟作為「多餘的人」形象，在書中放射的光澤，對讀者是更有吸引力的。

從「五四」到大革命洪流，中國共產黨的創始人（他們都是出身剝削階級和小資產階級的知識分子）及早期無產階級革命家形象，在現代文學中反常地不占任何位置，倒是一反常態，知識分子自身的解放——尤其是個性解放與婚姻解放兩大社會課題——突然成了壓倒一切的主題。其惡性發展趨勢，竟釀成無病呻吟的作品的泛濫和充斥！魯迅和葉聖陶的小說在這當中獨樹一幟。他們既不掩蓋知識分子階層的壞習氣，又能勇敢地肯定了他們「五四」潮中反帝反封建的歷史功績。他們的苦悶結合著作家的苦悶一起宣泄，實際上提出了「五四」落潮後知識分子道路應該如何走的重大時代課題。世界觀的局限使他們既不能回答知識分子如何處理好與革命、與群眾、特別是與工農群眾的關係問題。也不能回答《娜拉走後怎樣》的問題。此後的巴金仍然寫「五四」的時代主題，借以反映他的帶空想色彩的理想主義。老舍則諷刺揶揄自身所在的階層中人的灰色的人生。在這兩輩作家之間，茅盾和蔣光慈獨樹一幟。

蔣光慈以其初步掌握的馬克思主義理論知識和在蘇聯獲得的感性體驗，大膽描寫了知識分子到工農中去面臨的種種問題。在方向和生活道路上，這種探索無可非議。遺憾的是生活實感的缺乏，不僅使這些知識分子形象和工農形象同樣蒼白，而且遠未反映出具中國特點的知識分子的憂國憂民素質，也沒有寫出儘管較之西歐知識分子的貴族化傾向要「平民化」得多，一旦到

工農運動中去，卻仍顯得缺乏自信心，略帶自卑感等等歷史真實。這些素質在類似蕭軍的《八月的鄉村》中反映得比較充分。茅盾和蔣光慈在思想高度上並未同步發展，表面看來，他的調子比蔣光慈低。他不勉強寫自己不熟悉，在當時也未必真實的知識分子與工農結合的問題。和蔣光慈、丁玲相比，茅盾筆下的知識分子自我反省的程度和強度更高一些。這種獨特的自我意識驅使他用《蝕》來反思大革命前、中、後期革命小資產階級知識分子的狂熱與消極、亢昂與頹廢、希冀與幻滅、追求與停滯。其主導傾向儘管帶有明顯的自我譴責的反省色彩，也不必諱言其感情支線有自我表現、自我辯解的性質。出乎意外的是，這感情「支線」被當成了全局，一時間大張撻伐的形勢酷似暴風驟雨。那些「左」得可怕的批評者忘記了自己所背的因襲重擔和知識分子的壞習氣，一味把剛剛學來還有些生吞活剝的馬列主義名詞祭起來當作批判的武器。

事情總有其兩個方面，正像革命文學論爭中逼得魯迅去專攻馬列主義以真正研究透自己的論敵，其結果導致自己的無產階級意識的充實那樣；茅盾經此一逼，也用長篇《虹》來糾正了《蝕》！《虹》的獨特的文學史功績在於，不僅很好地回答了「娜拉走後怎樣」的問題，而且初步回答了在革命征程上知識分子和群眾結合的問題。更難得的是：它並不像30年代以後通常所做的那樣，把知識分子和工農作對比，通過人物關係抑此揚彼。他把革命意識與非革命意識放在知識分子中革命者梁剛夫和剛邁入革命門坎的梅行素之間，來解決個人與組織、個人與群眾的關係問題。如果說有的讀者還嫌這種解決方式不夠「正統」，那麼由《虹》到《霞》的寫作構思卻無可挑剔。因為茅盾無意來尋求正統的公式，他也像丁玲當時所做的那樣，固執地在30年代堅持其小資產階級知識分子的自我表現。茅盾和歷史同步，和革命需要一致。他的《虹》表明：他既不肯把知識分子生活道路簡單化為一種模式；他又敢忠於生活的真實。他從生活本質出發，發現了歷史潮流與馬克思主義理論之間驚人的吻合處。他的作品的思想光芒和藝術魅力，都是從這裡來的。這正是茅盾式的革命現實主義！

30年代上半，抗日戰爭爆發之前，當革命加戀愛的公式和繼續再現「五四」時代知識青年反封建、要自由、追求個性解放與婚姻自主的主題仍遍及文壇時，茅盾已經跨入以社會問題為中心寫中國社會現狀與前景的重大主題領域。知識分子主題暫時被擱置，只在作品襯景上有時描他們一筆。用語多

諷刺而較少肯定，表明茅盾不是沒有沾染當時對待知識分子的「左」傾習氣。但他既不像丁玲在《莎菲女士日記》中那麼固執地表現知識分子的孤芳自賞，也不像有些作品那樣，寫面對工農大眾時知識分子的自責自卑。他一時似乎拿不定主意，除了沖淡這個主題外，他取的是「中線」態度，試探著走路。所以30年代前半對中國知識分子生活道路問題，茅盾這時也許有意地略作迴避。

抗戰爆發改變了社會矛盾的結構，也改變了知識分子的歷史處境與歷史地位。這時的茅盾經歷了足夠的社會體驗，他有餘力在把握時代主題之同時，來把握知識分子生活道路的主題。他採取的方式是全景宏觀，全面概括民族矛盾上升、階級矛盾降為第二位之後，知識分子左、中、右三種生活道路傾向，正確地反映了兩頭小、中間大的分化規律。茅盾對這種分化的描寫是自20年代末就致力著的。隨著時代的發展，作家很注意導致分化的內容與社會基因的反映。但在抗戰爆發後這種分化的描寫，色彩顯得分外鮮明，歷史感時代感也分外地強烈。而其著力點也改變了20年代末以「自我反省」為主題的做法，他努力伸張知識分子中愛國主義的、革命民主主義的以至無產階級思想的正氣！有人說：「茅盾40年代末寫《鍛鍊》，以其構架論，該書應當有可能成為這位小說家生活及文學經驗的總結。但這部小說已完成的部分，知識分子形象是貧血的。」〔註21〕這段話雖然僅僅說對了前半，但卻等於否定了《鍛鍊》的整體。因為該書的工人形象和資本家形象既不占全書的主體，所寫的相應的形象也遠不及知識分子群像那麼虎虎有生氣！「知識分子形象是貧血的」！這「血」指的究竟是什麼呢？是指他們已經充分具備的愛國主義精神？還是面對民族矛盾和階級矛盾複雜交織的形勢應有的實際上也已經充分具有了的自我意識和社會意識？抑或是鮮明的個性特徵與心理素質？「知識分子形象是貧血的」！說這麼句話當然是很輕易的，可惜它不符合作品的藝術真實。而且論斷其知識分子形象在十個以上的這樣一部大作品，一攬子用「貧血的」加以判定，似乎缺乏應有的審慎和鄭重。正是《鍛鍊》相當真實、也相當勇敢地拋開了上述論者在文中一再諷刺著的「知識者與勞動者」在作品被抑此揚彼地簡單化了的對比公式，在著力寫知識者與勞動者有時相濡以沫，有時相互支持的「平等感」和相互貼近的「安全感。」

〔註21〕趙圓：《知識者「對人民的態度的歷史」》，《中國現代文學研究叢刊》85年第
2期，第30頁。

在這裡知識分子消除了那種「俯看」的優越感，他們和勞動者之間消除了「空間距離和心理距離」。也不存在什麼「自我渺小感。」作者也採用四十年代通常採用的「透過勞動者（或試圖直接由勞動者的眼光）打量知識者」。但打量的結果所激起的不是卑視和感覺上的自我優越；而是至今勞動者依然保持著的（即或在文革的浩劫中，真正的勞動者也沒有失掉它）對知識、對知識分子的正義立場和愛國主義的態度、以及講道理、嚴謹從事、嚴於律己的正氣的尊敬愛護之情。這些，難道不是《鍛煉》中知識分子的「血」嗎？和作者在文中譴責的那種至今仍受肯定的作品相比，恰恰是茅盾走著筆直坦蕩的正路！

資產階級的人物畫廊
—— 再論茅盾小說的主題連續性與
人物系列性特徵

如果說茅盾筆下的知識分子生活道路問題只從知識分子與革命、與群眾的關係問題牽動了中國社會制度、中國歷史道路與中華民族的歷史命運之一角，那麼在民族資產階級的出路問題的描寫中，基本上是牽動了全局，因此具有更大的革命總形勢的宏觀性。

中國走資本主義道路還是走社會主義道路，這是鴉片戰爭後迄今為止始終存在的一個頭等重要的社會政治問題。在這個與中國人民歷史命運直接關聯的問題，我們如何對待民族資產階級，中國民族資產階級又如何對待中國人民與中國人民的敵人，這是事關確立什麼制度，如何構成革命統一戰線的重大問題。對此，茅盾始終給予足夠的注意。但其認識，卻與歷史同步，而居其前沿，並有一個認識的漸變與質變歷程。

（一）

如果我們著力追溯，就可以先看看他的這方面思想的胚芽。1909 年，十三歲的茅盾在《選舉投票放假紀念》的小學作文中，記敘了晚清末年，清廷偽裝預備立憲而設立省諮詢局，其選舉投票日那喜氣洋洋的氣氛。諮詢局只能給省督撫提出建議，而無任何決定權利。即便如此，少年時代的茅盾也對此資產階級性的有限民主極為歡迎，視為「我國四千餘載未有之盛舉，從此我國民可以脫離苦海，而跳出專制範圍，享自由之福」。他憧憬著「近日之諮

詢局，即他日之議院」；定能使「民情可張，輿論必重矣！」〔註1〕四年之後，這個夢就已做醒，辛亥革命不僅超過了君主立憲，而且確立了民主共和體制。這又怎麼樣呢？還不是照樣專制！此時的茅盾，終於拋開少年時代的幼稚，他不僅參與反抗學校專制當局，而且仿照《莊子》《秋水篇》中所載寓言，送給當局學監一隻死老鼠，並且題了詞。那是《莊子・秋水》中的一段話：鵷鶵發於南海，而飛於北海；非梧桐不上，非練實（即竹實）不食，非醴泉不飲。於是「鴟得腐鼠，鵷鶵過之，仰而視之曰：『嚇』！」〔註2〕

　　經過「五四」運動，他已經看透了資產階級及其民主自由的實質，認為紳縉運動的「德謨克拉西政治」只是與封建軍閥「分贓」和「狐媚外國的資本家的東西」。〔註3〕這就抓住了中國資產階級的特點。在《探「極」的潛艇》前言〔註4〕，茅盾從經濟與科學發展角度，揭露了資本主義扼殺科學，阻礙生產力發展的實質。在婦女解放問題上，揭穿了所謂「男女社交公開」實質上「徒有虛名，黑幕重重」，〔註5〕反對我們對西歐資本主義「亦步亦趨」，而主張在中國為實現蘇聯已經實現了的無產階級專政的體制而奮鬥。這個認識形成於建黨前夕，後來他的一系列作品，從不同角度描寫了這個主題。

　　茅盾處理這一主題的突出特點，是抓住了特定時代的歷史聯繫。他寫中國民族資產階級的出路問題，歷史年代最早的是「五四」前後。前面談過，在《霜葉紅似二月花》裡，他塑造了經營水路交通事業的資本家王伯申的形象，並且把所屬的階級放在與封建地主階級與農民階級的階級衝突中來描寫他的出路與前景。

　　茅盾注意到中國民族資產階級大都由地主階級脫穎出來的這個特點。從而揭示了其性格內涵先天不足的軟弱性與反動性。民族資產階級與地主階級的血緣關係，許多作家作品都注意到了。例如電影《不夜城》的開端就是從大光明染織廠經理張耀堂（他本人是地主兼資本家）及其兒子張伯韓分別脫穎於農村和留學於西洋寫起的。但是從這種與農村地主階級的天然聯繫寫其反動性和先天軟弱性，茅盾卻是最早的獨步青雲的主要作家。從作品歷史背

〔註1〕《茅盾少年時代作文》，第28頁。
〔註2〕《莊子譯注》，山東教育出版社，第325頁。
〔註3〕《自治運動與社會革命》，《共產黨》第3號，1921年4月7日。
〔註4〕《學習雜誌》第6卷第12號，1919年12月5日。
〔註5〕《結婚日的早晨》譯者前言，見《婦女雜誌》第2卷第5號，1920年2月5日。

景時序講，這伊始於《霜葉紅似二月花》而集大成於《子夜》。這顯示了茅盾認識與再現中國社會現實的見地。

在《霜葉紅似二月花》中，作者抓住王伯申的父親王老相爲張家的風水特好（龍頭）的墳地而發生爭端，寫出出身於地主階級的王氏父子的封建意識。這和後來爲疏浚河道經費問題王伯申單刀直入地提出動用地主趙守義經管的善堂經費問題也有密切的聯繫。但是，作爲資產階級，他的興起和經營輪船事業，必然和地主階級發生利害衝突。作者提煉的王伯申的輪船公司的小火輪戽水淹農田這一典型故事情節，揭示了這種階級衝突。這個情節本身當然是帶偶然性的；但它反映的兩個剝削階級的衝突，則是有歷史必然性的。在資本主義事業興辦過程中，資本的積累、勞動力的支配以及土地的支配，都不能不衝擊著地主階級的固有利益。於是，爲改變小火輪戽水衝農田而提出的疏浚河道問題，其矛盾焦點就集中到動用善堂的資金問題。善堂經費本來就是旨在用於公益事業的公款。從這個意義上講，王伯申動用善堂經費疏浚河道的提議，本來是有道理的。問題在於把持此公款的地主階級分子趙守義利用職權從中漁利，故其帳目是無法公開的。這筆款究竟有多少？是否還存在？這都成問題。事實上千百年來地主階級打著慈善公益事業的招牌以公款謀私利，已經成了他們的無人敢於問津的特權。現在財大氣粗的王伯申居然敢於問津，而且打算動用。因此，動用此款的提議，就構成了資產階級對地主階級及其傳統特權的強烈衝擊與公開挑戰。

從趙守義的立足點看此問題，則另有一理：資本主義的經營本身就是離經叛道的東西，而且王記輪船公司屬於個人，他的船戽水淹田問題，只能靠其個人力量予以解決，而沿河地主之土地受害被淹，事關本階級的利害，趙守義本來就難以容忍，何況還要剜自己的肉，補王伯申的瘡？這斷乎是不能容忍的！於是他也以攻爲守，抓住王伯申發展資本主義交通業過程中對地主階級以及地方上種種利益的衝擊，作爲揭露王伯申的劣迹的口實。所以，關於唆使學校校長曾百行控告王伯申占用學校公地堆煤一事，這個情節的典型提煉，就建築在資本主義發展過程中與地主階級以及其他各種勢力發生利害衝突的歷史眞實上。而在中國的特殊國情中，地主階級勢力根深蒂固。資產階級根底很淺、先天不足的特點，藉此得到了形象概括。這種構思是很巧妙、很深沉的。

當然王伯申和資產階級的命運相一致，他的優越性在於有辛亥革命之後

成立的以買辦資產階級為主體的政權為後盾。因此他敢於依靠政治勢力、動用軍警武裝對付被地主階級幕後操縱的反抗王伯申的農民階級。小曹莊的槍聲，從本質上說，對準的主要是農民階級而不是地主階級。

農民階級承受著地主階級、資產階級的雙重壓迫與危害，這是茅盾根據中國當時社會特點所作的形象概括。他借助戽水衝田的矛盾的直接受害者是農民階級這一點，來提煉其典型情節。農民為了對抗小火輪的危害而自發組織的砸船鬥爭這一典型情節，從《當舖前》到《霜葉紅似二月花》，就是從這個立足點提煉和構思的。借此茅盾還揭示了中國農民階級受地主階級兩千多年統治的結果之一就是，直到「五四」前後，還不得擺脫其政治、經濟以至意識形態等各個方面對地主階級的依附狀況。何況他們和正在發展的資產階級存在著直接的利害衝突。因此王伯申面前的對手不僅是地主階級，還有一定程度上受地主階級操縱的農民階級。這兩個方面的敵對勢力，是中國民族資產階級發展過程中碰到的不同於西歐資本主義的前進阻力。茅盾在《霜葉紅似二月花》中所典型概括與歷史把握的中國民族資產階級的出路問題，大體上就面臨這種局勢。這也就是王伯申性格內涵的現實意義。

有了這個局勢的準確把握和形象概括，茅盾就順利地揭示了王伯申所代表的中國民族資產階級的歷史出路，拋開加入中國共產黨領導的民主統一戰線這條真正出路不走的話，那麼王伯申和吳蓀甫以及王伯申們、吳蓀甫們，其出路只有兩條：投靠地主階級或帝國主義。和《子夜》不同的是：《霜葉紅似二月花》的特定歷史背景決定了它不能涉及帝國主義問題和黨領導下的民主統一戰線問題。他只把王伯申和趙守義的幾經角逐終於幕後言和作為結局。從而典型地概括了中國民族資產階級和地主階級在衝突中時時妥協、時時還結成聯盟的必然趨勢。這是構成中國民族資產階級無法成為法蘭西的發達的資本主義政治勢力的歷史悲劇所在。在半封建半殖民地中國情況下，歷史的發展只能是這樣的。

而在這一悲劇之外還有更慘的悲劇：真正受害的是農民階級。小老虎的命白賠上去，還要抓領頭砸船的農民去吃官司。小火輪船依舊在未疏浚的河道上戽水淹田，地主階級也決不因此少收地租。錢良材式的改良和折衷調和無濟於事，農民階級必須另外尋找自己的出路。

《霜葉紅似二月花》通過王伯申形象面臨的種種複雜糾葛的典型概括，把「五四」前後中國民族資產階級的出路問題放到中國社會各個階級的出路

何在的大背景中，突出其歷史本質特點，其深度和廣度，在中國現代文學史上，迄今爲止是獨步青雲的。作家的傾向性隱蔽得很深，但你細細品味就能發現：在王伯申與農民的衝突中他同情農民而譴責王伯申；在王伯申與趙守義的衝突中，作者隱隱透出其感情傾向是在王伯申方面的。這種微妙的作者心理，顯然體現著作者高度的歷史唯物主義意識。這不僅不是茅盾的缺陷，它恰恰是他實事求是的態度和現實主義立場的必然歸宿！

《霜葉紅似二月花》原計劃是寫到大革命時期，如果此書全部竣工，關於民族資產階級出路問題的描寫，差不多可以和《子夜》相聯接。而且以大革命失敗作分水嶺，此前的民族資產階級是站在民主統一戰線之內的，儘管它與地主階級時有勾結。大革命失敗後階級力量對比發生了變化，被群眾革命運動嚇破了膽的民族資產階級一旦投靠了大資產階級，相應地進一步改變了階級力量的對比。由於此書沒有寫完，所以從本書所寫的 1924 年到《子夜》所寫的 1930 年以前，民族資產階級在這一段時期所走的歷史道路，在中國現代文學史上尚屬無人塡補的空白。直到《子夜》問世，才把投靠了大資產階級之後的民族資產階級的出路問題，重新提到歷史高度作進一步的揭示。

（二）

《子夜》不僅在民族資產階級的社會出路問題上和《霜葉紅似二月花》保持著歷史聯繫，而且其重要人物孫吉人還與王伯申存在著性格之間的血緣關係。不過孫吉人的水陸交通運輸業已在大江南北遍及各地，遠遠超過了王伯申內河運輸業的格局，然而他困於戰爭，難以發展，卻又表現了「過猶不及」。不過性格的精明果決則一脈相承，因此足以給 30 年代中國民族工業之驕子吳蓀甫「襄佐軍機。」他們和王伯申一起，構成民族工業資本家群體之靈魂與核心。

作家寫《子夜》的民族資本家群體，非常注意其多方面的社會屬性與社會聯繫。而且把社會衝突與生活矛盾對性格的衝擊，和細緻而微的心理描寫結合爲一體。

早在 20 年代末期，茅盾就積累了豐富的心理描寫經驗。那時他多著重心理心境的靜態勾勒，社會內容的容納度尚不很高。只有《動搖》既重靜態的激情描寫，也重社會衝突、生活矛盾的衝擊導致的心理活動描寫，茅盾在二

者的結合上作過成功的試筆。及至寫《子夜》，作者已把個人命運放在社會問題之中，其軸心重在社會矛盾導致的特定階級的命運的展現，因此二者的結合運用，成爲內容對形式技巧的特殊需要。而且這時作者的心理描寫藝術已達爐火純青境地，他能把社會衝突引起的心理感應透剔入微地結合起來，並使靜態的感應變成動態的感應，引起一系列內心活動；使之影響到人物心理素質發生變化，使這一變化的過程成爲性格發展過程的一個縮影。並把形成其變化的內因與外因寫得清清楚楚。所以，這一藝術技巧的全面採用，又爲深化生活和人物性格的發展，展示民族資產階級革命與出路，提供了保證。在這裡，作家的社會意識與審美意識，顯然在同步發展。

作家的藝術視角著力在人物的個性稟賦的演變。通過人物社會處境導致其階級素質的充分迸發和個性稟賦的被迫扭曲與改變，又揭示了民族資產階級悲劇命運的內容和根源。

就個性稟賦論，吳蓀甫是最具鮮明色彩的一人。他剛毅果決、鐵腕善斷，十足是一個具有法蘭西性格的工業巨子和堂堂的男子漢！這樣一個個性突出的民族工業界巨子，卻生不逢時。他沒有王伯申那種天賜機緣：可以利用第一次世界大戰西歐列強無暇東顧之機，發展他的輪船事業。1930 年的吳蓀甫，儘管結成了上海灘頭舉足輕重的民族工業集團，又有民族金融資本家——自己的姊丈杜竹齋作同盟軍，無奈此時民族資產階級的社會處境大大逆轉。「四一二」反革命政變後投靠了買辦資產階級以後，他們的社會處境的改變唯一的表現，就是把自己毫無退縮餘地地置於一度曾是統一戰線的同盟軍的工人階級的敵對立場。至於帝國主義的經濟鯨吞和買辦資本的重重包圍，更是有加無已。國民黨內蔣汪對峙形勢，使他們彼此都打出誘人的旗號。汪精衛爲了招徠黨羽，提出了頗使吳蓀甫動心的發展民族工業資本的口號。然而這是一個個花花綠綠的肥皂泡，哄小孩玩玩是可以的；但這種毫無兌現誠意與可能的東西，怎能滿足吳蓀甫眞刀眞槍發展工業民族資本主義所必需的「賢明政治」要求呢？因此，吳蓀甫中了趙伯韜「引蛇出洞」之計，變工業資本爲投機市場的資本的行動，與其說是吳蓀甫「智者千慮，必有一失」的失著之筆，勿寧說是「形勢逼人，不得不然」的歷史悲劇必然性的表現。何況這裡還有階級素質起決定作用：作爲資產階級，唯利是圖的階級本性，本來就使其發展民族工業的愛國主義口號及行動，在利害攸關面前常常動搖妥協，極易見異思遷！加之這時的民族資本家吳蓀甫是在國民黨右派麾下，他

不得不成為隨反動之波，逐媚外之流的一員。他所揚言的建立法蘭西式的資產階級共和國的政治理想，與發展民族工業的目標之不能始終如一，顯然是自不待言的事！

不過這個個性稟賦剛毅果決、頤指氣使的鐵腕人物吳蓀甫，就其性格邏輯說，決不甘伏首聽命，任人驅遣。就其階級素質言，中產階級本來就有「受外資打擊、軍閥壓迫感覺痛苦時，需要革命，贊成反帝國主義反軍閥的革命運動」〔註6〕的一面。然而吳趙鬥法歷時兩個月有半，吳蓀甫經過兩次慘敗，由剛毅果決變得優柔寡斷之後，他還困獸猶鬥，不肯向趙伯韜舉白旗就範。當他決定不用自殺手段結束悲劇之後，出於「留得青山在，不怕沒柴燒」的考慮，他寧肯另謀主子，直接出頂企業給外國主子。不過這時吳蓀甫已難以保持其原有的個性稟賦特徵，只好聽憑其階級素質的主導方面——反動性的一面，朝「買辦化」惡性發展。這時，色屬內荏代替了剛毅果斷，吳蓀甫換了一個人！

退路有沒有呢？當然有的。想當初北伐以前和北伐軍勝利挺進之時，民族資產階級不是作為中國共產黨領導的以國共合作為基礎的革命統一戰線之一員，有其光榮的歷史和反帝鬥爭的實踐體驗？然而彼一時也，此一時也，如今的吳蓀甫畢竟已經與汪精衛和蔣介石法西斯政權沆瀣一氣，他現在難以自拔了！而且出於其階級本性，在與買辦資產階級及其後盾帝國主義金融資本兩次角逐、兩次敗北時，每次他都以本階級的慣性動作，妄圖求掙扎恢復之計——把一切損失轉嫁到工人階級頭上，這時他倒恢復了剛毅果斷，又變得窮凶極惡了！

這就加劇了本就一觸即發的勞資雙方的對抗性矛盾。這時革命尚處低潮。但「左」傾盲動主義的地下黨負責人，不顧「保存實力」的歷史需要，而一再發動工潮，使本就激化了的勞資衝突更加尖銳化了。吳蓀甫則想繼續使用鐵的手腕，武裝鎮壓成為他的主要手段。不過在他面臨的社會衝突的這另一側面中，色屬內荏同樣取代了剛毅果斷。

對買辦資產階級和工人階級兩條戰線的鬥爭，公債和工業這兩翼的全面緊張，使吳蓀甫處於夾縫之中。發展資本主義的狂想，顯然沒有半點實現的可能。他面前只留下兩條路：一條是向帝國主義投降；一條是回到黨領導的統一戰線繼續參加新民主主義革命。後一條路在 1930 年還不存在直接現實

〔註6〕毛澤東：《中國社會各階級的分析》。

性；因此吳蓀甫只好改變初衷，向外國主子乞靈，以解燃眉之急。本來趙伯韜之路是他最鄙視的，現在他倒也步其後塵，走到向洋人屈膝的地步了。

茅盾筆下的《子夜》是一部形象的歷史，它以強大的歷史必然邏輯回答了托派：中國並沒有走上資本主義；中國在帝國主義經濟摧殘下，更加殖民地化了。以生活的形象歷史參加中國社會性質的論戰，不僅做法別致，而且使《子夜》這部作品帶有強烈的政治色彩和史詩性質。它從經濟鬥爭領域揭示了中國民族資產階級在 30 年代初期走的歷史歧路。巧妙的是：一切都蘊藉在吳蓀甫個性稟賦隨社會處境的惡化而產生的巨大變異過程裡。從這個意義上說，《子夜》提供的吳蓀甫個性稟賦的發展史，也就是一部現代中國的斷代史和民族資產階級的歧路史。

不過寫完《子夜》後茅盾意猶未盡，又寫了好幾篇與《子夜》主題及人物系列有關的作品。1934 年 12 月 1 日《文學》三卷六號上發表了他的短篇小說《趙先生想不通》。從公債市場的投機風浪中，寫銀行控制金融實力用於投機，人為地造成「多頭」優勢。使生性「看低」的趙先生所做的空頭，一下子就虧空了五千七百元！這是《子夜》吳、趙鬥法中馮雲卿式的「小戶」的命運的繼續。1936 年 1 月 1 日在《文學》六卷一號上發表了中篇《多角關係》，則寫在帝國主義摧殘和買辦資本戕害下民族工業產生的「多米諾骨牌」式的成片地連續倒塌現象。每個人是債主，每個人又都是債戶，構成了「錘子吃釘子、釘子吃木頭」的人吃人關係。如果再把寫工業品流通過程人為造成的危機的《林家鋪子》（1932 年 6 月 18 日發表於《申報月刊》一卷一期）包括進去。這就從工業到商業、從工業生產到公債投機，從 1930 年到 1935 年，把 30 年代前半在帝國主義和買辦資本主義摧殘下民族資產階級的悲劇命運，史詩般地作了系統反映。這些作品也可以當作系列小說看待，從中研究出中國社會發展的軌迹。

（三）

1937 年抗日戰爭的爆發，改變了中國的歷史進程，也改變了茅盾創作的主題和人物命運的基調。民族資產階級在民族矛盾上升、階級矛盾下降，國共兩黨實行第二次合作的背景下改弦更張，不再絕對依附買辦階級，它重新回到革命抗日統一戰線中來，不再和人民頑固為敵，而在民族大義上和人民取同一立場。這一歷史的轉折，有權利要求在文學創作中占有新的應有的位

置。一向以敏銳反映時代動向著稱和以此爲己任的茅盾，當然會響應歷史的召喚，譜寫其新的愛國主義的篇章。

茅盾一九五七年回首往事時不無歉咎地說：

　　我曾經一再打算寫抗日戰爭的小說，可是每次都是「虎頭蛇尾」；人事牽掣，沒有足夠的時間（……），是其一因，但尤關重要的，是我的生活經驗還不足以寫那樣大的題目。這種失敗的經驗，也就是我的寫作經驗。

　　　　　　　　　　　　——《第一階段的故事》新版的後記

不錯，就總體論，茅盾的抗戰小說大都沒有寫完，生活不足的失敗經驗，也確係其寫作經驗之一部分。但這決非全部，他還有成功的經驗，這是更主要的一面。其成功的經驗之一，就是緊跟時代的步伐，追蹤描寫其各組人物形象系列，在共同性中尋求時代的新烙印，在新烙印中與不同時代的同一類型人物對比其新變異和新發展。所以系列性人物、歷史連續性主題與時代連續性主題仍以作家的生活道路與人物的社會出路保證著它的連續性。

尤其是 1938 年 4 月 12 日在香港《立報》《言林》副刊上連載的《第一階段的故事》說明，這種時代使命感，簡直就是作家的創作自覺性的全部內容。「當時寫這本小書的時候，原想題名爲《何去何從》。因爲，一九三七年後，這個『何去何從』的問題不但關係到我們國家民族的命運，也關係到每個中國人的命運。這本小書中的人物，也面臨著『何去何從』的問題。這本小書的結尾已經寫到一些青年知識分子選擇了正確的道路，——到陝北去。（由此可見，茅盾由新疆回來打算在延安定居的想法，已經醞釀很久了！——筆者）這是象徵著當時青年知識分子（儘管他們出身於民族資產階級的家庭或地主的家庭或小資產階級的家庭）中間的覺悟分子已經認識到唯有走上了中國共產黨所指示的道路，這才中華民族能夠解放，而個人也有出路。」﹝註7﹞此書在《言林》連載時改題爲《你往哪裡跑》。出版單行本時，才改題爲較爲含蓄且更往前展視一步的書名：《第一階段的故事》。

這本書的特色之一，是其政治性與報告文學性。近年來頗有幾篇論文談茅盾小說有「時事性」特徵、儘管對此我持保留態度，但用來說明《第一階段的故事》的特點，我倒是沒有保留的。

「最初構思的時候，原也雄心勃勃，打算在我力所能及的廣闊畫面上把

﹝註 7﹞1957 年《第一階段的故事》新版後記。

一些最典型的人物事態組織進去，而且不以上海戰爭的結束爲收場的。原稿開頭有一章『楔子』，講到書中若干人物已在武漢，而『一』以下各章則是回敘；這就是我原定的計劃，寫上海戰爭者一半，而寫武漢大會戰前的武漢者亦將占其一半。」﹝註8﹞後因赴新疆和生活積累不足寫了前一半而輟筆，使這本書名副其實地是一本「第一階段的故事」。但是此後的《走上崗位》、《鍛煉》、《清明前後》實爲「續貂」。雖然也大都未續完，但卻展示了更爲廣闊的時代場景。

這些著作的共同特點，一是寫抗戰史詩，一是寫抗日戰爭過程中國社會各階級、特別是民族資產階級所面臨的新的出路。這和30年代的描寫，既保持著歷史的聯繫，又具有著新的時代色彩。

首次尖銳地反映這一主題的就是這部 1938 年連載於香港《立報》副刊《言林》上的寫一年前上海「八一三」始三個月可歌可泣的抗日戰爭的長篇《第一階段的故事》。作品以報告文學筆法，眞實描繪了三個月抗戰中上海軍民創造的可歌可泣的英雄業績。軍隊（特別是堅守「四行」倉庫的八百壯士）的浴血奮戰令人起敬；青年們的奮起救亡令人感佩；舞女們在上海淪陷前夕全體出動從事的「獻給你光榮的市花」的行爲令人泣下！而民族資產階級的歷史性轉變，則標示著我國民族統一戰線的擴大，和革命新形勢的重新來臨。

作家仍然採用《子夜》辦法，把買辦資產階級和民族資產階級對照著描寫。這次卻不是重在寫其衝突，而是在對待上海時局生命攸關的和戰問題上的根本立場與態度的尖銳對比。

以潘梅翁這個買辦資本家爲核心的帝國主義鷹犬們，對和戰問題十分關切，但其出發點是發國難財。所以戰爭爆發之前，他們是「和戰皆主派」。目的是在戰戰和和、打打停停中才易於造成交易所股票、公債券價格的浮動，他們才能控制交易所牌價浮沉的主動權，借以吞噬如《趙先生想不通》中的趙先生，以至《子夜》中被引出「洞穴」之「蛇」的工業資本，以充塡其無盡的貪欲。在戰事進行中，他卻非法套購套售軍用物資從中漁利以中飽私囊。當上海戰事以中國的慘敗告終，連他的太太尤其是女兒都被激起程度不等、性質不同的愛國主義的奮激之情，潘梅翁卻如釋重負，興高采烈於從此可重操舊業，在亡國奴的生涯中，充當其買辦洋奴的角色。這也就是黃夢英申斥

﹝註 8﹞1945 年版《第一階段的故事》後記。

金潤庵、高幹臣等人時所說的那種：刀口上舐血、桌子底下啃骨頭的民族敗類的角色！

與買辦資產階級的這種發國難財的「三部曲」根本不同，愛國工業民族資本家何耀先與陸伯通的「三部曲」具有其嶄新的時代內容。他們已經初步擺脫了吳蓀甫深怕發動革命群眾運動的那種剝削階級的劣根性，儘管在戰爭爆發前他們憂心忡忡，深恐戰火危及其幾十年的慘淡經營。但當戰爭爆發，他們卻義無返顧，一方面從戰區或可能成為戰區的地方撤出自己的工廠或資產以挽救損失。這時他「有一個中國人應有的忍痛犧牲的決心」。「他的心是澄靜的，他沒有留戀！」〔註9〕另一方面則把關注私利的眼光不斷擴大，在戰火中滋生了與整個國家、整個民族、全體人民的同命運感；民族意識的共同性，縮小了他們和工人階級的階級意識的差異性。在關鍵時刻，他們也肯作出犧牲。何耀先和陸伯通不僅捐出了留作退走救命之用的各自的最後一部卡車；陸伯通還親臨前線參與慰問將士的活動。而到戰爭臨近結束時，何耀先的犧牲一切的心已經「篤定」；他守定「本份救國」主義，遷廠後橡膠廠重新開工，「多出些貨，不想發財，報效軍用。」〔註10〕「在抗日救國的大目標下，各人做各人本分的事。」〔註11〕陸伯通甚至提出了一個組織一批人搞地下鬥爭的進攻性計劃。儘管作者對此寫得有些閃閃爍爍，但其基本動向則仍很鮮明。

這是一部民族資產階級由大革命失敗始走出陣線以外投靠敵人之後，又回歸抗日統一戰線之中的「三部曲」。在以反帝反封建為基本歷史使命的新民主主義革命歷史時期內，這充滿抗日戰爭初期特定時代精神的「三部曲」，也應該毫不含糊地稱之為民族資產階級投身新民主主義革命的「革命三部曲」！

時代急劇的步伐使作家一下子還難於深入把握當時民族資本家感情領域內心深處更複雜的層次和內容。小說具有的鮮明的政論性，特別表現在和戰局勢與應戰策略的論辯上，同時也具有鮮明的報告文學性。這一切表現在三個月戰事的真實記載與社會各階層情態的主體化攝取上。由於這些原因，何耀先與陸伯通的性格還不可能像吳蓀甫那樣充滿生活底蘊，飽含更多更複雜

〔註 9〕《茅盾文集》第 4 卷，第 244 頁。
〔註10〕《茅盾文集》第 4 卷，第 271 頁。
〔註11〕同上，第 323 頁。

的層次。匆匆的時代給人物留下了匆匆運筆的明顯痕迹。不過大體勾勒出抗戰時代的眞實的人生和眞切的面影，這已經足以把民族資產階級歷史命運的第三階段——重返統一戰線與新民主主義革命共始終的重大歷史階段，作了眞實的反映。回顧歷史顯而易見，當中華人民共和國國旗上決定一大四小五星紅旗圖案時，有一顆小星是代表民族資產階級的。這置身抗戰的歷史性轉折，起了決定性的作用。

和《虹》一樣，作家也採用了在矛盾衝突中寫人物發展的階段性與性格發展方向的一貫性的手法，使人物性格寫得較爲完整。

（四）

《鍛煉》可以說是「第二階段的故事」。但它只寫了第二階段的開頭，即撤離上海轉移內地重新開工以生產支援抗日戰爭的開端部分。從這個角度說，《清明前後》則是「第二階段的故事」的結尾：遷廠之後堅持奮鬥多年仍然在吞食帝國主義、買辦資本主義培植的「苦果」。

《鍛煉》的前身是《走上崗位》，它雖已具有《鍛煉》的胚芽，但限於此作係 CC 特務頭子、國民黨宣傳部長張道藩爲其所辦《文藝先鋒》雜誌強行的約稿，使作品格局過於狹窄，其重點只能落在國華機械製造廠因日寇侵略上海不得不內遷的基點而難往下寫。使作者自《第一階段的故事》以來，一直想實現的大規模反映抗日戰爭中我國抗日愛國運動及民主運動空前高漲的創作意圖難以實施。寫作環境既是 1943 年至 1944 年黑暗的重慶，作者受束縛的手腳難於自由行動；受束縛的筆墨難於直抒胸臆；他的政治見解難於眞實地傾吐；而發表此作品的刊物也不允許眞正的愛國主義政治傾向得以宣泄，這是國民黨屬的《文藝先鋒》的「特色」之一。茅公因此很不喜歡這個中篇。在邊寫邊連載過程中，他邊寫後面的，邊改前邊的。從原稿補綴之處看爲發表稿所沒有的大段文字，就有六七處。無一處不是對賣國反共傾向的尖銳攻擊。反映了作者希望在作品中體現出更爲鮮明的革命政治傾向的努力。但這在 1943～1944 年，仍屬於「吟罷低眉無寫處」的。因此直到 1985 年出版《茅盾全集》第六卷收入此文時，我們才據手稿校勘補入，使這些努力的傾吐首次和讀者見面。

由於改寫不能根本改觀，作者就拋開此書，另起爐灶。終於在 1948 年確定了五部曲《鍛煉》的大綱，當年連載於香港《文匯報》上的是其第一部。

後因全國解放，作者要奔赴北京參加籌備全國政協而不得不停筆。此後公務繁忙，從作者留下的數千言的寫作大綱手稿看，工程的未完部分達五分之四，那是不易一下子續貂的。爲了對全書有個交待，作者 1980 年和 1981 年由香港和大陸分別出單行本時作了小序，交待了「五部曲」的基本內容：「各部的人物大致即第一部《鍛煉》的人物，但稍有增添。這五部連貫的小說，企圖把從抗戰開始至『慘勝』前後八年中的重大政治、經濟、民主與反民主、特務活動與反特鬥爭等等，作個全面的描寫。」由此可見，主題思想的宏觀性質，足以和《霜葉紅似二月花》的最初計劃相比，而其規模和橫向開拓視野，則有過之而無不及。

《鍛煉》仍以《走上崗位》的情節基幹爲基礎，即寫國華機械製造廠在上海抗戰即將爆發時的遷廠問題。但起筆時間與情節開端早於《走上崗位》，寫動手拆卸機器過程時，把工人和工程技術人員的愛國熱忱作了充分描寫。作者的橫向開拓也使視角大大超過了《走上崗位》。作品圍繞遷廠方針問題把其政治背景的複雜內容作了深入挖掘，作品對比地描寫了嚴氏三弟兄：持對日妥協態度的國民黨政客嚴伯謙；具有愛國主義立場，政治上又時有搖擺的民族工業資本家國華廠老板嚴仲平；以及參加過「一二九」運動並被捕過，現仍堅持抗日愛國、爭自由求民主鬥爭的嚴季眞；三弟兄代表了三條不同的生活道路與政治立場。通過這三條線索作間架，把描寫的觸角延伸到當時民族矛盾爲主、階級矛盾仍極尖銳、並因民族矛盾的上升而更複雜化了的整個社會結構及其各個層面中。從而全面概括了共產黨、國民黨和漢奸集團三條不同質的路線之間犬齒交錯、盤根錯節的複雜鬥爭。這就大大突破了《子夜》和《第一階段的故事》的格局，它把中國民族資產階級的出路問題和中國社會、中華民族的整個命運問題溶匯在一起，作宏觀性的整體描寫。

嚴氏弟兄代表的三條不同道路集中在一個家庭之中，便於深入描寫嚴仲平作爲民族資產階級在抗戰爆發時其階級立場的兩重性及其表現過程。儘管嚴仲平和何耀先、陸伯通同在上海三個月抗戰的大時代洪流中，由於作家隨著時代發展深化了自己的社會意識，因此也使同類人物的自我意識及其社會意識顯示出較大的不同。

1948 年 6 月茅盾在《第一階段的故事》四版序中說：「這三年中，變化是太多且亦太大了，因此，使得這本小書裡所寫的一些人和事，更加顯得不夠味，但因那時總的形勢要求包容，要求『與人爲善』，所以還是那樣寫完了

的。」〔註12〕這裡就暗含著這樣的意思：當時寫何耀先和陸伯通，只著重強調其愛國抗日的一面，而其轉變期中搖擺的一面，則表現得不夠充分，影響了對其自我意識和社會意識複雜性程度的描寫。《鍛煉》在這方面作了彌補。而且還從愛國工人、工程技術人員的反映，和家庭內部三種思想的衝突這兩個不同的角度，深化了嚴仲平這個人物，深化了民族利益和個人利益不能兩全時他的衝擊所引起的深刻的內心衝突。

作者明白地在嚴仲平面前擺了兩條路：把工廠遷到內地，還是拆除機器包裝起來運往租界，待上海淪陷或「雙方議和」後，繼續在上海開工。這裡邊包括三個層次：第一，這次戰爭是否會像「一二八」上海抗戰那樣，僅僅是局部的完全有可能妥協議和的有限戰爭。在這裡區分了主戰派和主和派兩種立場。而主和派中，就有最大限度地犧牲民族利益求得買辦階級一個階級利益之保全的一部份人在；這種立場顯然帶一定的賣國性與漢奸性！第二，戰爭打起來之後，是敵勝還是我勝，是持久戰還是速決戰。第三，如果我敗敵勝，上海淪陷，作為民族機械工業家，作為與國防、戰事直接有關的生產部門，肯不肯服從戰爭需要，肯不肯犧牲小我，支持民族解放戰爭。在每一層次中，都存在著「何去何從」的立場與態度的抉擇問題。

嚴伯謙是國民黨中的蔣派，但他又是和汪派有密切聯繫，暗中和漢奸胡清泉勾勾搭搭的蔣派政客。他主張嚴仲平把機械拆卸裝箱，運往租界；即或上海淪陷，也照樣可重新開工。這實際上是讓嚴仲平把他的大機械廠拱手交給日寇，成為支持日偽進攻解放區和國統區的武器供應點。這實際上持賣國立場的嚴重後果，嚴仲平心裡是清楚的。但這對他說來卻是犧牲最小，獲利較大的坦途。因此在他內心，愛國立場和個人私利之間發生了嚴重鬥爭。他的內心活動在行動上的反映，是對遷廠工作的遲疑拖拉態度。這不僅激起了廣大工人的不滿；也激怒了周為新總工程師，迫使他作出了必要時以辭職表示抗議的決定。因為他感到如果那樣，他和工人們等於是被出賣了！

嚴季真在關鍵時刻挺身而出，干涉了二哥而抵制了大哥。在嚴仲平遲疑不決之際，他促成了在決心尚未全下的情況下，第一，加快了辦理遷廠手續的速度；為此他不惜親自出馬到處奔走。第二，他自己親自出馬到武漢物色新廠址。第三，在勞資雙方，對遷廠過程中給工人什麼待遇，搬遷工人及家屬定多大範圍等問題，和周總工程師居間調停，打開了勞資雙方談判幾近破

〔註12〕《茅盾文集》第4卷，第473頁。

裂的僵局。這也就是說，在嚴仲平的不甚強烈的民族立場與愛國感情基礎上，使他幾乎完全是被動地擺脫了國民黨政府明裡號召遷廠、暗裡又設置障礙的妥協傾向；幾乎是被動地擺脫了其兄的重重阻撓、拖後腿行動；被動地被推上遷廠於內地，重新開工，以實際行動支持抗日戰爭之路。這當中關鍵性的外因，是其弟嚴季眞的推動。

這種被動地站上愛國抗日立場，被動地克服和平妥協的誘惑，被動地克服個人私利，被動地作出爲民族犧牲以和工人、愛國技術人員取同一步調的性格刻畫和內心描寫，充分反映了國難當頭民族資產階級在出路問題上對立統一的階級兩重性。茅盾成功地從外部條件的對立性和內心衝突的對立性兩個方面，表述出嚴仲平內心世界的多層次性，以及各個層次不斷因內外多種因素的作用，而消長起伏的性格多維性和複雜性。

茅盾圍繞嚴仲平確定態度問題時各種社會力量的立體地、縱向橫向相結合的開掘描寫，把民族資產階級發生的歷史性轉變的時代基因和社會基因，展示得相當清晰，具有很高的生活眞實性和藝術眞實性！

從主題思想角度權衡，茅盾借助嚴仲平的內心矛盾，成功地反映出抗戰與投降這兩條根本不同的路線之間的尖銳鬥爭。嚴仲平的最終態度的決定，則表現出歷史發展的必然性：在中國特殊的社會條件下，民族資產階級必然會加入愛國統一戰線中去；也只有這條路，才是他們唯一正確的光明之路！

從這個意義上說，《鍛煉》的主題思想和對民族資產階級出路問題的探索，不僅比《第一階段的故事》，也比《子夜》深化了一層！顯然，這時的茅盾，不論政治還是藝術，都完全是一個成熟的大作家了。

（五）

1944 年 7 月 8 日，茅盾在重慶《新華日報》的《新華副刊》上，發表了一篇散文，題目是《時間，換取了什麼？》。其中用三個人對話的方式寫了這樣幾段話：

> 頭一個人說：
>
> 這七個年頭在我輩等於沒有。……你當是一個夢也可以，不過無奈何這是事實。……在敵人的炮火下邊，老板職員工人一齊動手，乒乒乓乓拆卸笨重的機器，流彈飛來，前面一個仆倒了，後面補上去照舊幹，冷冰冰的機器上浸透了我們的滾熱的血汗。機器上了船

了，路遠迢迢，那危險，那辛苦，都不用說，不過我們心裡是快活的。那時候，一天天朝西走，理想就一天天近了，那時候，一天，一小時，一分鐘，確實有價值。機器再裝起來，又開動了，可是原料、技工、零件，一切問題又都來了，不過我們還是滿身有勁，心裡是快樂的。我們流的汗恐怕不會比機器本身輕些。然而這汗有代價：機器生產了，出貨了。……然而現在，想來你也知道，機器又只好閒起來了，不但閒起來了，拆掉了當廢鐵賣的也有呢！……你瞧，……這不是白辛苦了一場？……這七年的工夫是白過的！

另一個說：

白過倒也不算白過。教訓是受到了，而且變化也不少呵！……

頭一個反駁道：

對呀，變出了若干暴發戶，發國難財的英雄好漢！上月的物價，和前月不同，和本月也不同，這一點上，確是一天有一天的價值，時間的分量大多數人都覺得到的。

第三個人插進來說：

我們個人儘管各自愛等著就等著罷，愛怎麼等就怎麼等下去，有人等著重溫舊夢，有人等著天上掉下繁榮來，各人都把他的等著放在沒有問題的最後勝利等到了以後。不過，一方面呢，世界不等我們，而另一方面呢，中國本身也不能等著那些一心只想等到了沒有問題的最後勝利到手以後便要如何如何的人們。……不過中國幸而也有不那麼等者的人，所以七年工夫不是白過，中國地面上是發生著變化了，打開地圖一看就可以看見的。

第一個人發怒似的說：

不論如何，白過了七年工夫總是一個事實。我們從今天起，不能再讓有一天白白過去，如果再敷敷衍衍，不洗心革面，真是不堪設想的。然而那七個年頭還是白廢的！

——《茅盾散文速寫集》（下），第 423～426 頁

我之所以不厭其長地引了這麼幾段話，為的是回答茅盾《鍛煉》以後，《清明前後》之前，創作上存在的那段空白，其歷史內容和茅盾思想是什麼的問題。這幾段話，實際上是作者所作的概括性回答。所以文章的標題是《時間，換取了什麼？》而 1945 年在抗戰勝利聲中所寫的五幕話劇《清明前後》，則是

在從《第一階段的故事》起，到《清明前後》止，對《時間，換取了什麼？》這一問題，所作的總回答。這個五幕話劇可以說是「第二階段的故事」的結局，和「第三階段的故事」的開始。

茅盾說「白過了七年」，其實並不誇張。《清明前後》一劇所反映的事，是以 1945 年轟動重慶山城的「黃金案」為依據，概括的幾乎和《子夜》所反映的差不多的問題：其一，是買辦資產階級金澹庵伙同嚴幹臣一起謀劃把林永清的工業資本引進投機市場，並把他的工廠改變性質，保留個空招牌用來搞投機；第二，利用內部傳出的黃金提價之機造成交易市場牌價的波動，妄圖把林永清的資本一下子蝕空。

林永清走過的路，也就是何耀先與嚴仲平走的那條路，不過他走的更加長久，更加艱苦。他的更新機械廠剛上軌道，日寇的鐵蹄就踏來了，他不得不遷徙，他「毅然決然把設備、原料乃至一部分熟練工人，趕先撤到了漢口。當漢口又成問題時」，他「再度振奮精神，在敵人的轟炸下把設備和熟練工人拖過了三峽」。當中雖有一兩年的繁榮，但「接著而來的恐慌」持續了四五年之久，到 1944 年春，「他心中潛伏著的一個東西終於冒出頭來」，「便是：『辦工業，對於國家，對於自己，到底有什麼好處呀？』」造成這個思想危機的原因就是：資金短缺，原料短缺，銷路不暢和買辦資本的包圍日甚一日。到《清明前後》首幕揭開之日，他已到了山窮水盡，無法維持的境地。其嚴重程度，比《多角關係》中的唐子嘉的處境要強烈得多。因為如果他關廠停產，清理債務，他的財產不足以與所欠相抵。

不過劇本和上述小說的寫法略有不同，其著力點不是林永清的上述處境，而是在困境中他內心深處的思想鬥爭。就品性講，林永清遠遠超過吳蓀甫。和何耀先一樣，在國難當頭之際，他肯於作出犧牲而著眼於國家民族的大局。現在的悲觀念頭，和放下工業隨波逐流的想頭，一方面是在「舉世皆濁，唯我獨清」的情況下，他既「清」不下去，又「清」得無意義；另一方面則是對與買辦資產階級有條件的合作，保持獨立性的合作，他尚存一定的幻想。他沒有幻滅，但他掙扎得太疲倦了。他的力氣在八年抗戰中耗盡了；在一切「升官發財，啃桌子底下的骨頭，舐刀口上的鮮血」之流的圍追堵截中耗盡了！他不甘妥協，但他已沒有力量堅持了。

雄心未死與力已耗盡之間的矛盾，就是他內心衝突和內心苦悶的基因。他的出路何在？戰前吳蓀甫投靠大資產階級所演的悲刻，所走的絕路在等著

他：這就是他有力量把廠子由上海拖到重慶，卻無力量也無勇氣把它再拖回上海的原因。

話劇的悲劇結局是金澹庵的包圍圈收緊成「十面埋伏」，林永清的有條件的保持獨立性的合作的幻想被徹底粉碎。這不是「差不多已經成為絕路」，而是毫不含糊地走上了絕路！在解放戰爭開始前夕，林永清要麼破產，要麼加入抗戰結束後新的革命統一戰線，和中國共產黨合作，打垮蔣介石，解放全中國！

作品描繪的人物內心衝突的總體趨向表明：林永清一定會走這條路。至此，茅盾已經把民族資產階級的出路問題和戰後「中國社會向何處去」的問題的歷史聯繫，緊密地結紮在一起。茅盾關於民族資產階級出路的主題，已經發掘到了極致！

在中國現代文學史上，還沒有一個作家能夠用這麼多篇幅歷史地具體地系統地揭示民族資產階級的歷史命運與社會出路問題；還沒有一個作家能夠站在中國社會出路的高度這麼深入地考察中國民族資本主義的歷史特點問題；還沒有一個作家從生活真實性與藝術概括的真實性出發，對這個問題的切入深度與廣度，能和毛澤東思想，中國共產黨的有關政策，達到如此驚人的吻合與一致；也沒有任何一個作家敢於從社會發展需要、生產力發展的必然性的角度，對發展民族資本主義的必要性作如此的強調，對愛國的進步的民族資本家敢於流露如此明顯的同情；也沒有哪一位作家，包括解放後的作家在內，對「五四」以來中國民族資產階級的曲折道路，作過如此系統、如此準確、如此深刻的形象概括與深刻剖析！

僅此一端，茅盾在中國現代革命史與中國現代文學史上的重要地位，就已經是不容忽視的了！

農民階級的人物畫廊
——三論茅盾小說的主題連續性與人物系列性特徵

在茅盾的小說中，農民階級的命運問題也是一個重要的連續性主題，同時相應地塑造了農民形象系列及與此相關連的地主階級形象系列。不過其連續性和系列性的內在化程度，要稍遜於前兩節所論知識分子與民族資產階級。

（一）

農民的命運的問題最早提出，就作品所寫的歷史年代說，仍是《霜葉紅似二月花》。在這部後寫的長篇裡，尖銳地把農民階級的命運與地主階級的統治聯繫在一起。由於作品焦點不在這裡，因此這個主題與人物關係展開得不夠充分。但也從一個側面接觸了地主階級壓榨下農民無路可走的問題；並且很有特點地寫了幾種不同的農民與地主的階級關係。

第一種關係比較更具普遍性，這就是趙守義對農民的地租剝削及高利貸剝削，由此兼及侵吞人口、霸占民女等帶很大奴隸制色彩的統治關係。例如寫趙守義用高利貸方式侵吞了姜錦生的地，逼債過程中還把姜錦生「押」在牢裡。例如趙守義買了佃戶陸阿寶的女兒陸阿彩為丫頭，並霸占了她以致懷孕。第二種關係可就不太一般了。那就是小曹莊地主曹志誠在趙守義所派「哈」將徐士秀串通下，煽動農民砸王伯申的小火輪。表面看來，這是地主階級和農民階級對抗資產階級的統一行動；實際上不過是一種利用。結果當然是鬧

事者被捕，小老虎被槍殺。最終以趙、王幕後言和，農民成了犧牲品的結局告終。這一結局展示了一個社會規律，剝削階級之間根本利益的一致性和剝削階級與被剝削階級之間根本利益矛盾的不可調和性。第三種情況比較特別，表面看來倒是寫地主和農民的利益的一致性與調和性，這就是由錢俊人創始、由錢良材繼之的「佃戶福利會」。以及在處理了小火輪戽水淹田導致的矛盾時，錢良材平息了佃戶上當砸船的情緒，而用修堤擋水方式代之。作品寫了農民的溫順程度：不僅錢永順（這「永順」二字就很說明問題）如此，其他不是本家的佃戶也是如此。特別是老駝福的形象塑造，更是如此。一方面他認識到：「罪過！錢少爺，你這是造孽。多好的莊稼，都是血汗餵大的，這樣平白地不要了，罪過，太可惜！」「您這裡丟掉了的，夠老駝福吃一世了呀！」一方面作者又賦予老駝福以痴呆、狡猾的表情與「偷偷摸摸的心情。」這就把這個代表農民真實心情的老實農民，蠢化了也醜化了。這當然是局部的敗筆。但總地說，這三種地主與農民關係的描寫，集中反映了「五四」運動前後，20 年代農民運動大興起之前，農民階級的自發反抗與屈服態度。他們的自發反抗還處在自在的階段，因此易於受地主階級的利用。而其思想上的愚昧和對地主階級的依附態度，使其受壓榨、受剝削、要反抗、要革命的階級本質，一下子還難以暴露與迸發出來。這當然不是太平天國、義和團所代表的中國農民的反抗傳統和主流。所以茅盾對「五四」前後中國農民的命運雖極同情，但對他們的出路的看法尚較悲觀。當然這也許和生活體驗有關。他更了解舊式的農民，而不太了解新式的革命造反的農民。但也和當時的歷史真實與歷史局限有關：在 1924 年，中國共產黨還沒有發動起全局性的農民運動。

這主觀與客觀的局限，在 20 年代寫歷史題材的農民小說和 30 年代的農民小說中均可看得出來。

（二）

首先可以考察一下他最早寫農民運動的短篇小說《泥濘》。《泥濘》寫於 1929 年 4 月 3 日，初刊於 1929 年 4 月 10 日《小說月報》二十卷四號，署名丙生。這是茅盾最早描寫農村生活的作品；並且是正面描寫兩湖農民運動在大革命前後起伏消長的唯一的作品。但它又是既不為作者所關注，更受讀者和批評界冷遇最甚的作品之一。這是值得注意的文學史現象。

　　題材既重大又重要卻受冷遇，亦不爲作者所關注的根本原因，是它的傾向性和眞實性都有問題。儘管它寫共產黨領導的國民革命軍在北伐中打敗了奉軍，領導了農民運動並成立了農民協會；發動了婦女解放運動，並想成立婦女協會；也揭露了「四一二」反革命政變對農民運動的殘酷鎭壓。但是這一重大歷史過程的描寫僅限於浮光掠影的記事，既缺乏生動的形象再現，也缺乏準確、科學的本質描寫。其要害在於：對農民群眾的落後面強調過分，對其革命要求與積極行動缺乏反映，類似《湖南農民運動考察報告》那樣的眞實地、歷史地、本質地的反映，在《泥濘》中沒有蹤迹可尋。

　　對農民運動和農民群眾的錯誤描寫表現在：第一，農民的土地要求沒有得到滿足。第二，農民對共產黨領導的軍隊普遍懷疑，甚至持有敵意。第三，農民把農會和婦女會的成立理解爲「共產共妻」。事實上那個階段的農民運動，只能打土豪分田地，不能共產。「共妻」更是敵人的污蔑。但作品卻當作農民自身的認識（黃老爹）與要求（黃老爹的兒子老七）。第四，農民的「共妻」認識和「要求」被流氓團伙所利用（「活無常」等），而共產黨和他們領導的軍隊不僅無力澄清群眾的誤解，而且也無力回擊流氓的破壞，反而一逃了之！

　　這種描寫不僅和實際生活有很大的距離，而且連蔣光慈的《田野的風》之類的不成功的作品的眞實性與革命性描寫都遠遠不及。所以《泥濘》是個失敗的作品。究其原因是遠在日本的茅盾並不了解這些眞實的生活，所用的是第二手甚至第三手材料。這種種原因都使他的描寫把生活扭曲了；這是一個教訓！

　　《泥濘》藝術上也不成功。因爲既沒有生動的性格，也沒有形象化的場面，認識上的偏頗使作品失卻了眞實性，生活積累的不足使作品失卻了形象性和藝術性的可靠依託。由於生活積累不足，人物語言也缺乏個性，粗話並非與勞動人民有必然聯繫。這個道理作家不會不知，但卻落了俗套。

　　唯一可取的是寫國民黨右派對農民運動的殘酷鎭壓比較眞實。此外，作家擴大題材與正面寫重大鬥爭的努力，也是值得肯定的。它反映了茅盾在思想轉變期中藝術上也在作多方面的探索。這說明當時他的著重寫小資產階級的文學主張也並非一成不變，他自己也是想擴大創作視野，寫出革命發展的主流的。

　　可惜思想、藝術兩方面的條件都不具備，這種努力只在失敗的作品中留

下了痕迹。

1930 年 8 月 10 日、9 月 10 日和 10 月 10 日，茅盾在《小說月報》二十一卷八、九、十號上，連續發表了三篇由現實轉向歷史的短篇《豹子頭林沖》、《石碣》和《大澤鄉》。前兩篇取材於《水滸》，後一篇取材於陳涉、吳廣揭竿起義的歷史。

《豹子頭林沖》就選材言，本不屬於農民問題範圍，但在這篇截取林沖為交「投名狀」而和楊志發生了打鬥後的生活片斷中，作者著重寫當天晚上林沖的不眠之夜的種種心理活動。在此作者以創見的光澤點了林沖的出身：

> 自家幼年時代的生活朦朦朧朧地被喚回來了。本是農家子的他，什麼野心是素來沒有的；像老牛一般辛苦了一世的父親把渾身血汗都澆在幾畝稻田裡，還不夠供官家的徵發；道君皇帝建造什麼萬壽山的那一年，父親是連一副老骨頭都賠上；這樣的莊稼人的生活在林沖是受得夠了，這才投拜了張教頭學習武藝，「想在邊庭上一刀一槍，也不枉父母生他一場。」

在這林沖的思路裡，表面看來顯得文不對題。因為「官逼」的結果不是「民反」，而是在邊庭上去為「官」賣命。但在「求生」欲望上看，這倒合乎林沖以至楊志等人的「圖個出身」的性格邏輯。在中國歷史上，一些升騰到統治階級中去的農民，不少人就是這樣的。而且作者還寫了林沖由「農民意識」出發，生發出來的保衛邊庭的「民族意識」，從而在「出路」上作了合乎邏輯的性格解釋。

> 但是在「八十萬禁軍教頭」任上的第二年，他林沖看見了許多新的把戲：他毫無疑惑地斷定那些口口聲聲說是要雪國恥要趕走胡兒的當朝的權貴暗底裡卻是怎樣地獻媚胡兒怎樣地幹那賣國的勾當！

加之他受到高俅的陷害，因此林沖就易於否定「三代受了朝廷的厚恩，貴族的後裔的楊志」，易於否定他那保持「清白」，在高俅手下到邊庭一刀一槍奮個出身的「幻想」。「自來不曾受過『趙官兒』半點好處的農家子的林沖，現在是再也不信那些鳥話了！」「什麼朝廷，還不是一伙比豺狼還凶的混帳東西！還不是一伙吮咂老百姓血液的魔鬼！」「自己是個農家子，具有農民的忍耐安分的性格，然而也有農民所有的原始的反抗性。」「對於仇恨，他有好記性。自從那天冤屈地被做成了發配滄州道的罪案以後，他是除了報仇便什麼

幻想都沒有」。

經過這一番性格發展的鋪墊，作者又寫林沖不忍殺楊志，倒下決心殺王倫，而一旦為巡山嘍兵撞破又「轉念」一想，特別是想到自己也不是號令天下的領袖之才，於是「農民根性的忍耐和期待，漸漸又發生了作用，使他平靜下來。」

作者的這一番翻案文章，活脫脫把一個逆來順受的楊志般的「八十萬禁軍教頭」林沖，改寫成農民起義的英雄，徹頭徹尾賦予他以農民劣根性之後，就乘機把 1930 年當時中國農民運動面臨的局勢，和運動中農民的精神氣質攝入其中。第一，寫出了「官逼民反」不僅是歷史，而且是現實，也是中國 30年代農民運動基因所在。第二，把抗日戰爭爆發前農民的民族意識和蔣介石代表的國民黨賣國求榮的妥協傾向反映進去。並從當年林沖的思想狀態中發掘出現時廣大人民的既要反帝、又要反對國民黨政府賣國傾向，因而導致農民運動興起的歷史現實依據。第三，林沖性格的農民化，一方面解析了作為梁山泊創始人之一的林沖的性格依據，另方面也寫了當前農民運動中農民階級兩重性特徵，給革命隊伍帶來了有利的與不利的因素。

把《豹子頭林沖》和《泥濘》相比不難發現，茅盾在寫農民命運問題上顯然前進了一大步。

《石碣》也是做《水滸》的翻案文章的歷史短篇。它的可貴處，是借玉臂匠金大堅和聖手書生蕭讓按吳用之計刻石碣以定梁山座次，決定宋江和盧俊義誰坐第一把交椅時，對梁山泊的一百單八條好漢所作的階級分析：一伙兒是潑皮、漁民、開黑店的、道士、「做水面上的勾當」的；另一伙則是打過梁山的「朝廷命官」，和地主富戶。因此吳用要用石碣之計確定宋江來代表下層人民坐頭把交椅。但這引起了金大堅兩個懷疑：第一，這算什麼替天行道？第二，他這個刻字的石匠算是哪一伙？作品至此嘎然而止。留下的這些未解決的問題，實際上是屬於建立革命統一戰線性質的。這篇作品也可以看作是寫當前農民運動的階級分析；並且提出了農民運動最終難免分化的前景問題。

相比之下，《大澤鄉》單純一些。它寫出了農民暴動的階級意識：

> 他們自己本來也是被征服的六國的老百姓，祖國給與他們的是
> 連年的戰爭和徭役，固然說不上什麼恩澤，可是他們在祖國內究竟
> 算是「自由市民」，現在想來，卻又深悔當年不曾替祖國出力打仗，

以至被擄為奴，喚作什麼「閭左貧民」，成天價替強秦的那些享有
「自由市民」一切權利義務的富農階級掙家私了。到漁陽去，也還
不是捍衛了奴役他們的富農階級的國家，也還不是替軍官那樣的富
農階級掙家私，也還不是拼著自己的窮骨頭硬教那些向南方發展求
活路的匈奴降而像他們一樣的被榨取的「閭左貧民」麼？……奉一
個什麼人為「王」那樣事的味兒，他們早已嘗得夠了。一切他們的
期望是掙斷身上的鐐索。他們很古怪地確信著掙斷這鐐索的日子已
經到了。

作者同時又提出了他們的土地要求：

> 想起自己有地自己耕種的快樂，這些現在做了戍卒的「閭左貧
> 民」便覺到只有為了土地的緣故才值得冒險拚命。什麼「陳勝王」，
> 他們不關心；如果照例得有一個「王」，那麼這「王」一定不應當是
> 從前那樣的「王」，一定得首先分給他們土地，讓他們自己有地自己
> 耕。

在這樣的基礎上，作品寫農民的揭竿而起：

> 地下火爆發了！從營帳到營帳，響應著「賤奴」們掙斷鐵鏈的
> 巨聲。從鄉村到鄉村，從郡縣到郡縣，秦皇帝的全統治區域都感受
> 到這大澤鄉的地下火爆發的劇震。即今便是被壓迫的貧農要翻身！
> 他們的洪水將衝毀了始皇帝的一切貪官污吏，一切嚴刑峻法！

> 風是凱歌，雨是進擊的戰鼓，彌漫了大澤鄉的秋潦是舉義的檄
> 文；從鄉村到鄉村，郡縣到郡縣，他們九百人將盡了歷史的使命，
> 將燃起一切茅屋中鬱積已久的忿火！

> 始皇帝死而地分！

自從 1927 年 4 月 27 日至 5 月 9 日在漢口召開的中國共產黨第五次代表大會
上提出了農民土地問題的要求，並制定了黨的政策：「沒收大地主及反革命派
的土地，沒收地主租與農民的土地交給農民耕種；小地主的土地不沒收；革
命軍人現時已有的土地不沒收。」此後，這個問題實際上並未解決。但因不
沒收小地主土地，滿足不了南方各省小地主多的農民的要求；加之這個決議
在國民黨中央土地委員會討論時被否決，因此亦未公布；土地問題仍是革命
策略中極端迫切的問題。茅盾在《大澤鄉》中提出此問題，實際是對當時右
傾機會主義和國民黨右派的批判與糾正；這真正代表了農民尋求求出路的根

本利益。因此《大澤鄉》糾正了《泥濘》的錯誤傾向，表明了茅盾在探索農民出路問題上的一個突進。

（三）

不過到此為止，農民形象的塑造問題始終沒有解決。《子夜》同樣存在這個問題，直到《農村三部曲》的發表，才以老通寶和多多頭兩個對立形象的出現為標誌，開創了一個新的時代。

在《我怎樣寫〈春蠶〉》一文中，茅盾解釋了他「不敢寫農村，而只敢試試寫《春蠶》」的原因，主要是生活底蘊的積蓄厚薄不一所致。但在老通寶的性格塑造上，他恰恰積蓄有相當豐厚的生活底蘊。他在此文和散文組篇《故鄉雜記》中，都告訴我們老通寶的原型首先是他家的一位「丫姑老爺」，但《桑樹》一文提供的材料說明其中寫的黃財發也是其原型之一。我將在《論茅盾小說的典型提煉》中作印證分析，這兒只就老通寶作為中國老一代農民傳統道路無處可走的問題作些分析。

老通寶是「背著因襲的重擔」無法擺脫傳統道德規範的老一代保守農民的典型。其根本原因首先在於他是村裡較為殷實的富裕中農。殷實的經濟地位使他儘管處在三座大山的層層壓榨之下，尚能自食其力。他當時還不存在窮則思變的物質基礎。甚至春蠶豐收作成他一場大病，和秋收豐收卻使他瀕臨破產，也未能改變他的傳統思想，因為他大半生的馴順農民的經歷，早已促使他形成了難以改變的世界觀和安分守己是正路的人生觀。農民階級不具備自己獨立的思想體系。他們歷來依照著在階級社會中，在經濟上占統治地位的階級，其思想也占據統治地位這一客觀規律，也就是統治階級的思想即統治思想的規律行事。所以，農民通常是以地主階級的思想，為支配自己行動的思想。只有生活走向絕路時，他們才「窮則思變」。而老通寶這時尚未走上絕路。

為了揭示老通寶因循守舊性格的根源，作品特別側面交待了老通寶的祖父和本村地主老陳老爺的特殊關係，以及他們那段共同的命運：「同被長毛擄去，同在長毛窩裡混上了六七年，不但他們倆同時從長毛營盤裡逃了出來，而且偷得長毛的許多金元寶——人家到現在還是這麼說；並且老陳老爺做絲生意『發』起來的時間，老通寶家養蠶也是年年都好，十年中間掙得了二十畝稻田和十多畝桑地，還有三開間兩進的一座平屋。」這種與地主階級「同

步發展」（當然後來也「同步衰敗」）的描寫，旨在揭示他們之間這種經濟聯繫與思想聯繫。特別值得注意的是，他們對待太平天國農民起義的根本態度，作為農民的老通寶的爺爺，不但和地主老陳老爺同其立場，而且是偷了農民革命軍的錢財，殺了巡營的小長毛才逃出來的。這種「患難與共」的淵源關係，雖然不能使「老通寶至死也想不明白為什麼『陳老爺家』的『敗』會牽動到他家」。但客觀上是在告訴讀者，老通寶家對地主階級的統治為什麼會這麼馴順：「老通寶雖然不很記得祖父是怎樣『做人』，但父親的勤儉忠厚，他是親眼看見的；他自己也是規矩人，他的兒子阿四，兒媳四大娘，都是勤儉的。」這一切，老一代農民一向作為傳統美德繼承下來，他們嚴格遵循的道德觀念，包含的其實是相對立的雙重內容：一方面，是對待勞動、對待本階級和一切勞動人民那忠厚而守規矩的德性。另一方面，是對地主階級及其他一切剝削階級同樣也守規矩和逆來順受的奴性。對長毛造反之所以祖祖輩輩都持那樣的態度：不僅不參與，不合作，甚至還很有對立情緒，就是這個道理。阿Q不是也說：革命就是造反，就是與自己為敵，那是要殺頭的，因此一向深惡而痛絕之的嗎？這裡面一方面是認為，這是越軌行為，因而是大逆不道的；一方面也是害怕鎮壓而不敢參與。在後一層中，就包含著農民階級自私保守的傳統心理。老通寶連阿Q的反抗性也沒有。他更是安分守己，循規蹈矩地生活了一輩子。這就作繭自縛地把自己的命運永遠捆綁在地主階級的統治機器上，當然他就不可能有所進取。

老通寶所謂的正路，就是在地主階級統治體制允許的前提下，通過養蠶和種地兩種方式自食其力，並任憑地主階級及其它中間剝削者從自己勞動所得中任意榨取；只要是官府和傳統制度不允許的，自己總是要約束自己和自己的子女不越雷池。

老通寶也對現實階級壓迫有所不滿，這不滿，其實只是經濟破敗導致的失落感。但他不從現存制度上去找原因，卻很敏感地發現了帝國主義入侵農村與自己經濟地位下降之間的密切聯繫。他相信老陳老爺「捋著鬍子搖頭」說的那句話：「銅鈿都被洋鬼子騙去了。」在老陳老爺，這種認識源於中國地主階級和外國資本主義之間的直接矛盾；在老通寶，則除了接受地主階級占統治地位的思想統治和思想影響之外，還有他說不出所以然但卻知其然的生活直感：因為「他自己也明明看到自從鎮上有了洋紗，洋布，洋油，——這一類洋貨，而且河裡更有了小火輪以後，他自己田裡生出來的東西就一天一

天不值錢，而鎮上的東西卻一天一天貴起來。他父親留下來的一分家產就這麼變小，變做沒有，而且現在負了債。」工農產品經濟比價相消長的研究結論，所形成的老通寶的反帝意識，不能不說也是一種半理性意識。而且以「他上鎮去看見那新到的喊著『打倒洋鬼子』的年青人們都穿了洋鬼子衣服」，「後來果然就不喊『打倒洋鬼子』了，而且鎮上的東西更加一天一天貴起來，派到鄉下人身上的捐稅也更加多起來。老通寶深信這都是串通了洋鬼子幹的。」於是以這些事實為據，他便推導出「這伙年青人一定私通洋鬼子，卻故意來騙鄉下人」的結論。這種邏輯儘管有表面看問題和以偏概全之弊；但你不能不承認，這其中確乎相當尖銳地概括了一部分「裡通外國」的「假洋鬼子」賣國求榮的社會本質。

　　茅盾把握住農民認識論形成規律及其思維的特定方式所作的這些心理意識描繪，和他筆下所描寫的老通寶一系列堅持安分守己、頑固地靠農桑事業求生存的行動一起，都是老通寶性格塑造的成功秘訣。而老通寶作為老一代農民的傳統道路，及其此路不通的悲劇下場，也正從這裡顯示了無可辯駁的歷史必然性。這裡邊有著茅盾的無限同情和徹底否定的主觀態度與感情傾向。這態度與傾向，在父與子衝突，和兩代農民性格對比中，顯示得非常鮮明。

　　馬克思一八四三年九月在《致 R》〔註1〕的信中寫道：「新思潮的優點就恰恰在於我們不想教條式地預料未來，而只是希望在批判舊世界中發現新世界。」由於茅盾對新一代農民的了解遠不如對老一代農民，他本來不具備對比描寫兩代農民思想衝突的生活積累。但是茅盾當年即使未必了解馬克思的上述名言，他卻非常了解「新思潮」的這種社會本質特點，因此儘管多多頭的性格與老通寶相比較為遜色，但卻借助這稍嫌蒼白的形象，展示出農民中間改變自己傳統命運，追求前人沒達到的理想出路的「新思潮」的歷史發展的必然趨勢：在批判舊世界中發現新世界。

　　《農村三部曲》實際上也可以理解為多多頭性格發展的「三部曲」。這倒不是因為老通寶只在前兩「部」中存在，多多頭卻貫串「三部曲」的始終；而是因為每一部都寫了多多頭性格發展的一個階段。在《春蠶》中，多多頭只在人生觀上和老通寶對立，他一反父道，「永不相信靠一次蠶花好或田裡熟，他們就可以還清了債再有自己的田；他知道單靠勤儉工作，即使做到背

───────────

〔註1〕《馬克思恩格斯全集》第1卷，第416頁，R指盧格。

脊骨折斷也是不能翻身的。」他斷言:「今年蠶花一定好,可是想發財卻是命裡不曾來。」他也沒有其父的宿命論觀念和迷信思想。他不相信荷花是什麼妨人的「白虎星」;也不相信大蒜頭的預兆,「全家只有他不大相信那些鬼禁忌」。他還直感到「人的社會本質」:「覺到人和人中間有什麼東西永遠弄不對的,可是他不能夠明白想出來是什麼地方,或是為什麼。」他還沒有那樣高的本質性社會意識。所以作者寫《春蠶》中父與子的衝突和人生觀的對立,還只是把握著感性意識階段的淺層次的矛盾衝突的分寸。

到了《秋收》,多多頭進入了性格發展的第二階段:自發鬥爭領導者的階段。這已經不是意識形態領域的叛逆思想問題,而是經濟領域中發動自發反抗的問題。因此父與子的衝突,在此已經具有部分的對抗性質。由此也宣判了老通寶的「死刑」在秋糧豐收成災斷送了老通寶之命的彌留時刻,他倒服氣了他的小兒子:「真想不到你是對的!真奇怪!」

如果老通寶活到《殘冬》,他還要更「奇怪」。因為他怕了半輩子的「多多頭可能是他爺爺殺死的那個小長毛再世」的擔心,這時不僅變成了現實,而且有過之而無不及。因為多多頭不僅否定了真龍天子再世等農民起義慣用的手法——改朝換代換個好皇帝,如《大澤鄉》中所描寫的「閭左貧民」對能代表農民土地要求的「王」所憧憬的那樣,而且還拿起了武器,奪取了武器。這實際上暗示了「星星之火,可以燎原」的「『井岡山』道路」是農民的真正出路這一真理。

多多頭性格發展的第三階段,即《殘冬》所寫的「奪取武裝鬧革命」的階段,實際上是對上述茅盾三篇歷史短篇所提問題的一個總回答;也是他所寫農民命運問題的一個小結。由於對新式農民他不熟悉,因此人物性格的系列性只在老一代農民中間有粗線條的格局。年青一代還形不成這種格局。但其主題思想的連貫性,脈絡大致上是清楚的。

(四)

也由於此後沒有條件繼續補充生活,他寫農村題材的作品只有《水藻行》一篇。而且和上述作品相比,差異性超過了聯繫性。因為除了農民的苦難與反抗萌芽以外,它涉及了一個極為特殊的主題:愛情需要、倫理道德觀念與亂倫關係的衝突問題。如果從宏觀角度看問題,農民的命運問題也是《水藻行》的基本主題。不過它把衝突放在農民的家庭內部,只局部地稍稍展示了

社會矛盾、階級壓迫之一角，更多的是在家庭內部矛盾及人物內心深處的心靈感應上下大功夫。

主人公財喜是秀生的堂叔；寄住在堂侄家裡。因為窮，娶不起妻，堂侄秀生也貧病交加，既無男子漢氣質，也無強勞動能力。在兩性生活中，自然也滿足不了強壯的妻。在這種特殊情況下，財喜和秀生女人發生了亂倫關係。兩個當事人都有內疚；都以拼命勞動補報秀生。但秀生作為男子漢，其痛苦是雙倍的：生活的重壓和精神的痛苦。他打懷孕的妻子，但仍解決不了這病態的痛苦的關係。時值鄉長抽壯丁築路，生病的秀生無錢雇人，就決定自暴自棄，拼命掙扎帶病去。這既有窮困無奈的一面；也有負氣的一面。這種行為終被財喜所勸阻，上門的鄉長也被強大的財喜又出門去。從階級矛盾講，這不是矛盾的解決；從人倫衝突講，這只是妥協。

作品的主題之一是寫反動社會制度下農民的苦難和求生的掙扎。但其主要主題側面是在苦難重壓下求生的掙扎導致的道德倫理衝突。三個不同型的農民，都是善良不幸值得同情的農民。苦難的生活把他們擠到畸形關係的角落裡。財喜時時受道德心和同情心的譴責：「他覺得自己十二分對不起這堂侄兒。」「『真可憐呵，病，窮，心裡又懊惱！』」「雖則他年前來秀生家住，出死力幫助工作，完全是出於一片好心，然而鬼使神差他竟和秀生的老婆有了那麼一回事，這可就像他的出死力，全是別有用心了，而且秀生的懊惱，秀生老婆的挨罵挨打，也全是為了這呵。」他想出走，但擔心他們夫婦難維持生活，又留戀秀生老婆肚裡的孩子——「孩子是一朵花！秀生，秀生大娘，也應該好好活著！我走他媽的幹麼？」於是他拼命幹活，捨命為救秀生和鄉長拚。在作者筆下，財喜內心的道德譴責和作者對這個頑強生命力的化身的硬漢子的性格描寫，幾乎同樣著力。作者把他道德上的缺陷歸結為社會問題。茅盾寫秀生用的差不多是同樣的筆力。只是寫秀生，著重寫他的不幸命運。政治經濟處境和個人遭際這雙重的不幸，使他被壓彎了腰，壓垮了生活下去的毅力。出於善良本性和男子漢的自尊心，他除了打老婆和自暴自棄折磨自己外，沒有任何進攻、報復的心理。這個被侮辱與被損害的人，是特別值得同情的。

作者的著力點，一是對造成農民不幸命運的反動社會的撻伐，一是對勞動人民善良品性和求生欲望、頑強的生命力的謳歌。從農民的命運問題的宏觀角度看問題，這篇小說無可厚非，是值得肯定的。尤其那生動細膩的內心

生活描寫和寫人物和環境時所用的粗獷犀利的筆觸，是特別值得稱道的。

然而此作歷來不被稱道，原因恐怕主要在於三個人間的亂倫關係。對這似可作兩點論的分析，從揭露黑暗社會對人性的摧殘和對人的生存權利的剝奪言，它顯然有積極的意義，和難以取代的作用；但從中國人民群眾的道德觀來考察，這種關係不論其形成原因如何，都是難以被接受的。這一點作者顯然意識到了。他著力寫財喜的自我道德譴責心理，就是出於糾正此反差的目的。但是讀來顯然覺得分量不夠。財喜的粗獷和堅強，與秀生的窩囊比，給人的印象更深。因此亂倫關係的主要造成者，又是作家主要的同情對象與謳歌對象。這一構思上的矛盾，無論如何處理，都難免衝淡主題。

（五）

茅盾小說人物的系列性，是為其主題的連續性所決定的。而其主題的連續性，則又為作者的美學追求與作品的史詩性質所決定。這是一個基本特點。

茅盾為共產主義奮鬥一生的理想追求，迫使他用自己的筆完成時代賦予人民作家所應肩負的使命。鞭撻黑暗，呼喚光明，執著現實，繼往開來，這是茅盾為無產階級的藝術主張和革命現實主義文學追求的基本內容。這種社會責任感和時代使命感，使茅盾不僅用創作，而且用一切武器、一切社會活動，達到這個目的。因此，跟蹤歷史的發展，大規模地、系統地反映中國現代社會的發展變化，探求其底蘊以哺育讀者的思想，奮起創作之筆，譜寫時代華章，就成了茅盾的美學追求之核心，和小說創作的特質。

從辛亥革命到抗日戰爭，三十多年的中國歷史，均在其小說創作視野的總覽之中。因此，他必須以幾代人的歷史足迹去概括歷史，以他們代代相傳中的傳宗接代的繼承性，和新一代取代舊一代的後浪催前浪、新人換舊人的差異性，來反映中國人民的歷史性發展變化，反映社會前進的軌迹。這就決定了人物系列之同與異，決定了他們親族更替的繼承發展關係。

與史詩性相伴而生的第二個特點，是茅盾小說主題與人物的時代性與現實性。歷史發展的動向問題，歷來與社會本質，時代精神相聯繫。這就決定了史詩性追求和時代性與社會現實性有密不可分的血緣關係。舉凡代表時代主流，體現時代精神的東西，無不是走在生活前沿的極具現實性的東西。反之，脫離時代，脫離現實的東西，不可能走在時代的前列，不可能代表生活

的動向和歷史的本質。在中國由舊民主主義革命到新民主主義革命，又由新民主主義革命到社會主義革命的歷史發展長河中，社會制度問題、革命動力問題、革命發動問題和革命統一戰線問題，都是與時代發展，革命方向有直接關係的重大問題。茅盾由於生活局限，無法著重寫工人階級。因此他緊緊把握他所熟悉的生活，緊緊把握著中國由半封建半殖民地社會向社會主義方向發展的三個關鍵的社會階級與社會勢力，來表現民族資產階級的出路、農民階級的命運和知識分子的道路三大主題。民族資產階級站在哪一邊，其影響不僅僅關乎統一戰線的力量對比，更重要的是牽動了發展現代化社會生產力的問題。而生產力的發展，歷來是推動社會發展的動力。農民階級是兩千多年來以農立國的中國社會特點所決定的占絕對多數的革命實力。他們是工人階級的來源與天然的同盟軍。但是受了二千多年封建統治與禮教統治的中國農民的因襲重擔，使他們起步艱難，進展緩慢；所以他們的命運和出路，是中國革命關鍵契機。知識分子是最敏感的社會勢力。他們既是傳統文化的代表，又是現代文化的先驅，在中國現代革命史上，他們歷來又是首先覺醒的成分。他們的歷史處境，不同於西歐的精神貴族。平民化較為徹底的特點，使他們較易於和工農結成同生死共命運的關係。但知識分子的搖擺性，又往往給革命帶來危害。只有在生活道路的正確引導過程中，發揮他們的啟蒙作用和思想文化教育作用。茅盾把這三個問題當作自己作品的基本主題，這本身就是對時代性與社會現實性的執著追求與緊密把握。

當然更重要的是怎麼展現這三個母題。茅盾的特點，是把這三種社會勢力放到時代激流和複雜社會矛盾衝擊中；既寫他們自身的發展，又寫他們對各種社會矛盾的態度與關係。從而使時代脈搏，歷史動向，現實生活的發展趨勢，在他們的道路、命運和出路前景中，互為因果地得以展現，使自己的作品直接對革命發展、人民前進起促進作用。

主題的連續性和人物的系列性描寫的第三個特點，是作家的宏觀視野，與作品的開闊格局，以及作品風格的磅礴氣勢。如果說在前期作品中，茅盾就注意從人物命運與生活道路的宏觀格局，透視社會主潮信息，展現時代洪流的趨勢；那麼進入 30 年代後，就把前期作品直接反映重大社會問題的局部因子，開拓成全局性的宏觀視角。如果說中期還多從一個階級特別是民族資產階級來描寫社會全景，那麼抗戰爆發後，全社會的階級矛盾與民族矛盾，各階級、各階層的動向均在作品攝取的範圍之內。這是一種氣勢磅礴的宏觀

格局。

　　還有另一種宏觀格局：那就是既從縱向開拓出發，又從橫向開拓出發。從縱向開拓出發，茅盾小說歷來注意從繼往開來的歷史進程，與歷史發展的進程感和流動感中執著現實，把握現實與反映現實。所以社會背景與歷史背景，在作品中固然反映得清晰充分；而且特別注意把人物和事件與歷史的縱向聯繫作充分揭示；使之來有蹤，去有影，有根有底，紮紮實實，充分反映出作為人的社會本質，其所面臨的一切社會關係。從橫向開拓出發，茅盾小說不僅是其宏觀概括，即或是其微觀概括，也把世界風雲、社會時勢、階級衝突、人事關係作為活動著的人物賴以生存的橫向聯繫，作為其賴以生存的典型環境。從而使人物的身世處境、性格形成、心理心境、教養氣質所由產生的客觀依據，展示得相當清晰和充分。

　　因此，讀茅盾以連續性主題和系列性人物為特徵的小說，就如觀察生活本身；作家不刪去任何重要的社會聯繫與歷史聯繫，使你明明白白地從作品中感受到活的生活實體。

　　因此，即或寫酒醉，也具備「醉裡乾坤，壺中日月」的宏觀氣勢；即使寫投石擊水，也給人以「投石驚破水底天」的意境與情趣。

　　把以上三個特點綜合考察，也許就可以找到茅盾小說為什麼主題具連續性、人物具系列性的社會原因，和其美學追求的客觀依據。從這裡我們可以看出茅盾獨具的革命現實主義美學思想的唯物主義特點：因為生活與社會歷史發展規律本身，歷來就是這樣的！茅盾的功績和貢獻在於，他自覺地透徹地認識與把握了它；又自覺地、嚴格地遵循著它；並且準確地、能動地、藝術地再現了它！

　　無怪乎西歐史學家和政治家研究中國社會時，特別強調研究茅盾及其作品。因為那些人都是有識別眼光和敏銳發現力的行家。他們的關注和重視，不僅無意中還描繪了茅盾；也從一個主要的方面評價了茅盾和他的作品！